TRINITRON 7

EIN SCIENCE-FICTION HORROR ROMAN

VON J.J. ROGERS

TRINITRON 7

EIN SCIENCE-FICTION HORROR ROMAN

VON J.J. ROGERS

FSC
www.fsc.org
MIX
Papier aus verantwortungsvollen Quellen
Paper from responsible sources
FSC® C105338

Bibliografische Information der Deutschen Nationalbibliothek:
Die Deutsche Nationalbibliothek verzeichnet diese Publikation in der Deutschen Nationalbibliografie; detaillierte bibliografische Daten sind im Internet über http://dnb.d-nb.de abrufbar.

Deutsche Erstauflage
Umschlaggestaltung: Alexander Sennert
Illustrationen: Jonathan James Rogers
Ergänzende Designvorlagen: Ben Chope
Lektorat: Anna Siemon, Marietta Menzel, Tobias Hauck

Herstellung und Verlag:
BoD - Books on Demand, Norderstedt

ISBN 978-3-734727191

Dieses Werk ist allen Menschen gewidmet, die mich auf meinem Weg, zu diesem Buch, begleitet haben.

Ein Weg der inspirativ, sehr lehrreich und fantastisch war. Ich danke allen für die Zeit, das offene Ohr und die motivierende Energie, die mir geholfen haben, dieses Buch entstehen zu lassen.

Mit den Worten des Philosophen Konfuzius:

"Der Weg ist das Ziel"

PROLOG

Tara schwankte von Schmerzen geschüttelt durch den unterkühlten Gang einer neumodernen Forschungsanlage. Den rechten Arm blutig zerkratzt, die linke Hand an die Stirn gelegt. Fetzen ihrer Kleidung hingen lose an ihr herab. Die leicht militärische Ausrüstung zerschrammt und Blut verschmiert. Ihre Wahrnehmung glich einer Volltrunkenheit, als sie mit zittrigen Beinen durch die Dunkelheit des Komplexes irrte. Wann waren sie hier gelandet? Was war der Grund dafür? Sie konnte ihre Gedanken nicht ordnen, nichts ergab mehr Sinn. Blut lief an einer ihrer Schläfen entlang und tropfte am Ende ihres Gesichts auf den glänzend metallischen Boden. Gutturale Schreie und bizarre Geräusche hallten durch den Komplex und überschlugen sich zu einem Intermezzo des Schreckens. Sie vermischten sich mit Schlurfgeräuschen von vermeintlich toten Körpern, die über den Boden gezerrt wurden und brechenden Knochen. Hin und wieder vernahm man einen menschlichen Aufschrei, der in einem Gurgeln ertränkt wurde und erstarb. In Taras Gesicht stand das pure Entsetzen. Ihre Pupillen geweitet, pumpte der unwillige Körper weiteres Adrenalin in den Organismus, um ihn über seine natürlichen Grenzen hinaus zu pushen. *Fight or Flight*-Syndrom war der biologische Fach-Ausdruck dafür. Kämpfen war ziellos gewesen, als das Grauen diesen Kolonialplaneten heimsuchte, der im Jahre 2145, von der Menschheit, besiedelt wurde. Er wurde auf den Namen *Trinitron 7* getauft, als einer von insgesamt acht Planeten die als Grundlage einer Forschungs- und Kolonialisierungsmission dienen sollten. Neuer Siedlungsgrund für die Menschheit sollte erschlossen werden. Als der langerwartete Durchbruch in der Energieerzeugung gelang, war es für die findige Menschheit ein Leichtes gewesen, die neugewonnenen Erkenntnisse auf anderen Gebieten einzusetzen. Rapide entwickelte sich das bekannte Leben in eine andere Richtung. Umweltsorgen waren nahezu vergessen, Energie zahlreich vorhanden und von einer Effizienz die es endlich ermöglichte die Raumfahrt zu revolutionieren. Unnötig zu erwähnen, dass auch das Militär seine Finger mit im Spiel hatte und an vorderster Front neue Methoden und Waffensysteme erprobte. Dem Erfindungsreichtum schienen keine Grenzen gesetzt. Die Zielsetzung den Mars zu besiedeln erschien im Nachhinein als kleinste Herausforderung, betrachtete man die Entwicklungen, die danach kamen. Raumschiffe wurden gebaut, deren Dimensionen und Geschwindigkeit im 21. Jahrhundert noch unvorstellbar gewesen war. Ganze Städte konnten in den Raumschiffen untergebracht werden und zig Tonnen an Transportgütern wurden mit überdimensional großen Giga-Transportern zwischen Planeten hin und her geschickt. Lediglich 100 Jahre hatte es gedauert, die Menschheit ihre bisherige Entwicklung vergessen zu lassen. Das neueste Projekt von Militär und Regierungen waren die Trinitron-Planeten. Klimatisch optimal, mit zahlreichen, seltenen Ressourcen versehen und in annehmbarer Entfernung zu den bestehenden Kolonien waren sie auserkoren, das nächste Prestigeprojekt der imperialen Führung zu werden. Alles lief nach Plan und die Entwicklung vollzog sich schneller als ursprünglich geplant. Bis aus unbekanntem Grund eines Tages auf Trinitron 7 das Grauen ausbrach und zahlreiche militärische Truppen zur Eindämmung und Beseitigung der vorherrschenden Probleme abgesetzt wurden.

»Ich muss hier raus… raus... sofort…«, keuchte Tara psychotisch, als sie den blechernen Gang entlang tastete. Ein blutiges Röcheln erklang aus einem der Seitengänge. Tara drehte benommen den Kopf. Ihre blonden langen Haare waren durchzogen von Blut und klebriger Biomasse. Sie zitterte. Plötzlich huschte ein Schatten an der Decke vorbei. Sie zog schwerfällig ihren Talanth-Blaster aus dem Halfter und feuerte ziellos Energiestrahlen durch den

Gang, der in ein schummrig bläuliches Licht getaucht wurde, als die Energiepartikel ihre Bahnen zogen. Es folgte Stille. Lediglich ihren schweren keuchenden Atem konnte man vernehmen. Tara kauerte sich zitternd in eine der Ecken und umklammerte den Blaster mit beiden Händen und tippte mit ihm apathisch gegen ihre Stirn. Ihre Pupillen tanzten wild umher. Blankes Entsetzen schien eine verniedlichte Beschreibung für ihren Geisteszustand zu sein. Sie war Bestandteil einer Elite-Truppe, die ausgesendet wurde, um die sogenannten »Probleme« auf Trinitron 7 in den Griff zu bekommen. Doch mit dem, womit sie hier konfrontiert wurden, hatte niemand im Entferntesten gerechnet. »So eine gottverdammte Scheiße … wieso hab ich mich nur jemals für diese Mission gemeldet?«, wimmerte sie mit quietschender Stimme vor sich hin, beide Hände gegen den Kopf pressend und vor sich hin wippend. Ihre Stimme hallte leise in den Gängen nach und wurde dann irgendwann im Dunkel des Komplexes verschluckt.

Wieder ein Geräusch, weitere Schüsse hallten durch die Gänge und erzeugten zischende Entladungen. Nach Minuten der Regungslosigkeit bewegte Tara ihren Kopf vorsichtig hinter der Ecke hervor und erstarrte vor Schreck. Der Schrei verließ ihre Kehle nicht mehr, als sie von den Krallen einer surreal anmutenden Bestie zerrissen wurde. Der Blaster glitt auf den Boden und schrammte die metallisch glatte Fläche entlang. Teile von ihrem Hals und Gesicht fehlten. Als wäre das Gehirn noch damit beschäftigt die Energieimpulse auszuwerten zuckten Taras

Pupillen umher. Dann sackte der leblose Torso zur Seite und fiel schmatzend zu Boden, in eine Lache aus Blut und Gedärmen. Bestialische Schreie echoten in hohen Tonlagen durch den Gang, als sich undefinierbare Wesen über die Leiche hermachten und sie zu maulgerechten Stücken zerfetzten.

Die Militär-Mission der Klasse S mit dem Codenamen »Antike Tiefen« war gescheitert. Alle 27 Elite-Soldaten, ihr Commander und fünf hochrangige Wissenschaftler waren an diesem Tag gestorben. Trinitron 7 hatte sich nicht nur ihre Seelen, sondern auch ihre Körper geholt. Die Überreste des Trupps würden niemals gefunden werden.

GLYPHEN

Jahr 2147, 0730 militärischer Raumzeit im Umkreis eines Ruinenkomplexes von Trinitron 7.

»Wir haben hier etwas gefunden. Der Scanner dreht durch, als wäre er auf Steroiden«, rauschte es mechanisch durch den Intercom. »Wir haben hier einen Energieausschlag, der abseits jeglicher Skala ist.« Der Soldat betrachtete den knapp 10 Meter hohen Eingangsbereich des Komplexes durch die Augen seines verstärkten Exoskeletts. »Infrarotscan. Toxicscan. Phasenscan.«, forderte Hartlock die künstliche Intelligenz seines vollautomatischen Kampfanzugs an und erwartete das Ergebnis in Form von DIANE. DIANE war unter Soldaten der Spitzname der autonomen künstlichen Diagnose- und Analyse-Einheit, die sich mit weiblich anmutender Computerstimme, nach wenigen Sekunden, zu Wort meldete:

≻≻ Infrarotscan… negativ. Keine bekannten Lebensformen entdeckt.

≻≻ Toxisscan… negativ. Keine bekannten, gefährlichen Toxine wurden auf dem Boden und in der Luft gefunden.

≻≻ Phasenscan… negativ. Keine elektrostatischen Störeinflüsse konnten ermittelt werden.

»Klingt verdammt langweilig, Sir. Hier unten ist absolut gar nichts«, brummte Hartlock durch das Intercom. »Den Trip hätten wir uns, meiner Meinung nach, sparen können.« ließ er folgen und streckte die Hand in Richtung einiger Glyphen an der Fronttür aus.

»Die Meinung interessiert das Militär aber herzlich wenig! Und behalte das nächste Mal deine neunmalkluge Meinung für dich, sonst setzt dich das Oberkommando direkt auf Trinitron 5 ab und lässt dich die lokalen Wüsten mit einem Kamm intensiv reinigen«, krachte es durch die integrierten Lautsprecher des Exoskeletts. Sofort fummelte Hartlock an ein paar Knöpfen an der Kopfseite des Anzugs herum und regelte die Lautstärke runter.

»Nur die Ruhe, Gil. Ich bin mir sicher, dass das Militär Besseres zu tun hat, als eine Handvoll ihrer wertvollen Spielzeugsoldaten auszusetzen. Es ist nur so, dass DIANE absolut nichts zurückliefert und ich mich langsam frage, was wir hier überhaupt antreffen sollten?«, sprach Hartlock laut und deutlich aus. Er machte eine genervte Geste mit seinen Händen in Richtung seiner Kollegen, die das Gelände mit weiteren Scans absuchten und mindestens genauso ratlos waren wie er, was sie hier eigentlich sollten. Sie bildeten eine Einsatztruppe von knapp 30 Personen, bestehend aus Männern und Frauen, die allesamt hochrangige Elite-Soldaten waren und durch vergangene Missionen genügend Erfahrung und Prestige gesammelt hatten, um sich für diesen Einsatz zu qualifizieren. Alle Elite-Soldaten entstammten einer hochspezialisierten Gruppe von Personen die eine Ausbildung in diversen Nahkampfarten, vollständig unterschiedlichen Schusswaffentypen, einem naturwissenschaftlichen Bereich und einem weiteren Spezialisierungsbereich ausgebildet waren. Lediglich 0.1 Prozent aller Militäranwärter, die jährlich den Dienst der diversen Raum- und Landungsmissionen beitraten, konnten sich für diesen Rang qualifizieren. Der Job war eine Ehre, ein Privileg und hoch bezahlt. Das lag natürlich nicht nur an der exzellenten Ausbildung der Kandidaten, sondern auch an der extrem hohen Mortalitätsrate solcher Missionen. Wer sich für diesen Job ausbilden und verpflichten ließ, war nicht nur hochgradig besessen von dem was er tat, er war auch schlichtweg ein Freak, mit dem einzigen Ziel sich zu verewigen. Um den Wettbewerb zwischen den zahllosen Rekruten anzuheizen, führte das Militär eine imperial übergreifende Rangliste ein. »Die Liste«, wie sie umgangssprachlich unter den Soldaten genannt wurde, registrierte alle erfolgreich abgeschlossenen Elite-Einsätze eines jeden Rekruten mit dem jeweils hinterlegten Einsatznamen, einem Pseudonym. Für jeden Einsatz gab es eine festgelegte Anzahl an Punkten, die man bei erfolgreichem Abschluss für sich verbuchen konnte. Der Rang in *der Liste* war außerdem ein Maß für den Sold, die Privilegien und die möglichen Einsatzziele kommender Missionen. Mit diesem strategischen Schachzug konnte das Militär nicht nur gezielt nach geeigneten Einsatzteams suchen, sondern förderte auch die Entwicklung von Militärfanatikern, denen der Wettstreit in *der Liste* wichtiger war als ein geordnetes Leben. Das Militär war ihr Leben und sie erwarteten kein Respekt für das was sie taten, denn sie taten es für den inneren Drang die Besten in dem zu sein, was sie taten. Niemand kannte sich hier wirklich auf persönlicher Ebene oder mit richtigem Namen. Keiner wusste, von welchem Planeten der andere kam und wie er für diese Mission ausgewählt wurde und nur in den seltensten Fällen traf man Soldaten auf anderen Einsätzen wieder. Dies bildete die klar vorgeschriebenen Leitlinien des militärischen Hauptquartiers. Das Ziel dieser Vorgehensweise war es, den Wettbewerb hochzuhalten, das autarke Handeln der einzelnen Persönlichkeiten zu fördern und ein möglichst geringes Gesamtwissen über die militärischen und kolonialen Pläne über den Führungsstab hinaus zu verbreiten. Darüber hinaus konnte man so auch deutlich einfacher mit Verlusten umgehen und die Auslöschung ganzer Teams rechtfertigen. Es interessierte schlichtweg niemanden. Eine zu wider Handlung gegenüber den festgelegten Regularien führte zu sofortiger

Exekution nach Einsatzabschluss, falls derjenige dann überhaupt noch am Leben war, sowie die Löschung aller aufgezeichneten Einträge in *der Liste* und die Enteignung aller erwirtschafteten Wertdepots an das Militär selbst. Wer sich jedoch an diese Regeln hielt und gut genug war, die Missionen zu überleben, genoss ein Leben im Überfluss. Experimentelle Waffensysteme, finanzielle Privilegien, Besitztum und sogar Rechte über die imperiale Gesetzgebung hinaus waren keine Seltenheit.

Doch selbst unter diesen Elite-Truppen gab es noch Abstufungen. Hartlock war eine von drei Personen, die die mögliche Leitung solcher Missionen innehatten. »Dieser Planet is doch der letzte Scheiß. Hier läuft absolut gar nichts. Ich will mein Bierchen und ein paar Leichen wären auch mal wieder klasse!«, hallte es durch den Intercom, als Jessica zu einem Fünf-Meter-Sprung von einer der Klippen ansetzte und neben Hartlock auf dem Boden aufschlug. Die hochkomplexe Ausrüstung dämpfte den Aufprall perfekt ab. Der Boden verformte sich an dem Platz, an dem sie aufgeschlagen war und einige Steine wurden durch den Druck schlicht pulverisiert. Die militärische Ausrüstung war nicht nur äußerst komfortabel, sie war auch optimiert auf das Überleben und Kampfhandlungen. Schließlich wollte das Militär seine teuren Investitionen schützen. Nun, zumindest in überschaubarem Ausmaß. Über die Jahre hinweg wurden die Systeme über künstliche Intelligenzen vernetzt und mit einer Vielzahl an elektronischem Schnickschnack versehen. Mittlerweile waren die Anzüge auf dem Niveau militärischer Supercomputer.

Ein nicht sichtbares Grinsen machte sich auf Hartlocks Lippen breit, als sie neben ihm aufschlug. »Hi Schätzchen, ich dachte, du wärst schon wieder verloren gegangen«, stichelte er und zog seine Hand kurz vor den Glyphen an der Eingangstür weg. Es war eine Anspielung auf einen früheren Einsatz, bei dem Jessica ein wenig abhandengekommen war und sich durch eine Meute widerlicher Aliens kämpfen musste. Tatsächlich war dies einer dieser seltenen Zufälle gewesen, in denen man bereits einen seiner Kameraden von vorigen Einsätzen kannte. Bereits vor einigen Monaten waren sich Hartlock und Jessica auf einer Evakuierungsmission begegnet und konnten erfolgreich heimkehren. Zwar war die Menschheit bisher nicht auf intelligentes Leben im Sinne von menschlichen Zivilisationen getroffen, dennoch trafen die Soldaten immer wieder auf merkwürdige Lebewesen, die ihnen auf Einsätzen das Leben zur Hölle machten. Auf eben dieser Mission war die Soldatin irgendwann verschollen gewesen, bis ein anderer Trupp sie Tage später in einem Gebäude fand, mit einem Bier in der Hand inmitten von einem Stapel Leichen. Angeblich konnte man nicht mehr genau feststellen, wie viele sie genau umbrachte, aber Gerüchten zufolge soll sie mehr als hundert dieser Biester abgeschlachtet haben, erinnerte er sich. »Ach, halt´s Maul Hartlock und sag mir lieber, was jetzt abgeht. Ich bin diesen trostlosen Klumpen absolut leid und mein Bier ist auch fast alle.« Wider alle Regularien über Drogen und Rauschmittel, auf Missionen hatte Jessica es immer wieder geschafft Alkohol an Bord zu schmuggeln, so auch dieses Mal. Die Soldatin war jung, aufmüpfig, wurde von den meisten nur „Jessi“ genannt und war eine der besten Soldaten, die der Waffenexperte seit langem zu Gesicht bekommen hatte. Bei einem Waffentraining an Bord ihres Raumkreuzers hatte er sie in Aktion gesehen und direkt wieder erkannt. Jessi hatte sich nicht nur mit konventionellen Schusswaffen, sondern auch Martial Arts und experimentellen Waffensystemen beschäftigt. Darüber hinaus bot der Rotschopf auch einen recht attraktiven Anblick, sofern er nicht hinter dem Anzug versteckt war.

»Reißt euch zusammen verdammt!«, ertönte die tiefbrummende Stimme von Gil im Intercom. »Wir müssen in diesen Komplex reinkommen, egal wie. Und wir werden hier nicht dafür bezahlt, große Reden zu schwingen.« Der 2.10 Meter große Hüne kam zu den beiden herangestapft und setzte dann erneut an: »Wir werden einen Weg suchen, um in diesen Komplex zu kommen und synchronisieren uns dann wieder. Ich will von diesem Steinklumpen so schnell wie möglich wieder runter.«

»Okay, Leute. Lasst hier noch einmal alles an Scans drüber laufen was wir aufzubieten haben.«, er deutete jeweils auf Zweier- und Dreier-Gruppen und delegierte sie zu den entsprechenden Vermessungspunkten. »Und gebt mir einen dreidimensionalen Tiefenscan, ich will wissen, wie das Ding von innen aussieht.«

»Kannste knicken. Da kommt rein gar nichts durch«, erwiderte Jessi und baute sich vor Gil auf. Die 1.60 Meter kleine Elitesoldatin mit dem üppigen Vorbau, der von der enganliegenden Suite äußerst vorteilhaft unterstrichen wurde, bildete einen krassen Gegensatz zu dem Riesen. Für Gil hatte sie jedoch teilweise ein wenig zu sehr die Manieren eines tollwütigen Tieres, das auf Koks zum Spielen geschickt worden war. Dennoch schien sie zuverlässig zu sein. Zumindest war das eine der wenigen Informationen, die er aus den offiziellen Dossiers entnehmen konnte.

»Kein 3D-Scan?«, Gil machte eine nachdenkliche Handbewegung. »Ich dachte, wir hatten hier keine elektrostatischen Auffälligkeiten? Mach den Scan nochmal. In fünf Minuten erwarte ich deinen Bericht. Und ja du musst wirklich ... mit viel Puderzucker oben drauf«, fügte er hinzu, als Jessi schon den Mund zu einer Erwiderung geöffnet hatte. Auch Gil war im oberen Teil *der Liste* angesiedelt und erhielt dadurch privilegierte Befugnisse auf Mission. Jedoch versuchte sich keiner, als Anführer, aufzuspielen. Das Team entschied durch natürliche Selektion und Eignung innerhalb *der Liste,* wer die Führung übernahm. Eine Vorgehensweise, die sich über die letzten Jahre, innerhalb der militärischen Riege, mehr und mehr durchgesetzt hatte.

Trinitron 7 war ein relativ kleiner Planet mit überdurchschnittlich hohen Mineralvorkommen. Er war deshalb im Rahmen der Trinitron-Besiedlung ausgesucht und vor einigen Jahren besiedelt worden. Nachdem alle Anstrengungen zum Terraforming, erfolglos abgebrochen wurden, einigte man sich darauf die generelle Besiedlung zu beenden und sich auf die mineralische Erschließung zu konzentrieren. Das Ganze funktionierte eine ganze Weile gut, bis vor zwei Jahren der komplette Planet ausgelöscht wurde. Man wurde auf die Vorfälle erst aufmerksam als die halbjährlichen Rechnungen nicht bezahlt und die Rohstofflieferungen der interstellaren Gigatransporter ausblieben. Danach wurden Truppen entsandt und kamen mit Bildern des Schreckens wieder zurück. Die gesamte arbeitende Bevölkerung war niedergemetzelt und ein Großteil der Raffinerieeinrichtungen zerstört worden. Von den ehemals zirka 1.2 Millionen Einwohnern konnten lediglich 152.324 bestattet werden, der Rest wurde nie gefunden oder man konnte schlichtweg die Einzelteile nicht mehr zusammensetzen.

Man entschied sich dafür, Trinitron 7 nicht wieder zu besiedeln oder anderweitig nutzbar zu machen und verhängte ein Sperrvermerk innerhalb der gesamten Sternenflotte. Der Sperrvermerk stellte sicher, dass sich keine Person dem Orbit des Planeten, oder dem Planeten selbst, näherte. Bis sich vor fünf Tagen alles änderte. Eine der zahlreichen alten Förderanlagen für Talanth entsendete wie aus dem Nichts ein Signal auf allen interstellaren Notsequenzen, so nahm man zumindest an. Abseits von den morseartigen Signalen konnte keinerlei Datenverbindung aufgebaut werden und so entschloss man sich dazu die Elite-Soldaten, auf den Planeten, zu entsenden. Was sie vorfanden, war jedoch keine der Talanth-Förderanlagen und auch keine der bisher bekannten technologischen Einrichtungen auf militärischem Sektor.

»Sir. Wir haben hier etwas. Diese seltsamen Glyphen strahlen irgendeine Art von Wellen aus. Sie sind scheinbar an strategischen Positionen, um den Komplex herum, eingebettet. Vermutlich ist das auch der Grund dafür, dass der 3D Scan keine Daten liefert«, murmelte einer der Spezialisten durch den Intercom.

»Lasst mich nur machen. Ich bring uns da schon rein«, setzte sich Jessi in Szene und kramte in ihrem Rückentank herum, einer Art von Halterung, die an den Suites befestigt war und Stauraum für eine Vielzahl an Gegenständen bot. Durch die Konzeption der Suites war es so möglich mehrere Kilo an Ausrüstung herumzutragen, ohne sich körperlichen Strapazen auszusetzen. Die Tanks waren dabei so optimiert, dass bestimmte Elemente optimal untergebracht werden konnten. Je nach Bedarf konnten jedoch auch einzelne Kammern verändert werden. »Wir machen dem Ding ein bisschen Feuer unterm Arsch, dann klappt das!«, tönte sie und platzierte einige EMP-Minibomben am Eingangsbereich. Diese Bomben würden nach einer Initialzündung eine Energiewelle durch das Gebiet schicken und dabei elektrische Gerätschaften vollkommen ausschalten.

»Alle Mann zurückziehen. Ich will hier einen 250 Meter großen Sperr-Radius, um den Komplex, in dem sich keiner mehr aufhält«, machte Hartlock eine kreiselnde Bewegung mit der Hand. Der Trupp entfernte sich auf einige Hügelkuppen rund um den Komplex und aktivierte die Fernsichtmechanismen der Suites. Wenige Minuten später war auch Jessi zu den Anderen gestoßen und tippte mit einem breiten Grinsen einige Codezeilen auf ihrem Multifunktionscomputer ein, der auf der Innenseite ihres Handschuhs eingelassen war.

›› Bitte Sicherheitscodes eingeben:

blinkte es auf dem Mini-Bildschirm. Die Waffenexpertin blickte Hartlock und Gil an. Nach einigen unschönen »Zwischenfällen« hielt es das Militär für sinnvoll, für gewisse Explosionstypen, geteilte Sicherheitscodes einzuführen, um Waffenkaliber größeren Ausmaßes zu entsichern. Aus diesem Grund war es notwendig, dass der zuständige Verantwortliche und die höheren Einsatzkräfte gemeinsam die Codes bereitstellten. In diesem Fall hatte man sich darauf geeinigt, dass die beiden strategischen Experten die fehlenden Codes lieferten.

»589«, sprach Hartlock, nachdem er seinen eigenen Computer mit einigen Tastendrucken beschäftigt hatte.

»398«, fügte Gil hinzu.

Jessi ergänzte den Code, um die von ihr selbst festgelegten Parameter.

›› Sicherheitscode 589-398-1337 bestätigt, wiederholte die Stimme der künstlichen Intelligenz den Zahlencode.

⤜ EMP, Kaliber 1-35 entsichert.

»Und los geht´s. Haben alle ihre Eier in der Hand? Gleich wird richtig schön was weggeblasen!«, prahlte die Soldatin zügellos in die Runde und bekam über Handzeichen die Bestätigung zur Zündung der Salven. Der Trupp hatte sich bereits damit abgefunden, dass bei Jessi nicht viel Zurückhaltung zu erwarten war. Einige amüsierte Wortlaute waren ebenfalls über den Intercom zu vernehmen. Dann kehrte Ruhe ein und alle konzentrierten sich auf den Vorgang.

⤜ Detonationen werden ausgeführt.

⤜ Signal akzeptiert. 5 … 4 … 3 … 2 … 1 …

tickte die Uhr auf ihrer Anzeige runter, als sie mit einem Grinsen auf dem Gesicht eine salutierende Haltung einnahm. Kurze Zeit später fiel das Intercom aus, als die Druckwellen durch das Terrain waberten. Kein Problem für die Hochleistungsanzüge, die in gewissem Umfang sogar nuklearen Beschuss aushalten konnten. Als sich die Staubwelle der Initialzündung gelegt hatte, aktivierte Gil den Entfernungsscan seines Anzugs. »3D-Scan durchführen. Tiefenscan durchführen. Statusber …«, er brachte den Befehl den er an DIANE absetzen wollte nicht mehr zu Ende, als ein Erdbeben die Szenerie erschütterte und ein Lichtblitz aus dem Komplex geschossen kam.

»Was zur Hölle!«, fluchte Jessi. Hastig justierte das Team an seiner Ausrüstung, um Schilde, mögliche Waffensysteme und Thermofilter zu aktivieren«, zu spät! Gil konnte noch erkennen, wie die Glyphen im Eingangsbereich zu leuchten begannen. Auch Hartlock war das Leuchten aufgefallen und er schrie im klaren Befehlston: »Schilde aktivieren! Sofort!« Auf mittlerer Höhe schien sich eine Art Energie zu formieren, die von den zahlreichen Glyphen an der Außenseite heraufgestiegen war. Im nächsten Augenblick zuckte ein Lichtblitz über das Areal und traf die Truppe vollkommen unvorbereitet. Die Mannschaft wurde geradezu in alle Himmelsrichtungen davon geblasen und landete über mehrere Meter verteilt auf dem Boden. Einige der Teammitglieder rollten unkontrolliert über den felsigen Untergrund und versuchten Halt zu fassen. Etliche knallten mit voller Wucht rücklings auf den Boden. Das waren diejenigen, die es geschafft hatten ihre Schilde und Thermofilter rechtzeitig zu aktivieren.

Mit einem Pfeifen auf den Ohren wand sich Hartlock krümmend auf dem Boden und versuchte die Situation zu begreifen. Er hatte die Druckwelle frontal abbekommen und spürte einen unangenehmen Druck auf der Brust. Jessi hatte es auf Grund ihres geringen Eigengewichts mehrfach über den Boden gefegt. Sie war mit kaum sichtbaren Blessuren an ihrem Anzug davongekommen und fluchte lauthals durch das Intercom. Gil hatte sich rechtzeitig in Verteidigungshaltung gebracht und kam vergleichsweise glimpflich davon. Die Druckwelle hatte ihn einen halben Meter in den Untergrund gedrückt. Als er sich umschaute, lief ihm ein kalter Schauer über den Rücken. Einige seiner Kollegen würden *die Liste* definitiv nicht mehr hinaufklettern. Zwei von ihnen wurden einfach in der Hälfte auseinandergerissen. Die Gliedmaßen entweder nicht mehr vorhanden oder verstümmelt und über mehrere Meter auf dem Boden verteilt. Die Blutspritzer wären für jeden medizinischen Blutspritzanalytiker sicherlich eine Augenweide gewesen ... und verdammt viel Arbeit. Aus den zerquetschten Anzügen tropfte nur noch eine fleischige Biomasse. Fünf weitere schrien vor Schmerzen, als sich Teile der überlasteten Elektronik mit ihrem Körper verschmolzen. Man stelle sich vor in einem Ganzkörperanzug aus billigstem Polyacryl rumzulaufen, den man mit etwas zu viel Benzin übergießt und dann anzündet. Der Effekt konnte dem sich ihm darbietenden Anblick verdammt nahekommen. Er hörte Würgelaute über den Intercom und dann wirre Stimmen der Überlebenden.

»Ruhig bleiben Leute! Keine unnötige Kommunikation über den Intercom!«, forderte Gil mit einer noch etwas benommenen Stimme. »Jessi, Hartlock... ich will einen Status sofort!«, fügte er vehement hinzu und richtete sich auf. »Sofort«, antworteten die Beiden professionell, hackten auf ihren Computern herum und liefen die einzelnen Körper ihrer Kollegen ab.

»Bio-Scan negativ. Thermo-Scan negativ. Zwei Tote", kam von Jessica Notiz. »Phasen-Scan negativ. Insgesamt fünf Tote«, ergänzte Hartlock. »Ich bin mir nicht sicher, was uns da getroffen hat, aber DIANE scheint nicht in der Lage zu sein irgendwelche Überbleibsel davon festzustellen«.

»Wir sind seit 10 Stunden auf diesem gottlosen Planeten und haben bereits einen Teil unserer Einheit verloren. Großartig!«, erlaubte sich Gil einen kleinen Schnitzer in seiner sonst komplett unbeeindruckten und hochprofessionellen Art. »Hauptquartier, bitte melden. Wir haben hier einen Code Red. Ich wiederhole, wir haben hier einen Code Red. Massive Verluste. Bitte um Evakuierung.«

Stille.

»Ich wiederhole: Wir haben einen Code Red. Mission Trinitron Seven. Bitte kommen!«, wiederholte er klar und deutlich. »Wir benötigen dringend einen Evac für die Verletzten.«

Stille.

»Das is verdammt ungünstig, dass keiner antwortet. Ich hatte hier eigentlich nicht Lust auf Camping«, strapazierte Jessi die Situation einmal mehr mit ihrer vorlauten Art.

Gil versuchte es erneut, wieder ohne Erfolg. »Okay Leute, das wird ein wenig haarig, aber dafür sind wir schließlich hier. Packt alles zusammen, was brauchbar ist, lasst alles andere zurück«, sagte er emotionslos. »Ich will wissen, was in diesem verdammten Felshaufen ist, und zwar jetzt!«, deutete er mit dem gepanzerten Handschuh auf den Ruinenkomplex.

Die Überlebenden verarzteten sich, soweit möglich, selbst und nahmen ihren glücklosen Kollegen die nötigsten Ausrüstungsgegenstände ab und verstauten sie in ihrem

Gepäck. Unnötige Emotionen waren ihnen bereits vor langer Zeit abtrainiert worden. Alle der hier Anwesenden hatten vermutlich gut eine Hand voll Spezialaufträge absolviert, so genau wusste das niemand, da das Hauptquartier eine rigorose Kommunikationssperre zwischen den einzelnen Mitgliedern der verschiedenen Teams auferlegt hatte. Darüber hinaus waren die meisten von ihnen sowieso nicht sonderlich daran interessiert Freundschaften zu schließen. Es ging um Arbeit, es ging um Kampf und darum, zu überleben. Sie mussten funktionieren, persönliche Belange waren dabei zu vernachlässigen. Außerdem wollten sie in *der Liste* aufsteigen und den damit verbundenen Luxus auskosten.

Jetzt waren sie also wieder da, wo alles angefangen hatte, am Eingangsbereich des Komplexes, abgesehen davon, dass ihr Team um einige Mitglieder geschrumpft war, sie den Kontakt zu ihrem Hauptquartier verloren hatten und vermutlich ein Teil der Anzüge Schäden genommen hatte. Etwas schien sich jedoch verändert zu haben, denn die zuvor versiegelte Tür war nun geöffnet. Was auch immer sie ausgelöst hatten, sie waren ihrem Ziel zumindest ein Stück näher gekommen.

»Für diesen prozentualen Verlustanteil eigentlich gar nich übel!«, sagte Jessi in trockenem Unterton und betrachtete die meterhohen Wände. »Bewaffnen, sofort! Wenn wir da reingehen, will ich alle 50 Schritte einen Signalgeber sehen. Keinen Intercomverkehr. Fünf Minuten Zeit und dann Treffen wir uns wieder hier«, delegierte Gil. »Lasst uns gleich große Trupps bilden. Das geht sich ja jetzt gut auf«, kommentierte er die vorangegangene Bemerkung sarkastisch. Dann setzten sie sich in Bewegung und marschierten mit gezogener Bewaffnung durch die Pforte des Komplexes.

Der Komplex

Das Team stürmte den Komplex in voller Konzentration. Die Anzüge verfügten über Infrarot- und Schallsupport, die die Soldaten mit allem versorgten, was sie über ihre Umgebung wissen mussten. Die passiven Scanner der Anzüge selbst hatten zusätzlich Luft- und Umgebungssättigungen im Auge, um lebensbedrohliche Einflüsse frühzeitig erkennen zu können. Dazu zählten toxische und biologische Verunreinigungen genauso wie die frühzeitige Erkennung fremdartiger DNA-Spuren in der Luft. Alle 50 Schritte aktivierten die Teams einen Befehlsmechanismus über ihre Anzüge, die sogenannten Signalgeber. Wenige Minuten später waren alle wieder im Eingangsbereich angekommen. Nur Jessica war irgendwo abhandengekommen. »Wo ist Jessi verdammt nochmal?«, wummerte Gils Stimme durch den Intercom. Mit kollektivem Schulterzucken entgegneten die Teams der Anfrage ihres Kommandanten. »Schon da, schon da, bleib locker«, rauschte es durch den Intercom, als die Waffenexpertin hinter ihm in den Eingangsbereich trat und Gil etwas zuwarf. Galant fing er das scheinbar mechanische Gerät mit einer Hand auf und betrachtete es. Es musste sich um eine Art von Videoeinheit handeln, allerdings einer ihr nicht bekannten Konstruktion. »Woher...?«, setze er fragend an. »Lag in einer Ecke rum. Dachte, es könnte vielleicht brauchbar sein«, erwiderte Jessi. Gil gab das Gerät an einen der übrigen Spezialisten weiter. »Wir müssen wissen, was da drauf ist. Am besten gestern.« Nickend machte sich der Elektronik-Experte ans Werk und zerlegte das Gerät fachmännisch.

Tatsächlich handelte es sich um eine Art Aufnahmegerät. Doch auch der Spezialist war sich nicht sicher, auf welche Fabrikation das Gerät zurückzuführen war. Kurze Zeit später bekamen alle eine digitalen Liveübertragung in ihre Helmanzeigen geschickt. Zu sehen war eine Art Gang, aus der Sicht einer vermutlich weiblichen Person mit einer veralteten Version eines Talanth-Blasters. »Nicht gerade modernste Gerätschaft«, kommentierte Hartlock das Video. »Das ist doch eine 57er, die gibt's schon ewig nich mehr«, warf Jessica ein. »Ihr wisst ja vermutlich alle, dass auf diesem Planeten vor einigen Jahren ungeklärte Todesfälle aufgetreten sind … vermutlich ist das hier ein Überbleibsel aus dieser Zeit«, hatte Gil analysiert. »Einige ungeklärte Todesfälle. Klingt ja fast niedlich für ne Million abgeschlachteter Leute«, patzte Jessi verbal. »Ich dachte, man weiß nicht genau, was hier passiert ist?«, hinterfragte einer der Übrigen die Geschehnisse. Zu diesem Zeitpunkt sah man das verzerrte Bild einer Kreatur auf dem Stream, gefolgt von einer Pranke, die größer war als ein menschlicher Schädel. Danach endete die Übertragung abrupt. »Heilige Scheiße, was war das?«, fragte einer aus der Truppe. »Keine Ahnung, um ehrlich zu sein, aber die sind offenbar nicht zum Kuscheln hier. Aktiviert die Signalgeber und startet den 3D-Scan, leitet das Ganze dann in eine holografische Darstellung um!«, spornte Gil das Team an und die Mitglieder agierten umgehend. Die Signalgeber waren kleine Energieladungen, die mit einer speziellen Nanolegierung angereichert waren. Wurden die Signalgeber aktiviert, so entzogen sie über chemische Vorgänge einen Minimalstrom aus der Umgebung und die Teilchen lagerten sich an ihrer Umgebung ab. Das Ergebnis war eine nahezu perfekte dreidimensionale Abbildung ihrer näheren Umgebung. Die Daten wurden dann über die Co-Prozessoren der Hochleistungsanzüge aufgearbeitet und über Mini-Projektoren zusammengefügt. Das Ergebnis war eine detailreiche Projektion des abgelaufenen Bereiches.

»Okay. Wir haben es hier scheinbar mit mehreren Stockwerken zu tun. Meterhohe Wände, allerdings nicht immer gleich. Seltsam. Abgesehen davon scheint es Unterbrechungen zu geben«, interpretierte der Stratege die holografische Darstellung. »Vielleicht Türen, oder wieder so n Glyphen-Explosions-Scheiß wie vorher«, fügte Jessica hinzu. Die Soldaten schauten sich skeptisch an und fixierten dann wieder die Projektion. »Ich denke, wir haben hier mindestens zwei Hauptebenen. Hartlock, ich schlage vor, dass du einen Trupp übernimmst«, Gil deutete reih um auf die Kandidaten: »Begebt euch in den Westflügel des Konstrukts. Ich selbst, werde zusammen mit Jessi und den Übrigen in den Ostflügel gehen. Einer bleibt hier und versucht weiterhin das Hauptquartier zu erreichen«, beendete Gil seine Befehlskette. »Ich denke, ein Waffen Check-up wäre sinnvoll, bevor wir weitergehen. Wer weiß, auf welche Überraschungen wir hier noch treffen«.

Jeder der Soldaten war mit einem 95er Talanth-Blaster ausgestattet. Die Zahl stand für den Wirkungsgrad des Talanthkerns, der als primäre Energiequelle diente. Die Gewalt dieser Multifunktionskerne reichte dosiert für etliche tausend Schüsse. Man konnte sie je nach Sonderfabrikat jedoch auch zu einem Strahl bündeln. Einige findige Elite-Soldaten benutzten diese Kerne im Notfall auch als Ersatz für einen improvisierten Sprengsatz, indem sie die Kerne mehrerer Waffen synchronisierten und mutwillig überluden. Das Ergebnis war eine nicht zu unterschätzende Explosion mit massiver Druckwelle und geringfügigem EMP Potenzial. Die Waffen selbst waren danach jedoch nur noch teurer Elektroschrott. Neben dem Blaster standen Teams, bestehend aus Elite-Soldaten, eine individuelle Auswahl an Waffen zu Verfügung, darunter Thermolanzen, vergleichbar mit einer Art von Hochleistungsflammenwerfer, EMP Granaten,

Scharfschützengewehre mit Talanth-Munition und vielem mehr. Darüber hinaus wurde auf Missionen auch immer wieder auf Experimentalwaffen zurückgegriffen. Das erhöhte zwar das generelle Risiko, wenn etwas mit den Waffen schief ging, jedoch waren die Daten so auch ergiebigsten und das Wissen über Neu-Entwicklungen blieb ebenfalls in den höchsten militärischen Riegen. Das Militär scheute keine Kosten, um in regelmäßigen Abständen neue Waffen für die waghalsigen Missionen bereitzustellen. Jessi rundete ihr persönliches Waffenarsenal mit ein paar spezialgeschliffenen Elektro-Wurfmessern ab. Sie waren dazu in der Lage, ganze Bäume zu fällen und blieben dennoch handlich und leicht, wie eine Feder. Diese Wurfmesser waren im inneren mit einem zusätzlichen Energiekern bestückt, der über einen Trigger aktiviert werden konnte. Danach waren die Messer unter hochkonzentrierter elektrischer Spannung.

»Dann los Kameraden. Es wartet der nächste Schritt in *der Liste* auf uns alle! Bleibt wachsam und habt eure Scans im Auge. Jeder eine andere Ebene. Sobald etwas spektakulär erscheint, erwarte ich eine Rückmeldung über die gesamte Kette. Gemessen an dem etwas unpraktischen Feuerwerk, das wir zu Beginn angerichtet haben, sollten wir uns auch mit der Interaktion von Gegenständen an diesem Ort zurückhalten. Und jetzt los!«, beendete Gil seine Ansprache und versuchte noch einmal einen Motivationsschub durch die Truppe zu jagen. Nach dem anfänglichen Fehlstart dieser Mission musste es jetzt glatt laufen und schnell vorangehen. Er gab dem ersten Trupp eine richtungsweisende Handbewegung und verschwand dann selbst mit Jessi und den Anderen in der Dunkelheit. Was würden sie hier finden? Er hatte ein ungutes Gefühl bezüglich der Glyphen und den gefundenen Aufnahmen. Andererseits war dieser Planet bereits seit Jahren verlassen, was konnte also schon groß passieren?

ERSTKONTAKT

Ein monotoner Piep-Ton hallte durch den Intercom, als die Mannschaft durch die Gänge trabte. Das Sonar langweilte sich zu Tode, hier unten war absolut kein Lebewesen aufzufinden, abgesehen von ihnen selbst. Dieser Komplex war scheinbar seit langer Zeit verlassen. Die beiden Teams durchkämmten die langen und verworrenen Gänge der Anlage. Jeder fragte sich nach dem genauen Ursprung dieser Hallen, die als primären Bauträger scheinbar reines Metall, oder zumindest etwas ähnlich anmutendes, zu Grunde hatten. Da es laut historischer Aufzeichnungen eine Menge metallischer und generell geologischer Verbindungen auf dem Planeten aufzufinden gab, lag es nahe, dass man wohl die Materialien zum Bau dieser

Anlage auf dem Planeten selbst gefördert haben musste. Vermutlich hätten alle Atomwaffen des 21. Jahrhunderts nicht ausgereicht, um dieses seltsame Konstrukt einzureißen. Die Wände waren durchzogen von kryptischen Symbolen und leuchtenden Glyphen, bei deren Anblick sich jeder an die Geschehnisse von vor zwei Stunden erinnert fühlte. Hin und wieder entdeckten sie Kratzer entlang der Wände und Böden, konnten daraus jedoch keine sinnvollen Rückschlüsse ziehen.

Doch warum waren sie eigentlich hier? Eine nicht näher identifizierbare Senderquelle hatte vor einiger Zeit den interstellaren Notfallcode auf Militärebene abgesetzt. Das Ziel der Operation Trinitron 7 war es den Ursprung ausfindig zu machen und alle Beweismittel zu sichern, notfalls zu vernichten. Die besondere Brisanz lag in zwei verschiedenen Komponenten gelagert. Zum einen ging man davon aus, dass Trinitron 7 ein Geisterplanet war. Entsprechend argwöhnisch nahm das militärische Kommando die Nachricht von einem abgesetzten Notruf auf. Der zweite Punkt lag in der Vergangenheit des Planeten. Obgleich es zahlreiche Kriege in der menschlichen Geschichte gab, die weit mehr Verluste hervorgerufen hatten, war der Fall Trinitron 7 bis heute einzigartig und auf militärischer Ebene mit höchster Geheimhaltung klassifiziert. Da es weder Überlebende, noch Spuren des Hergangs gab, konnte man nur mutmaßen, was vor zwei Jahren auf diesem Planeten passiert war. Kombinierte man diese beiden Punkte, kam man zu dem Ergebnis, dass ein Notrufsignal mit militärischer Geheimhaltungsstufe kaum ohne Folgeprobleme bleiben konnte.

Plötzlich hob Gil die Hand zur Faust. Das Signal sofort inne zu halten. Er gestikulierte weitere Zeichen im typischen Militärstil und wies seine Leute an in Wachhaltung zu gehen und sich schussbereit zu halten. Keiner wusste, weshalb sie angehalten hatten. Das gleichmäßige Piepsen des Sonars war die einzige Regung in diesem Augenblick. An den Decken schien eine Art von hoch performanten Ventilatoren angebracht zu sein, die Luft in und aus dem Konstrukt pumpte. Argwöhnisch betrachte Hartlock die Verläufe dieser Ventilatoren. Es handelte sich um irgendeine Art von abgewandelter menschlicher Hightech-Bauart. Darüber hinaus gab es auch Abzugsschächte, da wo diese Ventilatoren angebracht waren. Daraus schlussfolgerte er, dass es Lebewesen hier drin gegeben haben musste und dass es einer extrem hoch entwickelten Technik zu verdanken war diesen metallischen Komplex überhaupt erschaffen zu können. Doch leider schien sich seit Jahren niemand um die Wartung gekümmert zu haben. Kein Wunder, war der Planet seit mindestens zwei Jahren vermeintlich ausgestorben. So schabten die Ventilatoren in gemächlichem Rhythmus ihre Runden und verliehen der Szenerie etwas Psychodelisches. Gil überprüfte mit einem Blick auf seine Anzeigen die Vitalwerte seines Teams, perfekte, vollausgebildete Profis. Nichts anderes hatte er erwartet. Das pulsierende Leuchten der Glyphen von den Wänden war eine perfekte Ablenkung. Eine Ablenkung, derer sie sich nicht ergeben durften, sollten sie hier auf Feindkontakt stoßen.

Dann huschten auf einmal Schatten an der Wand entlang. Sie alle hatten es gesehen. Gil machte eine zirkelnde Bewegung mit seinem Zeigefinger und ballte dann die Hand. Das Zeichen, sich Rücken an Rücken zu stellen und zu einem Ball zu formieren.

»Setzt eure Scans ab, sofort. Und ich will hier einen Signalgeber am Start haben«, flüsterte Gil. Sofort tippten die Soldaten auf die im Anzug eingelassenen Multifunktionsbildschirme herum. Auf einmal spielte das Sonar verrückt, als hätte es eine Überdosis Speed abbekommen. Gil überprüfte die Anzeige und gab Sprachkommandos, um weitere Analysen abzusetzen. »Sonar-Scan. Anzahl. Entfernung. Typisierung«, wies er das System an. Auf dem Bildschirm entstand eine dreidimensionale Abbildung des Komplexes mit Ausschnitt auf das Gebiet, in dem sie sich aktuell befanden. Der Sonar-Scan wurde darauf mit feinen wellenförmigen Linien hervorgehoben. Ein roter Punkt. Sie hatten etwas gefunden, oder etwas hatte sie gefunden. Die Mannschaft ging geschlossen in Gefechtsposition. Nur das schwerfällige Scheuern der Deckenventilatoren war noch zu vernehmen.

FLUCHT

Elf Punkte, zwölf, es wurden rapide mehr, mit jeder weiteren Sonarwelle, die auf die umliegenden Gänge und Räume traf.

›› »Anzahl 17, steigend«, kommentierte DIANE statisch.

›› »Entfernung verringernd, jetzt konstant. Typisierung … unmöglich. Bio-Scan positiv« beendete sie ihren Bericht.

Was auch immer dort im Dunklen lauerte. Es wurde stetig mehr, war keiner bekannten Lebensform zuzuordnen und zumindest in einigen Bestandteilen aus lebender Biomasse. All diese Scans wurden über hochsensible Luftfilter durchgeführt, die sich an strategischen Stellen der Anzüge befanden. »Endlich is hier mal was los«, störte Jessi die unheimliche Stille. »Was jetzt Gil?«, fragte einer der

Übrigen, jedoch ohne einen Hauch von Unsicherheit in der Stimme. »Wir warten ab …«, erwiderte Gil und betrachtete den Sonar-Scan, der mittlerweile blutrot leuchtete. »Zumindest haben wir einen sauberen Rückweg wie es scheint«, ergänzte er und machte eine weitere Handbewegung. Kommando »Wand«. Jeweils eine Person kniete auf dem Boden und wurde von einer stehenden Person unterstützt.

Nichts passierte. 37 Lebensformen, oder was auch immer diese Ausschläge verursachte, meldete das Sonar bisher. Der Ventilator scheuerte noch immer in seinem gewohnten Rhythmus die Decke entlang, die einzige Konstante in dieser angespannten Situation. »Wir sollten da reingehen und einfach alles umnieten, was da rumläuft«, teilte Jessi ihren tiefsinnigen Plan den Anderen mit und wurde mit einem Schweigen über das Intercom abgestraft. Die Bio-Werte der Truppe hatten sich jetzt leicht erhöht. Gil gab das Zeichen zum stetigen Vorrücken. Sowohl die hockenden Soldaten, als auch die stehenden bewegten sich in perfekter Synchronisation nach vorne, die Waffen im Anschlag. Die Anzeige auf dem Sonar visualisierte, dass sich lediglich ihre Position veränderte. Die übrigen Lebewesen schienen an Ort und Stelle zu verweilen, an der sie das erste Mal von dem Sonar entdeckt worden waren. Auf einmal hörte das Pulsieren der Glyphen auf. Sie erstrahlten zunächst taghell und erstarben dann vollständig. Pechschwarze Nacht. Gleichzeitig drehte das Sonar wieder durch, als sich die registrierten Lebensformen auf sie zubewegten. Alle. Sie aktivierten die Lichtquellen ihrer Anzüge, die jeweils auf

Schuh-, Knie- und Schulterhöhe entsprechende Apparaturen bereitstellten. Das Ganze dauerte keine Sekunde. Ein Geräusch wie zerkratzendes Metall hallte durch die Gänge und nötigte den Trupp dazu, die Geräuschdämpfung innerhalb der Helme zu aktivieren, um nicht vollständig taub zu werden. »Rückzug, gestaffelt, sofort! Schnell, schnell!«, platzte es aus Gil heraus, als die Truppe gestützt durch die Mechanik der Anzüge in einem Mordstempo durch die Gänge jagte. Die Bein-Servos überlagerten jegliche Geräusche. Mit einer Geschwindigkeit, von der jeder 100-Meter-Läufer nur träumen konnte, gewannen sie jedoch keinen Boden … im Gegenteil. Die einzelnen Punkte hatten sich mittlerweile zu einer roten Welle auf der Anzeige verschmolzen und jagten ihnen scheinbar hinterher. »Hartlock, kommen. Wir haben hier unter Umständen ein Problem. Rückzug zum Alpha-Punkt. Sofort!«, raunte Gil durch das Intercom, als die schweren Schritte der Anzüge durch den metallischen Gang hämmerten. »Was zur Hölle verfolgt uns da?«, fragte einer. Aus dem Augenwinkel konnte Jessi ein paar schemenhafte Gestalten an der Decke und den Wänden erkennen. Sie hatten scheinbar ein verdammt großes Problem. Intuitiv griff sie an ihren taktischen Munitionsgürtel und löste eine Thermogranate, entriegelte diese und warf diese in der Vorwärtsbewegung über ihre Schulter nach hinten. »Blitz!«, kommentierte sie den Vorgang. Das Zeichen dafür die Umgebungsregelung der Anzüge zu aktivieren und die Schilde hochzufahren. Sie rannten um die nächste Ecke, als sich ein gewaltiger

Energieblitz entlud und den Gang erhellte. Unmittelbar folgte eine ungeheure Druckwelle, die von hinten auf sie zurollte. Kurze Statik war auf dem Intercom zu hören. Dann erstarb das Licht wieder. Thermogranaten waren handliche Bälle von der Größe zweier geöffneter Hände. Man konnte sie an Haltegriffen gegeneinander drehen und auseinanderziehen. Dadurch wurde ein Sprengcountdown ausgelöst und machte die Granate scharf. Drei Sekunden später entlud sich eine hitzeintensive Druckwelle, die alles versengte, was sich im Umkreis einiger Meter aufhielt. Höchsteffektiv gegen biologische Ziele aller Art.

Die Zeit schien still zu stehen. Die Granate hatte einen Tick zu spät detoniert. Alle drehten sich im Wegrennen für den Bruchteil einer Sekunde um, in der Hoffnung einen Blick auf das zu bekommen, was sie verfolgte. Was sie zu sehen bekamen, lies ihnen das Mark im Körper gefrieren. »Heilige Scheiße!«, kommentierte einer der Begleiter die Szenerie. Ein Anderer hatte weniger Glück, als er von einem der Schatten an der seitlichen Wand angegriffen wurde. Das Sonar hatte die Anzahl der Lebensformen bereits korrigiert. 19 waren nach der Detonation des Sprengkörpers übrig geblieben. »Stoßfeuer. Holt ihn da raus, sofort!«, bellte Gil. Die Dämpfer innerhalb der Anzüge hatten bereits reagiert und die kinetische Energie in den Bein- und Fußpartien umgeleitet. Die Blaster gezogen, jagten grün-blaue Lichtblitze durch den Gang und enthüllten bizarre Reißzähne, krallenartige Wesen und metallisches Glitzern. Die Schüsse prasselten auf ihre Verfolger ein. Jeder Schuss ein Treffer. Wände, Boden, Decke wurden gleichmäßig mit

Energiestößen abgedeckt. Bei jedem Treffer hallten martialische Schreie durch die Gänge, doch die bisher unbekannten Wesen waren nicht tot. Die Blastertreffer entblößten ein metallisches Skelett, das unwirklich glitzerte, als die Blasterwellen durch den Gang flogen. »Das juckt die scheinbar nich so sonderlich«, hetzte Jessi zwischen einigen Schüssen durch den Intercom. Der glücklose Begleiter war mittlerweile von einer Meute dieser gottlosen Kreaturen umringt. An ihm zerrend, wie gierige Löwen die ihre Beute zu fassen bekamen, wurden ihm Arme und Beine abgerissen oder schlichtweg abgehackt. Man glaubt nicht, wie viel fünf Liter Blut sein können, wenn noch andere Körpersäfte und Gedärme dazukommen. Der Anblick glich einem Massaker erster Güte. »Wir müssen hier raus. Schnell. Hartlock, kommen. Status sofort! Wir haben hier ein Problem«, funkte Gil. Von der Gegenseite war noch immer keine Antwort zurückgekommen.

»Thermolanzen aktivieren. Jessi, du übernimmst die Granaten. Weg hier!«, gab er personalisierte Anweisungen. Schnell wurden die Blaster justiert. Sie gaben nun einen stetigen Energiestrahl ab, der sich erbarmungslos durch alles hindurch fraß. Langsam verringerte sich die Anzahl der Lebensformen auf dem Sonar. Elf nicht identifizierbare Lebensformen waren noch übrig, sich schnell nähernd. »Blitz!«, tönte es durch den Intercom. Lichtblitz, Druckwelle, Stille.

Piepsend meldete sich das Sonar im normalen Trott wieder. »Scans!« kürzte Gil ab und erwartete den Bericht. Sie hatten ihre Angreifer zurückschlagen können, dafür jedoch einen weiteren ihrer Männer verloren.

Sie traten näher an die Leiche ihres gefallenen Kameraden heran, oder besser gesagt, an das, was noch von ihm übrig geblieben war. Gleichzeitig begannen die Glyphen wieder in ihrem unheimlichen Rhythmus zu pulsieren, als wäre nichts gewesen. Einer der Ventilatoren hatte die Druckwelle nur schwer überstanden und machte jetzt kratzende Geräusche bei dem Versuch seine Runden zu ziehen. Gil ging in die Hocke und betrachtete die Überreste. Der zerfetzte Anzug war an einigen Stellen mit chirurgischer Präzision abgetrennt worden. Es gab nicht einmal eine grobe Kante. »Wie ein heißes Messer durch Butter … verdammte Scheiße«, meldete sich Jessi zu Wort. Der Anzug konnte ABC-Waffen aushalten, einem Druck von mehreren Kilogramm widerstehen, aber wie bereits am Eingang zum Komplex, als dieser tragische Vorfall passierte, hatte auch hier die ihnen zu Verfügung stehende Technik scheinbar keine Chance. Das Fasergemisch war an den Schnittstellen wie verödet. »Was auch immer diese Viecher hier waren... oder sind, sie sind verdammt effektiv«, kommentierte Gil die Szene. »Wir müssen zurück zum Alpha-Punkt und die anderen Treffen. Schnellstens!«, gab er den Befehl zum Aufbruch. Gestaffelt stapften sie durch die in tödliches Blau gehüllten Gänge. Argwöhnisches betrachtete jeder von ihnen die Umgebung. Von Langeweile war keine Spur mehr. Die Vitalwerte hatten sich wieder beruhigt, pendelten sich jedoch deutlich über dem ursprünglichen Normalniveau ein. Die Instinkte der Soldaten waren wachgerüttelt worden. Mit martialischer Brutalität waren sie daran erinnert worden, warum sie Elite-Soldaten waren und für diesen Einsatz ausgesucht wurden. Die Mission Trinitron 7 würde kein Spaziergang werden, soviel war sicher.

RETTET UNSERE SEELEN

Währenddessen bei Hartlocks Gruppe: Die Teams hatten sich gerade getrennt, um die beiden Flügelsysteme des Ruinenkomplexes zu untersuchen. Der Waffen- und Strategieexperte hatte sein Team perfekt unter Kontrolle. »Signalgeber setzen. Scans!«, rief er kurz und knapp alle 50 Schritte seinem Team zu. »Behaltet das Sonar im Auge, ich will hier keine Überraschungen. Versucht das Notsignal zu isolieren, es muss in diesem Teil des Flügels irgendwo seinen Ursprung haben«, fügte er hinzu und stapfte in seinem Anzug durch die Gänge. »Hartlock. Schau dir mal diese Spuren hier an«, rauschte es im Intercom. »Sieht aus wie … Kratzspuren!? Und das in diesem metallischen Konstrukt?«, fügte eine weitere Stimme hinzu. Das Team kam zum Stehen und formierte sich um den Fundort. Die Dämpfungen der Anzüge zischten leicht, als sie das angezogene Lauftempo abrupt herunterdrosselten. Hartlock kniete vor der seitlichen Wand des unendlich lang anmutenden Ganges und fuhr mit dem Handschuh über die Kratzspuren. »Ziemlich präzise. Teilweise ein paar Zentimeter tief.« An den Rändern bemerkte er einige Überreste einer potenziell organischen Substanz. »Bio-Scan durchführen«, wies er DIANE an.

≻≻ Bio-Scan positiv. Typisierung nicht möglich. Herkunft unbekannt

»Herkunft unbekannt? Was hat das zu bedeuten?«, rauschte es durch die Lautsprecher der Anzüge. »Das bedeutet auf jeden Fall, dass DIANE es zu keiner uns bekannten genetischen Lebensform in Verbindung bringen kann. Entweder, weil die DNA tatsächlich unbekannt ist, oder durch irgendeine Art von äußeren Einflüssen verändert wurde. Beispielsweise durch radioaktive Strahlung oder einer biologischen Verseuchung«, führte Hartlock aus.

»So oder so aber nicht unbedingt das beste Ergebnis, gemessen an dem was hier bereits vor der Haustüre erlebt haben«, warf einer aus dem Team ein und zerrieb die Biomasse zwischen Daumen und Zeigefinger. »Widerliches Zeug«, kommentierte er den Vorgang.

»Das hat momentan keine Bewandtnis mit unserer Mission«, entgegnete Hartlock und prüfte die Einsatzzeit.

Es war bereits 1820 militärischer Zeit. »Wir müssen weiter. Abmarsch!«, trieb er sein Team an. Einige Zeit und viele Gänge später gelangten sie in eine Art Kommunikationszentrum. Zumindest vermittelten die Unmengen an Monitoren und Gerätschaften diesen Eindruck. »Wow … nicht schlecht, das würde ich mir glatt ins Wohnzimmer stellen. Wäre ich jemals daheim …«, kommentierte jemand aus dem Trupp die Szenerie. »Abgefahrenes Zeug!«, erwiderte ein Anderer den Anblick, der sich ihnen bot. Der Raum wirkte überladen von Informationen. Überall blinkten irgendwelche Lichter und flackerten Monitore oder Hologramme. Zusätzliche Anzeigen versorgten den Raum mit allerlei Daten, aufbereitet in Diagrammen und Bildern. Beim groben Überfliegen fielen ihnen Informationen über Vital-Werte auf und eine Kamera von seltsamen metallischen Tanks, umringt von Apparaturen. Außerdem konnten sie schleimige Areale und riesige Hallen beobachten. Hartlock prüfte den Standort auf seiner integrierten Helmanzeige und tippte zusätzlich auf den Kontrolltasten seines Handschuhs herum. »DIANE, 3D-Modell laden. Signalgeber-Informationen aktualisieren. In einen holographischen Daten Stream kanalisieren und mit dem Notrufsignal überlagern.«

Sie hatten ihr Ziel scheinbar erreicht. Von diesem Standort aus wurde der Notruf abgesetzt, der zum Start dieser Code-S-Mission auf Trinitron 7 führte. Doch wer hatte sie losgeschickt? Skeptisch, aber fokussiert, blickte er sich im Raum um.

»Okay Männer, an die Arbeit. Ich will, dass hier alles angezapft wird, was wir kriegen können. Leitet die Daten direkt an DIANE weiter und führt einen multidimensionalen Logikscan durch.« Hartlock schaute jeden der Männer reihum an, als er die Befehle gab. Sie konnten sich zwar durch die Anzüge nicht direkt sehen, aber es war für ihn eine Art der direkten Kommunikation seine Befehle so an seine Männer weiterzugeben. »Ich selbst, werde mich hier mal ein wenig umschauen. Gebt mir Bescheid, wenn ihr was habt«, schloss er sein Briefing und stapfte in einen angrenzenden Raum, der mit weiterer Elektronik vollgestopft war.

Die Männer verteilten sich und verbanden die Anzüge über Daten-Kabel mit den Terminals. Nach und nach wurde DIANE mit Datenuplinks versorgt, während sie diese Daten verknüpfte, verwarf und neu verknüpfte. Die Computerlogik versuchte dem Datenstrom, mit mehreren Exabyte pro Sekunde, Leben einzuhauchen. Die künstliche Intelligenz agierte vollkommen autark und nutzte die Ressourcen verfügbarer Anzüge und Rechner in der Umgebung. Ein Geniestreich findiger Militär-Entwickler, denn so konnten Tonnen an Daten verschoben, gespeichert und analysiert werden, direkt am Einsatzort. Endlich war es möglich komplexe Daten und Zusammenhänge in Echtzeit berechnen zu lassen. Durch die Darstellung in holografischen Projektionen war es zudem möglich, ein sehr realitätsnahes Ergebnisfeedback zu geben. Je mehr Anzüge in der Nähe waren, desto effizienter funktionierte das Netzwerk. Eine halbe Stunde später war ein Großteil der Daten übertragen.

»DIANE, Auswertung«, verlangte er umgehend.

↣ »Jawohl, Sir«, antwortete DIANE bereitwillig.

↣ »Den Daten zufolge handelt es sich um einen nicht deklarierten Forschungskomplex. Ich habe die Daten mit allen Code-S Archiven des Militärs verglichen. Kein Treffer. Trotz allem scheint dieser Komplex wohl ehemals unter menschlicher Führung gewesen zu sein.«

»Unter menschlicher Führung... gewesen zu sein … was genau meint sie damit?«, fragte einer aus Hartlocks Team. Der Rest zuckte nur mit den Schultern. »DIANE. Spezifiziere deine Aussage. Gibt es hier noch weitere Lebensformen, außer menschlichen?«, hinterfragte er.

↣ »Das Datenmaterial weißt mindestens zwei weitere DNA-Prints aus, die in nur unwesentlichem Umfang mit menschlicher verwandt ist. Einfacher gesagt, ja, es gibt hier noch weitere Lebensformen, Sir.«

Die Männer schauten sich ringsum an.

»DIANE. Gibt es dazu Bildmaterial, Videos oder holografische Aufzeichnungen?«, hinterfragte er weiter, in der Hoffnung ein wenig Klärung in die Situation zu bringen.

↣ Lade 3D-Modelle. Leite sie in holografische Datenströme um. Projiziere Daten.

Inmitten des Teams erschien eine Kreatur, die offensichtlich von Biomasse überzogen war. Die klauenartigen Auswüchse die vermutlich etwas wie Arme und Beine darstellen sollten, waren überdimensional. »Die Kratzer an der Wand …«, murmelte einer. »DIANE, visueller Abgleich mit den Daten von der Wand.«

≻≻ Lade Daten. Abgleich erfolgt. Trefferwahrscheinlichkeit bei 99.9 Prozent.

Wildes Gemurmel setzte unter den Soldaten ein:

»Verdammt, diesen Viechern möchte ich nur ungern begegnen.«

»Machen wir, dass wir hier rauskommen.«

»Seid nicht solche Waschlappen!«

»Beruhigt euch«, fuhr Hartlock dazwischen. Der Trupp verstummte. »Gil, bitte kommen. Wir haben hier etwas Beunruhigendes entdeckt. Gil, bitte melden.«

Sein Versuch wurde mit Stille und einem Rauschen auf dem Intercom quittiert. »Gil, Jessi. Hier spricht Hartlock. Bitte meldet euch, wir sollten dringend eine Datensynchronisierung durchführen, bevor wir hier weitermachen«, versuchte er es erneut. Wieder erhielt er kein Feedback. »Großartig...«, brummte er vor sich hin. »Okay Männer, packt zusammen. Ihr beide checkt nochmals das Haupttterminal. Ich will wissen, wer diesen

Notruf abgesetzt hat und dann machen wir, dass wir hier wegkommen.

»Alles klar«, ertönte es synchron und sie machten sich an die Arbeit. Er selbst übernahm einen Teil der Analysearbeiten, als plötzlich ein Geräusch ertönte. »Was war das? Hat von euch jemand etwas aktiviert?«, schaute er fragend zu den beiden Soldaten, die an der anderen Konsole beschäftigt waren. »Ähhh … könnte sein …« druckste einer der beiden herum.

»Verdammter Mist!«, fluchte Hartlock und wuchtete zur gegenüberliegenden Konsole, um die Daten zu prüfen. Plötzlich schlossen sich die Türen zum Kontrollraum und isolierten ihn vollständig. Lediglich ein unheilvolles bläuliches Schimmern konnte man aus den dahinterliegenden Gängen erkennen. Dann erstarb das Licht. »Was auch immer wir hier in Gang gesetzt haben, es kann nichts Gutes sein«, kommentierte er das Geschehnis und begann sich tiefer in die Computersysteme zu hacken, so gut es ihm möglich war.

UNVORHERGESEHENE KONSEQUENZEN

Hartlock und sein Team wuselten wie angestochen um die unzähligen Terminals und versuchten nicht nur die Türen wieder zu öffnen, sondern auch eine Erklärung dafür zu finden, was sie ausgelöst hatten. Mit einem Datenuplink verknüpften sie DIANE mit dem Datenzentrum. Irgendwann erschienen weitere Bilder auf den zahlreichen Monitoren. »Hey Leute, das ist doch Jessi!«, rief einer aus dem Raum heraus und deutete auf einen zentral gelegenen Monitor. »Oh Shit, was geht da vor sich?«, hinterfragte einer der Übrigen, als man die typischen grün-blauen Lichtblitze durch den Gang fliegen sah. »Wir haben Mist gebaut. Das geht vor sich. Wir haben hier irgendetwas aktiviert und die müssen es gerade ausbaden. Verdammt!«, murrte Hartlock. »Zurück an die Arbeit! Los! Egal was wir hier aktiviert haben, es muss runtergefahren werden. Sofort!«, wütete er um sich und folgte der gruseligen Szenerie, die sich auf den flackernden Displays abspielte. Soeben hatte es einen ihrer Leute erwischt. Das, was danach folgte, sorgte sogar bei einem Veteranen wie ihm für Gänsehaut. »DIANE. Datenscan. Entfernungsermittlung zum anderen Team!«, forderte er.

≻≻ Negativ. Datensynchronisierung nicht möglich.

»Was zum Teufel!«, verfluchte er DIANE und das, was sie hier ins Rollen gebracht hatten.

»Ich hab hier was!«, ertönte es über den Intercom. Einer der Soldaten aus Hartlocks Team war ein hochspezialisierter Hacker. Er hatte scheinbar einige Daten-Routinen entdeckt und sie mit einem Aktivierungslog verknüpft, das er auf den Systemen gefunden hatte. Wild hackte er auf seinem integrierten Display rum. »Daten-Holo, sofort!«, sprach er mit leichtem Akzent. Sofort erschien eine Art holografischer Würfel, um ihn herum, und bildete alle möglichen Datenströme, Algorithmen und weiteren komplexen Computerkram ab, der für den Waffenspezialisten definitiv zu hoch war. Die Szene hatte etwas Befremdliches. Jemand der so etwas in seinem Leben noch nie zuvor gesehen hatte, hätte ihn vermutlich einliefern lassen. Doch Jevgeny wusste genau, was er tat. Abwechselnd tippte er auf seinem Display, erteilte parallel dazu Sprachkommandos an DIANE, um so viel wie möglich gleichzeitig zu erledigen und fuchtelte in dem quadratischen holografischen Abbild umher, um irgendwelche Daten zu verschieben, zu verknüpfen und Aktionen auszulösen.

»DIANE, Daten-Bypass auf Ebene 3 durchführen. Datenupload von Ebene 2A auf 4F durchführen. Klone die Daten und lösche sie dann wieder im vorigen Datensektor. Lege Quantenberechnungen der bestehenden Datenströme auf das Modul in Ebene 14 und dann löse den Daten-Bypass wieder.«

Die restlichen Mitglieder des Trupps standen im Halbkreis, um Jevgeny, herum und verschränkten die Arme, verfolgten dabei das Gemetzel auf den zahlreichen Monitoren. Keiner von ihnen hatte auch nur den blassesten Schimmer, was hier gerade vor sich ging. Plötzlich öffneten sich die Türen und man konnte auf den Bildschirmen erkennen, dass das regelmäßige Pulsieren der bläulichen Glyphen entlang der Wände wieder eingesetzt hatte.

»Gute Arbeit, Jevgeny!«, Hartlock legte eine Hand auf seine Schulter. »Zusammenpacken! Rückzug zum Alpha-Punkt, sofort!«, bellte er in den Raum. Seine Pulswerte zeigten eine leichte Erhöhung an. Er wusste nicht, was hier passiert war, aber es war definitiv nicht gut gewesen. Nach der Überraschung am Eingang hatten sie nun weitere Verluste hinnehmen müssen. Zwar konnten sie den Ursprung des Signals lokalisieren und etliche Exabyte an Daten sicherstellen, doch er hatte das ungute Gefühl, dass die Mission Trinitron 7 noch zu einem wahren Albtraum werden würde.

ALLES AUF ANFANG

Das Team aktivierte die Servos ihrer Anzüge auf Hochleistung und sprintete zurück zum Alpha-Punkt. Die massiven Tritte bei einem Tempo von über 30km/h hinterließen ein Wummern in den metallisch ausgelegten Gängen. Sollte hier etwas auf Geräusche reagieren, dann würden sie es sehr bald zu spüren bekommen. Es war 2135 militärischer Zeitrechnung als Hartlock mit seinem Team, um die letzte Ecke gebogen kam und gespannt war, was er vorfinden würde. Auf dem Rückweg hatte er kurz Kontakt mit Gil aufnehmen können. Auch sein Team war wieder auf dem Weg zum Eingang. Scheinbar hing die Synchronisierungsstörung mit den Glyphen zusammen, die sie aktiviert hatten. Er würde später DIANE darauf ansetzen, nahm er sich vor, bog um die letzte Ecke und bremste abrupt ab. »Oh oh …«, war die erste Regung, die ihm entglitt, als er Jessica, Gil und die Anderen vor dem verschlossenen Haupteingang sitzen sah. Die Anzüge sahen alle nur leicht mitgenommen aus. Überall waren Überreste von klebriger Biomasse zu erkennen und an einigen Stellen konnte man minimale Risse erkennen. Umgehend musste er an die Bilder denken, die er auf dem Monitor verfolgt hatte, als diese Wesen mit ihren enormen Klauen dem Trupp hinterherjagten. Einen Teil der Schäden würde die spezielle Legierung der Anzüge wieder selbständig reparieren. Das spezielle Fasergemisch war dazu in der Lage sich mit sehr langsamem Tempo wieder zu versiegeln, allerdings nur so lange, wie die Stellen nicht zu groß waren. Einschusslöcher von Großkaliber-Waffen, Verbrennungen oder das Rausschneiden größerer Stellen würden zu irreparablen Schäden an den Anzügen führen.

»Ohoo, die feinen Herren kommen doch noch zum Empfang«, empfing Jessi den herannahenden Trupp. »Alles klar bei euch? Wir haben euer kleines Scharmützel mit diesen Viechern verfolgen können. Scheinbar ist dieser ganze Komplex mit irgendeiner Art von audiovisuellem Überwachungssystem ausgestattet. Und fragt jetzt nicht warum …«, beendete Hartlock seine Willkommensrede. »Wir hatten einiges zu tun. Diese … Viecher, Aliens, was auch immer sie sein mögen, verstehen nicht unbedingt viel Spaß. Darüber hinaus sind sie zäh und schnell«, begann Gil die Geschehnisse zusammenfassen und das zweite Team auf Stand der Dinge zu bringen. In militärischen Einsätzen was es oberste Priorität, dass das taktische Wissen und die Lage der Mannschaft ausnahmslos an jeden Einzelnen weitergegeben wurde. »Abgesehen davon, dass sie ebenfalls an Decken und Wänden entlanglaufen können und ein metallisches Exoskelett unter der Biomasse tragen«, ergänzte einer aus Gils Team. »Gab es im anderen Flügel angenehmere Überraschungen?«, hinterfragte Gil. »Wir konnten eine Art Kommandozentrale sichern und Unmengen von Daten an DIANE weiterleiten. Die Auswertung der gesamten Daten dürfte verdammt lange dauern. Scheinbar handelt es sich um einen militärischen Forschungskomplex, der jedoch nicht datiert werden kann und mit keiner unserer bekannten Einrichtungen, seit Aufzeichnungsbeginn, verknüpft ist«, erklärte Hartlock und fuhr nach einer kurzen Pause fort. »Es könnte auch sein, das euer Treffen mit diesen Aliens auf unsere Kappe geht. Zumindest scheint es wohl Mechanismen zu geben, die irgendetwas mit diesen Glyphen zu tun haben.« Die Mitglieder des Teams schienen jeder für sich das gehörte zu verarbeiten und mittels ihrer Fachkenntnisse in irgendeinen Bezug zu setzen. »Ach ja. Das dem Hauptquartier überlieferte Signal wurde ebenfalls aus der erwähnten Kommandozentrale abgesetzt. Auch diese Daten werden aktuell von DIANE analysiert. Ich befürchte jedoch, dass wir hier so viele Daten zu verarbeiten haben, dass wir uns mit tiefsinnigen Hintergründen zu all dem noch ein wenig gedulden müssen«, ergänzte Hartlock und beendete die Stille. »Wenn das alles hier irgendwie verknüpft is, dann müsste DIANE doch diese verdammte

Tür wieder öffnen können, damit wir hier endlich verschwinden können«, rauschte es durch den Intercom. »Negativ.«, beantwortete Hartlock schnell. »Als ich euch vor dem verschlossenen Eingangsportal gesehen habe, gab ich DIANE bereits den Auftrag einen Bypass über die Kommandozentrale abzusetzen. Wir haben einen Daten-Klon von ihr in den dortigen Hauptrechner eingespeist, genau für diese Fälle. Jedoch hatte sie keinerlei Erfolg damit die Sicherheitssysteme zu umgehen, beziehungsweise überhaupt einen Ansatz zu entdecken, der uns weiterhelfen könnte. Scheinbar müssen wir uns erst einmal damit abfinden hier festzusitzen«, fuhr er fort. »Großartig! Wirklich großartig. Die Kommunikation von hier drinnen nach draußen funktioniert nicht, wir stecken in diesem Loch fest, der Kontakt zum Hauptquartier ist abgerissen und zum glorreichen Finale haben wir noch einen weiteren unserer Männer verloren. Nach dieser Scheiße hier brauch ich erst einmal Urlaub«, kommentierte einer aus der Gruppe die verworrene Situation. »Okay Leute, jetzt reißt euch mal wieder zusammen!«. Gil versuchte für Ordnung zu sorgen. »Ich habe das aktualisierte 3D-Modell der Anlage überprüft. Da die Kommandozentrale scheinbar den oberen Endpunkt darstellt, können wir uns den Weg dorthin sparen. Unsere einzige Alternative ist dahin zurück, wo wir auf diese … Aliens, gestoßen sind. Scheinbar trennt sich der Komplex dort in weitere unterirdische Ebenen auf. Da vermutlich sonst niemand einen besseren Vorschlag hat, würde ich sagen wir machen uns dorthin auf den Weg und suchen einen anderen

Ausgang als diesen hier«, schloss Gil seine Ansprache. »Oder wir machen hier ein kleines Feuerwerk und sprengen uns nach draußen«, warf Jessi ein. »Ja, genau. Tolle Idee. Grill uns doch hier drinnen, nachdem wir draußen erst eine Hand voll unserer Leute beim ersten Versuch verloren haben«, warf Jevgeny ein und traf damit den Nerv der übrigen Soldaten. Nachdem der erste Versuch bereits schiefgegangen war die Pforte mit Sprengkörpern zu öffnen, wollte man es im Inneren nicht noch einmal riskieren. Keiner wusste, ob sie damit wieder etwas aktivieren würden oder das Konstrukt vielleicht doch einstürzen würde, obgleich es extrem massiv wirkte. Jessi wollte der Bemerkung etwas entgegnen, ließ es aber dann doch dabei bewenden. So kühn sie auch wirkte, die Ereignisse im Außenbereich hallten auch in ihrem Gedächtnis noch immer nach und sie wussten nicht, was sie hier unten noch zu erwarten hatten. »Also sind wir uns einig tiefer in den Komplex vorzudringen. Freut mich.«, ergänzte Gil sarkastisch. »Hartlock, wir müssen unsere Ausrüstung optimieren. Haben wir irgendwelche Spielzeuge dabei, die uns den Aufenthalt etwas angenehmer gestalten können?«, adressierte er seine Frage an den führenden Waffenspezialisten innerhalb des Teams. Hartlock entkoppelte den Rückentank seiner Rüstung, den modernen Ersatz für den Rucksack eines jeden Militärs. Der Umstand, dass die Anzüge in der Lage waren das Zehnfache ihres Anwenders zu tragen bot einige Möglichkeiten, um spezialisierte Ausrüstung mit sich zu führen. Er räusperte sich. »Ich habe mir in der Zwischenzeit das Videomaterial von eurem Zwischenfall angesehen. Da die Blaster scheinbar nur unzureichende Feuerkraft aufbieten konnten, einige Zeit benötigen, um sich wieder aufzuladen und wir darüber hinaus auch nicht unendlich viele Thermogranaten in der Hinterhand haben, würde ich zu einigen unkonventionelleren Waffentypen raten.« Hartlock begann, das vorab erstellte Waffenregister für diesen Einsatz abzurufen. Dem Waffenexperten mit dem höchsten Rang oblag es vor jeder Mission die Einsatzparameter zu überprüfen. Dazu gehörte der Einsatzort, sofern man darüber etwas wusste und die Eigenheiten des Teams, sowie ihrer persönlichen Stärken und Schwächen im Waffenumgang. Anhand dieser Daten konnte er dann das Standardrepertoire der einzelnen Personen noch, um weitere Waffentypen, erweitern. »Wir haben hier eine hochkomprimierte Laser-Peitsche. Sie zerschneidet gewöhnliche metallische Verbindungen wie Butter, hält für mehrere Wochen Energie parat und hat eine variable Reichweite für bis zu 15 Meter. Konventionelle Waffen können wir vermutlich komplett streichen. Die Datenauswertung von DIANE hat ergeben, dass sich die Biomasse, mit der diese Wesen überzogen sind, selbst regeneriert und es darüber hinaus noch keine Informationen gibt, ob sie so etwas wie ein Nervensystem haben. Das heißt, wir müssen diese... Dinger, einfach komplett zerlegen, in der Hoffnung, dass sie liegenbleiben.« Hartlock holte kurz Luft und fuhr dann fort: »Für den Umgang mit der Peitsche bin ich speziell geschult und werde sie daher übernehmen.« Dann schaute er in Jessis Richtung: »Öffne deinen Tank. Du solltest energetische Cookie Cutter Klingen vorfinden. Neuester Waffentyp. Deinem Dossier zufolge bist du mit Messern recht gewandt. Ich denke, diese Klingen sollten dir in möglichen Kampfszenarien von großem Nutzen sein.« Cookie Cutter, war eine umgangssprachliche Bezeichnung für Waffen, die so ziemlich allem innerhalb kürzester Zeit den gar ausmachen konnten, egal wie speziell die Anforderung war. »Der Erfinder war ein Freund der alt-japanischen Tradition. Er nahm als Vorlage im Prinzip zwei Katanas und ersetzte die geschwungene Klinge durch Elektroschneiden, aber der Clou kommt erst noch. Diese Katanas lassen sich einzeln einsetzen oder kombinieren. Über einen Synchronisierungschip werden dann beide Energiekammern gebündelt.« Hartlock nahm die beiden Klingen und drückte sie Jessica in die Hand. »Die Übrigen sollten ihre Blaster auf Thermolanzen-Betrieb umstellen, aber sachte, wenn das Relay durchschmilzt, dann war´s das. Wir schauen einmal, wie sich das Ganze entwickelt, und justieren bei Bedarf nach. Ich habe im Vorfeld eine Auswahl an Waffen beantragt, die über das Team verteilt gelagert sind«. Das Team nickte einhellig. Da Gil der inoffizielle Anführer und Kampfkoordinator des Trupps war, behielt er seinen Blaster und übernahm eine weitere Ladung von Thermogranaten. Die Übrigen blieben zunächst bei ihren Blastern und stellten ihre Waffen auf Lanzenbetrieb um. Die Bündelung einzelner Schüsse zu Strahlen würde sich effizienter durch diese Aliens fressen, so war zumindest die Vermutung. Jessi machte einige

Übungshiebe mit den Katanas. Ihre klassische Martial Arts Ausbildung half ihr dabei, schnellen Zugang zu der Waffe zu finden. Hartlock übernahm, wie angekündigt, die Laser-Peitsche, da es einiges an Training benötigte, um damit effizient umzugehen. »Okay Leute, auf geht's. Treten wir diesem Alien-Abschaum in den Arsch!«, motivierte Gil den Trupp und setzte sich in Bewegung.

TIEFER INS VERDERBE

Der Trupp bewegte sich geschlossen durch die Gänge, immer das unheilvolle Leuchten der Glyphen im Auge. Sie passierten die Stelle, an der sie einen ihrer Kollegen verloren hatten, ohne sich zu verlangsamen. Gil wollte die Moral der Männer nicht noch weiter gefährden und entschloss sich deshalb zu dieser Vorgehensweise. So oder so hätten sie aus dem Brei von Blut und Gedärmen keine weiteren Rückschlüsse ziehen können. Ihr Mitstreiter war tot, das war Teil des Geschäfts. So waren die Regeln und sie alle wussten es. Sie betraten nun die Passage, in der die Hetzjagd seinen Anfang nahm. Gil betrachtete argwöhnisch das Sonar. Keinerlei Anzeichen, dass hier etwas im Verborgenen lauern könnte. Weiter ging es in dem unwirklichen

Labyrinth aus Metall. Wer auch immer das hier errichtet hatte, musste über unfassbare Rohstoffmengen und weit fortgeschrittenes technisches Wissen verfügt haben, dachte Hartlock, als sie eine weitere Kreuzung passierten. Das pulsierende Leuchten der Wände war nur an wenigen Stellen unterbrochen. Vermutlich waren hier Zugänge zu anderen Räumlichkeiten, doch sie wussten weder wie sie die Türen öffnen sollten, noch waren sie sich sicher, ob sie ihr Glück noch weiter herausfordern sollten. In einigen Räumen fanden sie weitere Computerterminals, aus denen sie ein paar Daten extrahierten und dann weiterzogen. Stunde um Stunde verging in düsterer Tristess, als sie weitere Gänge durchquerten, Räume begutachteten und ein detailliertes Bild von dem gesamten Komplex aufbauten. Alles in der Hoffnung einen weiteren Ausgang zu finden, oder die Zeit zu überbrücken, bis DIANE eine Möglichkeit gefunden hatte die Sicherheitsmechanismen von innen zu überbrücken. Hartlock betrachtete argwöhnisch die Datenprojektion in seinem Visier. Hier einen Ausgang zu finden war nahezu ausgeschlossen, denn eingehende Analysen der zurückgelegten Wegstrecke hatten gezeigt, dass sie stetig immer tiefer in den Planeten vordrangen.

Ohne die Anzüge wären sie längst am Rande der Erschöpfung gewesen, doch die Hightech-Anzüge kompensierten nicht nur einen großen Teil der benötigten Energie zur Fortbewegung, sondern versetzten ihrem Organismus auch eine stetige Zufuhr an Nährlösungen und Vitaminen. Man konnte dem Militär einiges nachsagen, aber was die Überlebensfähigkeit ihrer Truppenausrüstung anging, war man stets darum bemüht, die neuesten Erkenntnisse aus Wissenschaft und Technik in einem gewinnbringenden Maß einzusetzen.

Eine weitere Rampe führte abwärts. Sie mussten bereits mehrere Ebenen in vertikaler Richtung zurückgelegt haben, ohne weitere Erkenntnisse. »Wie tief is dieser Scheiß hier?«, fluchte Jessi durch den Intercom. »DIANE, dreidimensionales Modell der Einrichtung aktualisieren. Maße«, forderte Gil weitere Daten von der intelligenten Computereinheit an.

≻≻ 3D-Modellierungen abgeschlossen.

≻≻ Ermittle Daten.

≻≻ Tiefste Stelle eines aktiven Signalgebers: 612 Meter unter der Erde.

≻≻ Zurückgelegte Strecke, ausgehend von der Pforte: 32.3 Kilometer.

»600 Meter, irre!«, kommentierte Jevgeny die Datenanalyse von DIANE.

Dann plötzlich erreichten sie eine Halle, deren Dimensionen sie am Eingang nicht bestimmen konnten. Die leuchtenden Glyphen an den Wänden verschwanden im Dunkel der Halle. »DIANE, Sonar-Scan.«

≻≻ Zu Befehl, Sir.

>> Sonar-Scan wird durchgeführt.

>> Es konnten keine Daten ermittelt werden.

»Es konnten keine Daten ermittelt werden?«, hakte Hartlock nach. »Was bedeutet das?«, fragte er in Richtung Gil blickend. »Das bedeutet, dass etwas die Elektronik stört, oder dass diese Halle so verdammt groß ist, dass DIANEs Sonar-Scan die Enden nicht erreicht. Wir würden dann von einer Entfernung von über 200 Metern sprechen ... in alle Richtungen«, komplettierte Gil. Die Gruppe von Elitesoldaten stoppte ihren Vormarsch. Während Gil und Hartlock das weitere Vorgehen berieten, betrachteten die übrigen Männer die Umgebung um sie herum, oder besser gesagt das, was sie erkennen konnten. »Hey Jevgeny, geht es nur mir so oder sehen diese Glyphen hier irgendwie anders aus?«, fragte einer aus dem Team. Die Soldaten drehten sich um und betrachteten die Glyphen. »Er hat recht, das Muster ist deutlich unterschiedlich von denen die wir zuvor entdeckt haben«, ergänzte ein Weiterer. Mit einem Signal an seinen Anzug löste er die Sicherheitsstrukturen, die die einzelnen Anzugsegmente miteinander verbanden und für die regenerative Durchflussenergie zuständig war, und fuhr mit der Hand über die Glyphen. Die Stelle, an der er die Glyphen berührte, leuchtete hyperaktiv auf. Sofort zuckte er zurück, doch es war zu spät. Die Glyphen erstrahlten jetzt in gleißendem Licht und wechselten zu einer roten Färbung. Gleichzeitig schloss sich die Eingangstüre wie bereits zuvor in der Kommandozentrale mit einem metallischen

Krachen. »Fuck, fuck, fuck!«, fluchte Jessi und hämmerte mit Fausthieben und Tritten gegen die verstärkte Türe. Selbst die Servos im Anzug lieferten nicht genügend Energie, um der massiven Türe tiefere Schäden zuzufügen, abgesehen von einigen Dellen. Das Team ging sofort in Verteidigungshaltung. Die Bio-Werte der Truppe schlugen für den Bruchteil einer Sekunde aus und normalisierten sich dann umgehend wieder. Es herrschte Totenstille. Die Umgebung war in eine blutrote Färbung getaucht und strahlte auf die Anzüge ab. »Ab jetzt fasst hier keiner mehr irgendetwas an, ist das klar?!«, befahl Gil und erwartete darauf keinerlei Bestätigung. Er ging davon aus, dass er sich mehr als deutlich ausgedrückt hatte und keiner der Anwesenden scharf darauf war zu sterben. Dann rauschte es wieder im Intercom, es war Jessis Stimme: »Leute … hört ihr das? Was zur Hölle ist das?« Die Anderen versuchten sich zu konzentrieren und justierten die Audio-Filter der Suites. »DIANE, Audio-Scan«, wies Gil an. »Die Wellen deuten auf eine niedrige Frequenz hin, die langsam lauter wird. Außerdem wird sie von deutlich erhöhten Spitzen unterbrochen«, erklärte Gil die Diagnose Daten, die auf seinem Display visualisiert wurden. Dann begann der Boden langsam zu vibrieren. Die Geräusche wurden lauter und lauter. Das psychodelische Rot machte die Situation nicht besser und die eingeschränkte Sicht noch schlechter. »Kampfbereit machen und visuellen Filter justieren. Zur Not überlagert das Ganze mit der Nachtsicht, wenn ihr euch damit wohler fühlt«, brachte Gil das Team in Stellung. Hartlock packte die Laser-Peitsche aus und aktivierte sie.

Ein tieftoniges Surren machte sich bemerkbar, als der feingliedrige Strang sich mit Energie auflud. Wäre die nähere Umgebung nicht blutrot gefärbt, hätte man die elektrischen Impulse in einem grünen Farbton erkannt. Geschickt wirbelte er die Peitsche in geschwungenen bogenförmigen Bewegungen um sich herum und wechselte dabei in der Bewegung die Hand. Der Umgang mit einer Laser-Peitsche galt als extrem herausfordernd, nicht nur in körperlicher Hinsicht. Es benötigte auch eine gewaltige Koordinationsgabe, um nicht das eigene Team in handliche Stücke zu zerteilen. Die Peitsche würde sich erbarmungslos durch alles hindurchfressen, mit dem es in seiner Flugbahn kollidierte. Die Anzüge und Schilde würden sie für einen Bruchteil aufhalten. Dann würde das Schild aufgrund der unglaublichen Energiemassen zusammenbrechen und der Anzug durchschnitten werden. Auch Jessi machte sich kampfbereit und packte die Cookie Cutter Blades aus. Aus dem Schaft der beiden Klingen stieg eine elektrische Säule empor, die gut einen Meter lang war. Als ausgebildete Martial Arts und Stangenwaffenkämpferin fühlte sie sich sichtlich wohl mit den beiden Klingen in der Hand. Obwohl sich die Entwicklung der Menschheit in gravierendem Umfang an die neuen Technologien angepasst hatte, wurde noch immer an klassischer Waffenausbildung festgehalten. Viele der neuen Waffensysteme wurden deshalb in konventionellen und bekannten Waffentypen eingebaut und erweitert.

Da Zurückhaltung eher weiter unten auf Jessis Charakterprofil zu vermerken war, gönnte sie sich ein paar

Lockerungsübungen mit den Schwertern gefolgt von einigen Tritt- und Hiebkombinationen. Sie mochte ein loses Mundwerk haben, doch diese Frau war eine der tödlichsten Elitesoldatinnen, die er jemals begleitet hatte, dachte Hartlock, als er die ausufernden Bewegungsabläufe im Augenwinkel wahrnahm. Im Nahkampf würde nur ein Bruchteil aller Soldaten einen Stich gegen sie machen, auch wenn sie außerhalb des Anzugs von eher zierlicher Natur war. Auch der Rest des Trupps nutzte die Zeit zur Fokussierung und jeder bereitete sich individuell auf den Schlagabtausch mit dem potenziellen Feind vor. Dann erkannten sie die ersten schemenhaften Fratzen, wie sie der Dunkelheit entflohen. Gleichzeitig brach der Sonar in ekstatische Feedbacks aus. Die einzelnen roten Punkte verbanden sich innerhalb weniger Sekunden zu einem Teppich. Eine Bestimmung der Anzahl war nicht möglich. Es waren schlichtweg zu viele auf einmal, sodass es DIANE in der Schnelligkeit der Bewegungen nicht möglich war, eine Menge zu beziffern. Sie waren in einem verdammt großen Fettnäpfchen gelandet und das war nicht nur hinsichtlich der Größe dieses Raumes eine ziemlich genaue Einschätzung dessen, was sie erwarten würde.

Den groben Schätzungen nach mussten hunderte Aliens in dieser überdimensionalen Halle umherirren, ansonsten hätte DIANE problemlos eine genaue Spezifizierung zu Stande gebracht. Zusätzlich beunruhigte Hartlock jedoch noch ein weiterer Fakt. Der metallische Boden *vibrierte*. Was konnte solche Vibrationen über eine solche Distanz hinweg auslösen? Die Ausschläge der eintreffenden Diagnosedaten sorgten für ein ungutes Gefühl bei ihm. Er klappte das Analysedisplay beiseite, fokussierte die vor ihnen liegende Dunkelheit und erwartete mit dem Rest der Truppe das Eintreffen der Aliens.

SCHLAGABTAUSCH

Die ersten Thermogranaten flogen durch den Raum. Ihre Detonationen hinterließen Löcher im endlosen Schwall an heranströmenden Gegnern. Sekunden später wurden diese jedoch wieder von eifrigen Artgenossen ausgefüllt, wie Flicken, die man auf Kleidung nähte. Die Welle bewegte sich näher, flankiert von einem infernalischen Dröhnen, das den Untergrund zu ihren Füßen in deutliche Vibrationen versetzte. Dann trafen die ersten Aliens bei ihnen in Sichtweite ein. Es waren die gleichen Typisierungen, die sie bereits zuvor gesehen hatten. Wie in einem Zeitraffer gefangen erhaschten die Männer Blicke auf ihre Widersacher. Sie hatten skorpionartige Schwänze, eine unterschiedliche Anzahl von Klauen und ein rundes Maul, das gespickt war von ungefähr 20 Zentimeter langen und messerscharfen Reißzähnen. Die Biester rannten und sprangen frontal auf sie zu. Schlugen dabei mir ihren Klauen nach vorne aus, in der Hoffnung etwas von ihrer Beute zu erhaschen und die Eindringlinge zu töten. Die Bio-Werte der Truppe drehten durch. »Stabilisatoren injizieren«, forderte Gil, die medizinischen Steuerroutinen der Anzüge, an. Sofort übernahm das integrierte System die Sättigung der Blutbahnen mit einem Hormon, das die Stressbasis innerhalb des Körpers reduzierte. Die Bio-Werte beruhigten sich wieder. Die Männer in stehender Position bearbeiteten die heranstürmenden Gegnerhorden mit ihren Thermolanzen. Langgezogene Strahlen, wie brennende Lanzen, flogen durch die weitläufige Halle. Dort, wo sie ihre Bahnen zogen, erhellten sie die Umgebung und offenbarten die scheinbar unendliche Menge an Feinden. Die umgebende Biomasse, von getroffenen Gegnern, zerplatzte sofort beim Auftreffen der Hochleistungsenergiewaffen. Hier und da hörte man das Zischen von Gewebe, als es verbrannte. Der Gestank war widerwärtig und die Soldaten schätzten sich einmal mehr glücklich darüber in einem Anzug zu stecken, der sie innerhalb von wenigen Sekunden vor diesen Gerüchen bewahrte. Schnell regulierten die Anzüge voll automatisiert die feinen Luftfilter, und sperrten den Geruch von verschmortem Fleisch aus. Ein paar der Angreifer wurden in der Mitte regelrecht zerfetzt. Bizarrerweise bewegten sich einige der nackten Metallskelette weiter und hetzten in Richtung der Gruppe. Mit intensivem Sperr-

Feuer wurden sie niedergestreckt und blieben in einem Klumpen verschmolzener Masse zurück. Hartlock und Jessi machten sich bereit, die aufschließenden Gegnermassen im Nahkampf zu bekämpfen.

Noch 50 Meter Raum verblieben zwischen der ersten Horde und den beiden Frontkämpfern.

Hartlock schloss wie in einem Kampfesmantra gefangen die Augen und atmete tief durch. Die Laser-Peitsche surrte nervös in seiner rechten Hand, wie ein Ruf, als wäre es bereit für seinen Einsatz. Er verstärkte den Griff um die Halterung.

Noch 25 Meter.

»Verteilen! Los, los, los!«, krachte Gils Stimme mit Elan durch den Intercom. Zusätzlich signalisierte er zielgenaue Befehle mit den Händen, um ihnen einen bestmöglichen strategischen Spielraum zu bieten. Gils strategische Aufnahmefähigkeit war unübertroffen und das war eine der Situationen, in denen er glänzen konnte. Das war der Grund für seine Bestimmung in dieser Gruppe auf dieser Mission.

Noch 20 Meter.

Sein Auftritt war gekommen. Er justierte die Servos seines Anzugs. »DIANE, Energiekanalisierung in den rechten Arm umleiten«, forderte er, um die Waffe mit größtmöglicher Brachialität führen zu können. Das kräftige

Metallskelett unterhalb der Biomasse machte es notwendig, dass er mit hoher Präzision und Wucht losschlagen musste.

Noch 15 Meter.

Mit einem Bein trat er vor und stabilisierte seinen Stand. Dabei ging er leicht in die Knie. Er holte mit der führenden Hand aus und schlug in leichtem Bogen nach vorne. Die Peitsche zischte an seiner rechten Seite vorbei. Sein Körper folgte wie in einer perfekten Choreografie der Bewegung. Die Muskeln spannten sich präzise an. Sein Oberkörper folgte nach vorne. Dann nahm er den gewonnenen Schwung mit nach hinten. Der Anzug hatte erste Ziele mit einem Fadenkreuz für ihn justiert. Weitere Ziele flackerten in der Anzeige seines Visiers auf. Das tödliche Zischen der Peitsche gellte durch die Luft und flog Richtung feindlicher Armee.

Die Gegnerhorden betraten den 15-Meter-Radius der Peitsche … und wurden von der Energie umgehend zerrissen. Die Biomasse zersetzte sich in Brandblasen und verdampfte sofort. Teile der metallischen Exoskelette verflüssigten sich, verklumpten zu Brocken und fielen zu Boden, als sie sich in Sekundenbruchteilen abkühlten. Die direkt getroffenen Stellen spritzten durch die Gegend und trafen dabei weitere Artgenossen. »Stim!«, forderte Hartlock die künstliche Intelligenz an und wurde mit einem adrenalinartigen Aufputschcocktail versorgt, der durch seine Adern rauschte. Wie in Rage versetzt, wirbelte er um sich herum. Überall flogen klebrige Reste der anrennenden Feinde durch die Gegend. Wie in Zeitlupe schien die Szene an ihm vorbei zu ziehen, als er mit geweiteten Pupillen, fokussiertem Blick und angespannten Muskeln auf die Gegnerhorden einwuchtete. Sein Anzug war bereits übersät mit metallischen Überresten. Ein Blick auf das Sonar zeigte deutlich die Trefferwirkung der Peitsche. In einem 15-Meter-Bereich um ihn herum war alles ausgelöscht worden. Der Boden war übersäht von klebriger Masse, abgerissenen Gliedmaßen und geschmolzenen Skelettklumpen.

Doch dann änderte sich die Situation schlagartig. Der Feindteppich teilte sich, wie in einer perfekten Choreografie, auf. »Verdammte Scheiße!«, kommentierte Jessi das Schauspiel, das sie auf ihrer eigenen Kontrollanzeige verfolgte. Das Team betrachtete, wie grazil die tödlichen Bestien zum Sprung ansetzten und scheinbar mühelos in Richtung Wand flogen. Die Massen an Aliens schienen jetzt an einer der Wände auf sie zuzulaufen. Der zweite Teil hetzte durch den endlos erscheinenden Raum von der Flanke auf sie zu. In wenigen Sekunden würden sie von beiden Seiten angegriffen werden. Die Mannschaft deckte das Areal mit allen militärischen Mitteln ein, die sie zu Verfügung hatten. »Oh mein Gott! Was ist das!?«, platze es aus Jevgeny heraus und deutete in die blutrote Dunkelheit. In der Hitze des Gefechts und unter Unterstützung der Suites war keinem aufgefallen, dass das entfernte Wummern mittlerweile ihren kompletten Körper durchschüttelte und dann erkannten sie auch, was dafür verantwortlich war. Eine kolossale Kreatur stampfte auf sie zu. Der Kopf der Bestie ragte so weit auf, dass sie ihn nur mit der Teleskopverstärkung in ihrer Helmanzeige erkennen konnten. Ein undefinierbarer Matsch aus Biomasse kam auf sie zu. Dort, wo bei bekannten Lebewesen der Kopf gewesen wäre, ragten drei unförmige Knubbel aus dem Torso, bestehend aus überdimensionalen Augen oder etwas, das mit Augen vergleichbar war. Aus dem Torso selbst ragten peitschenartige Tentakel vom Durchmesser eines ausgewachsenen Baumes. Sie waren mit einer höchst kritischen Situation konfrontiert. Es gab keine Möglichkeit zur Flucht und sie mussten sich parallel mit drei herannahenden Angriffswellen beschäftigen. Hunderte der kleinen Kreaturen waren auf dem Weg zu ihnen, während der Titan mit tosenden Schritten auf sie zukam. Einem der Soldaten gingen die Nerven durch. Er rannte blindlings auf den Koloss zu, die Waffe im Anschlag den Abzug auf Dauerfeuer. Sekunden später wurde er mitten im Lauf von den Gegnerhorden zerrissen. Das erste Wesen setzte zum Sprung an und verbiss sich in einem der Arm-Servos. Weitere kamen hinzu. In angsterfüllter Panik fuchtelte der Soldat mit den Armen und feuerte um sich. Das Team konnte nur zuschauen und sich um ihre eigenen Probleme kümmern. Dann fiel er geschwächt zu Boden. Schreie gellten durch das Intercom und wurden dann von einem ersterbenden Röcheln abgelöst. Ein Fluss Aliens hetzte zu seinem Körper und zerfleischte Hals- und Körperpartien ohne Erbarmen.

»Irgendwelche Pläne... Boss?«, fragte Jessi ungewohnt zögerlich. »Erwartest du darauf jetzt grad wirklich eine Antwort?«, erwiderte Gil über Intercom. »DIANE,

Entfernungsberechnung zu den Flanken ermitteln. Und jag alle verfügbaren Scans durch dieses … Ding.«

Planlos standen sie auf der Stelle und erwarteten das Eintreffen der Gegnerhorden. Gil hackte unbeeindruckt auf den Displays seines Handschuhs herum und setzte weitere Befehlsketten an DIANE ab. »Gil … es wäre langsam Zeit für einen Plan«, fiel jetzt auch Hartlock in die Stille ein. »Ich habs gleich …«, murmelte Gil und setzte letzte Kommandos ab. »Wir greifen an«, sagte er vollkommen trocken und unvermittelt. »Wir machen … wir machen was!?«, Jevgenys Stimme überschlug sich um einige Oktaven. »Der Scan hat ergeben, dass unser übergewichtiger Freund aus reiner Biomasse besteht. Das bedeutet, unsere Waffen werden maximalen Schaden ausrichten«, analysierte er. »Außerdem gibt es eine auffällige Unförmigkeit im Kopfbereich. Mein Tipp wäre eine Art Hive-Bewußtsein. Das Vieh kontrolliert den Rest.«, erklärte Gil so rasch wie möglich. »Du … ähh … du tippst?«, hakte Hartlock nach. »Ich bin aufgeschlossen gegenüber alternativen Ideen, Hartlock. Ansonsten würde ich vorschlagen wir beten, dass mein Tipp richtig ist«, entgegnete Gil entnervt. Der übrige Trupp reagierte mit zögerlicher Zustimmung. Sie aktivierten die Schilde der Anzüge und leiteten einen Großteil der Energie in die Beinservos, um maximale Geschwindigkeit zu erreichen. »Verdienen wir uns unseren Platz auf *der Liste*!«, heizte Gil die Truppe an und die zischenden Servos setzten sich in Bewegung, als er der Gruppe vorausstapfte. Sie stürmten Meter um Meter an den Koloss heran. Auf dem Sonar konnten sie die Reaktion ihrer Gegner beobachten, als sie in Richtung Mitte der weitläufigen Halle sprinteten. Einige der Aliens waren bereits an ihrem ursprünglichen Eingangspunkt eingetroffen, machten nun kehrt und hetzten von hinten auf sie zu. Der langsamere Teil des potenziellen Hives kam ihnen frontal entgegen. Jessi leitete Energie in beiden Armpartien. Hartlock fokussierte seinen Schlagarm. Auf einmal durchschlug ein stammgroßer Tentakel die Luft und zerriss den Torso einer ihrer Männer. Die blutigen Beinstumpfe, die noch mit dem restlichen Teil des Anzugs verbunden waren, kippten dumpf zur Seite. Die Personen links und rechts davon wurden mit Blutspritzern übersät, als die gnadenlose Wucht auf den Soldaten einschlug. Mit einer grazilen Handbewegung trennte Jessi den vorderen Teil des Tentakels ab, der mit einem wuchtigen Krachen auf den Boden stürzte und reglos liegen blieb. »Maximaler Stim!«, wies Gil die Funktionen des Anzugs an. Erneut pumpte Elektronik einen hocheffizienten Drogencocktail in die Körper der Soldaten. Auf diesem Sättigungsniveau würden sie maximal 15 Minuten überleben, danach würden die toxischen Reaktionen in ihrem Körper ihre eigenen Nervenbahnen einfach zersetzen. »Verteilen!«, wies Gil die Männer an. Thermolanzen durchschnitten die Luft und brannten sich durch den wenige Meter entfernten Koloss. Weitere Tentakelhiebe flogen durch die Luft. Hartlock wirbelte seine Peitsche umher und hinterließ handliche Fleischklumpen, die zu Boden fielen. »Für diesen Scheiß haben wir nur einen Versuch. Jessi du fällst zurück.

Hartlock, du hältst uns diese Tentakel vom Hals. Jevgeny, wir beide rennen vor das Vieh, drehen uns dann um und dienen als Katapult für unseren Rotschopf. Der Rest feuert aus allen Rohren!«, erklärte Gil seinen Plan. »Wir ähh... Katapult, Boss?«, hinterfragte Jevgeny etwas schwer von Begriff den Plan. Die Soldatin hatte die wahnwitzige Idee bereits begriffen und lies sich zurückfallen. Sie verband die beiden Katanas. Der integrierte Synchronisationschip leuchtete an der Außenseite auf und veränderte im Inneren die Energieumleitung, als die verstärkte Elektroschneide aus dem Schaft emporstieg und surrende Geräusche von sich gab. »Schilde minimieren. Energie in Beinservos umleiten!«, setzte Jessica Steuerkommandos ab. »Machs mir einfach nach Jevgeny«, kürzte Gil ab. Sie erreichten den Koloss. Die Servos zischten, als sie die Richtung abrupt änderten und frontal auf ihre Kameradin zurannten. Jetzt hatte auch Jevgeny verstanden, was Gil geplant hatte. Die drei Teammitglieder waren nur noch wenige Meter voneinander entfernt. Sie konnten sich von weitem aufeinander zulaufen sehen. In einer Millisekunde nickte Jessi Gil entgegen. »Energieumleitung in die Armpartien, sofort!«, verlangte Gil. Jevgeny folgte unmittelbar seinem Beispiel. Die Zeit schien still zu stehen. Thermolanzen durchschnitten wieder und wieder die Luft. Während Hartlock in einem Brei von abgetrennten Tentakeln stand und sich die Peitsche durch die äußeren Körperteile des Kolosses fraß. Die zierliche Soldatin stemmte sich in die Knie, ein unglaublicher Acht-Meter Sprung! Im Flug zog sie sich, wie eine Kugel, zusammen und stemmte die Beine voraus. Anzug traf auf Anzug und energetische Entladungen durchzogen die Luft, gefolgt von aufheulenden Servos. Gil und Jevgeny wurden von der Gewalt des Aufpralls in den metallischen Boden gepresst und hinterließen sichtbare Druckstellen. Dann begannen die Armservos zu arbeiten. Die Beiden ließen sich nach hinten fallen und drückten Jessica wie einen Ball nach oben, die sich zusätzlich abdrückte. Man konnte das Ganze vergleichen wie das Baggern bei einem Volleyballspiel. »Energieumleitung in beide Arme«, folgte Jessi dem Plan, als sie auf den Kopf der Kreatur zuschoss. Währenddessen flog ein weiterer Tentakel seitlich auf sie zu. Mitten im Flug hatte sie keine Chance auszuweichen. Der Tentakel würde sie enthaupten. Erinnerungen durchzogen ihren Geist, als Millimeter vor ihrem Gesicht ein gleißendes Licht vorbeiflog. Sie spürte die Hitzeentladungen auf ihrer Haut trotz des Anzuges. Im inneren des Anzugs stellten sich ihr die Nackenhaare auf. Es war Hartlocks Peitsche, die ihr buchstäblich in letzter Sekunde das Leben rettete. Nach dieser atemraubenden Schrecksekunde war Jessi wieder hellwach und holte, in einer ausufernden Bewegung, aus. Die synchronisierte Klinge mit ihrer fast zwei Meter langen Energieschneide traf inmitten der drei Augen auf und sengte sich mit einem schmatzenden Geräusch durch das Fleisch der Kreatur. Ein wuterfüllter, fast betäubender, Aufschrei durchschnitt die Halle. Der Koloss taumelte in erdbebenartigem Aufstampfen. Eine Vielzahl von Tentakeln stieß unkontrolliert durch die Luft und zermatschten dabei auch die eigenen Artgenossen. Parallel dazu hatte sie auch die rückwärtige Flanke erreicht und Hartlock tat sein bestes um die Horde fernzuhalten. Augenblicke später schlug Jessi unsanft auf dem Boden auf, gefolgt von einem unheimlichen Knacken und einem weiteren Aufschrei. Vermutlich war ihr Arm bei dem unsanften Aufprall ausgekugelt worden, mindestens. Wäre der Anzug nicht gewesen, hätte sie diesen Aufschlag vermutlich überhaupt nicht überlebt. Für die Zeitspanne eines Wimpernschlages stellten alle ihre Kampfbemühungen ein und verfolgten das Geschehen. Der Koloss war perfekt halbiert worden. Die beiden Körperwülste verteilten unzählige Liter an klebriger Biomasse um sie herum, dann begannen die beiden Teile zu fallen und trafen wuchtig auf dem Boden auf. Sofort richtete das Team die Verteidigungsbemühungen auf die beiden übrigen Flanken, doch die Wesen waren einfach stehengeblieben. »Hive bestätigt! Ich wiederhole: Hive bestätigt!«, schrie Gil mit ausgestrecktem Zeigefinger in Richtung Gegnerhorden. »Machen wir sie fertig, Leute!« Er rappelte sich auf, zog Jevgeny mit seiner freien Hand nach oben und hastete in Richtung der Aliens. Diese liefen planlos in alle Richtungen davon, doch das Team tat sein Bestes, um sie weitgehend genussvoll niederzustrecken. Jessi biss sich auf die Lippe und versuchte die Klinge einhändig weiter zu führen.

Hives waren eine fantastische biologische Entdeckung, die bereits vor einigen Jahren auf anderen Planeten gemacht wurde. Grundsätzlich drehte sich alles darum, dass es ein zentrales Gehirn gab, das alles Andere steuerte. Zerstörte man das Gehirn, war der Rest nur unkontrollierte und planlose Masse. Frei von jeglicher Koordination und Antrieb.

Doch dies war nicht die einzige Veränderung. Das rötliche Leuchten der Glyphen klang nun ebenfalls wieder ab und wurde durch das gewohnte Blau ersetzt. Minuten später war die blutige Schlacht beendet. Sofort lies Gil den Stim abschalten. Sie waren gefährlich nahe an das Maximum ihrer Leistungskraft gekommen und noch wussten sie nicht, was sie noch erwarten würde. Die Bio-Werte fielen bereits bedrohlich ab. Erschöpft sanken sie auf den Boden und versuchten sich, von dem Albtraum, den sie gerade überlebt hatten, zu erholen. Jessica kniete auf dem Boden und schnaufte durch. Der Anzug absorbierte die Vielzahl winziger Schweißperlen auf ihrer Haut. Einer der Männer aus dem Trupp, mit erweiterten medizinischen Kenntnissen, trat an sie heran: »Lös die Suite, ich kümmere mich darum«. Die Soldatin drehte den Kopf erschöpft und nickte ihm knapp zu. Das Aufheulen der Servos war zu hören als sie die Brust-, Kopf- und Armpartien lösten. Die roten verschwitzten Haare glitten an ihrem Rücken herab. Der Soldat zögerte den Bruchteil einer Sekunde, als er ihren blanken Rücken erblickte. Normalerweise wäre er eher von den vorteilhaften Rundungen beeindruckt gewesen, die man seitlich erblicken konnte, doch die zahlreichen Narben und Wunden, von denen ihr Körper übersät war, ließen ihn eine Sekunde aus der Konzentration fallen. Vor ihm kniete definitiv kein Schmink-Püppchen, dachte der Soldat. Er trat näher heran und tastete die Schulter behutsam und zielgerichtet ab, während sich Jessica leicht auf die Lippe biss. »Ich zähle bis drei. Wird unangenehm«, murmelte er in sanfter Tonlage. »Mach schon hin, ich hab noch was vor!«, entgegnete sie keck. Die Eins und die Zwei auslassend schallte »Drei!« durch den Intercom und Jessicas Pupillen weiteten sich für den Bruchteil einer Sekunde, als der ruckartige Schmerz einsetzte und sich die Glieder mit einem widerwärtigen und deutlich zu vernehmenden Knacken wieder einrenkten. »Wird schon, bis zur Hochzeit is das verheilt«, höhnte es durch den Intercom. »Leck mich!«, kommentierte Jessi mit einem Grinsen. »Nich jetz, is ungünstig«, erwiderte der Soldat die Neckerei, als sich die beiden kameradschaftlich Arm an Arm abklatschten.

ERKENNTNISSE

Nachdem sie knapp dem Tod entronnen waren, wollte sich Gil nicht länger auf blinde Waffengewalt verlassen und versuchte mit dem Team sowie den gewonnenen Daten, einige logische Schlüsse aus dem Chaos zu ziehen, in das sie geraten waren. Die Mission, auf die entsendet worden waren, hatte nicht vorgesehen, dass sie auf ein solches Ausmaß an Widerstand treffen würden. Hätte es sich nicht um Trinitron 7 und damit einen Sperr-Planeten gehandelt, dann wäre diese Aufklärungsmission noch mit deutlich weniger Soldaten ausgestattet worden. Irgendwie mussten sie es schaffen die kollektive Intelligenz ihres Teams zu nutzen und einen Ausweg finden, oder zumindest ihr

Vorgehen so anpassen, dass sie mit möglichst geringen Verlusten vorankamen.

»Okay Leute. Wir wissen also, dass dies hier vermutlich eine Art von Forschungsstation war. Darüber hinaus ist diese Station in keinem unserer bekannten Daten-Archive verzeichnet und ich rede nicht von den Öffentlichen, sondern von den militärischen Archiven!“ betonte Gil bedeutungsschwanger die Situation. Unter voller Konzentration ließ er dabei den Blick über sein Team schweifen, die im Halbkreis, stehend und hockend, versammelt waren. »Die Rückschlüsse daraus sind zahlreich und würden uns aktuell wohl nicht weiterhelfen, aus diesem Komplex zu entkommen. Wir sollten jedoch die Tatsachen auch nicht verleugnen. Das hier wurde höchst wahrscheinlich von Menschenhand erschaffen. Noch dazu auf einem imperialen Sperr-Planeten und er beherbergt oben drauf nicht identifizierbare Lebensformen. Ein großer Teil der Technologie für das alles hier ist uns ebenfalls komplett unbekannt«, gab Gil die weiteren Fakten zu Protokoll und bekam nickendes Feedback von seinem Team.

»Kommen wir zu dem, was wir tatsächlich wissen. Es wurde ein Notruf von hier abgesetzt, mit der uns bekannten militärischen Kennung. Der Ursprung ging eindeutig von der Kommandozentrale im oberen Bereich des Konstrukts aus. Die Wesen, mit denen wir es zu tun haben, besitzen ein extrem hartes und im Inneren metallisches oder metallähnliches Exoskelett, das mit einer

Biomasse überzogen ist. Ferner haben wir den eindeutigen Beweis dafür erhalten, dass es sich zumindest ansatzweise um ein Hive-Bewusstsein zu handeln scheint, das von einem Wesen oder einer zentralen Stelle gesteuert wird.« Wieder folgte einhelliges Nicken den Ausführungen. »Ich denke die Umstellung, unseres Waffenrepertoires hat uns hier den Arsch gerettet. Mit unseren Blastern hätten wir verdammt alt ausgesehen. Gute Arbeit, Hartlock!«, lobte er in Richtung seines Teamkameraden, der das Ganze mit stoischer Ruhe zur Kenntnis nahm. »Was ich nicht verstehe, ist der Zusammenhang mit diesen Glyphen. Ideen? Vermutungen?«, fragte er in die Runde. »Hmm... nachdem ich sie vorher berührt hatte, ging dieses Chaos hier los... vielleicht eine Art von mechanischem Trigger?«, mutmaßte einer aus der Runde. Jessi drehte sich in der Hocke und warf eines ihrer Hightech-Wurfmesser in Richtung Glyphen. Es bohrte sich direkt in die metallische Wand und blieb stecken. Nichts passierte. »Is nich…«, kommentierte sie die Aktion. »Weitere Vorschläge?«, hinterfragte Gil. Valesca, von allen nur »Val« genannt klinkte sich mit weicher Stimme ein: »Meine Vermutungen wären Bio-Rezeptoren…«. Die Runde schaute sie interessiert an und wartete auf weitere Ausführungen. »Vielleicht reagiert dieser Mist hier auf unsere DNA, auf unser Blut oder was auch immer. Es könnte möglicherweise auch auf unsere Ausdünstungen reagieren. Schweiß, Atem… Alles. Möglicherweise reagiert dieser Komplex damit auf Eindringlinge und versucht sie… abzustoßen oder zu vernichten, wie Antikörper in unserem Organismus«, erweiterte Valesca ihre Theorie und visualisierte ihre Darstellungen mit Handzeichen. »Interessante Idee.«, Gil fuhr sich nachdenklich mit der Hand durch den Bart. »Die Frage ist nur: Wie bestätigen oder widerlegen wir diese Theorie? Jeder Kontakt hat zu Verlusten und massiven Kampfhandlungen geführt. Eine Tatsache, die wir uns langsam nicht mehr leisten können«, machte Gil allen unmissverständlich den Ernst der Lage klar. »Wir sollten einfach weitergehen. Zurück war nie eine Option. Vielleicht ergibt sich ein potenzielles Testgebiet für unsere Theorie«, warf Hartlock ein. Die einzelnen Teammitglieder stimmten zu und machten sich marschbereit. Die Waffensysteme wurden auf Funktionstüchtigkeit überprüft, genauso wie die Signalgeber und Anzüge. Auf Grund der massiven Auseinandersetzungen mit den Aliens war es unerlässlich geworden, die Ausrüstung regelmäßig auf Funktionalität zu überprüfen. Anschließend machte sich das Team auf den Weg die endlose Halle abzulaufen. Dazu bewegten sie sich, mit respektvollem Abstand zu den Glyphen, an einer Wand entlang, bis sie zu einem Ausgang gelangten und setzten ihren Weg tiefer in den Nexus fort. Dieser Ort und diese Mission machten einfach keinen Sinn.

PSYCHO

Mittlerweile war der darauffolgende Tag angebrochen. An sich nicht erwähnenswert, denn im Inneren ihres derzeitigen Gefängnisses gab es nichts außer dem metallischen Glitzern ihrer Umgebung und dem verheißungsvollen pulsieren der blauen Glyphen. Dennoch gab es für das Team noch eine letzte Krux. Alle Elite-Missionen waren mit einer sogenannten *Todesuhr* im Hauptquartier des militärischen Einsatzkommandos verknüpft. Da es nicht selten dazu kam, dass komplette Missionen bei dem Versuch ihrer Erfüllung ausgelöscht wurden, hatte die Einsatzführung beschlossen nach Ablauf der sogenannten Todesuhr einen weiteren Minimaltrupp, beziehungsweise eine Aufklärungsdrohne, zu entsenden.

Die Verifizierung des Missionsziels war hier das vorrangige Ziel. Allerdings würden sie bis dahin weitere Tage hier festsitzen. Darüber hinaus war es selbst dann nicht sicher, ob das Szenario zu einer Rettung führen würde. Würde die Drohne das ursprüngliche Missionsziel, also die Kommunikationsbasis im oberen Abteil des Nexus, entdecken und genügend Missionsparameter abdecken, dann könnte es sein, dass sie wieder zum Raumtransporter zurückkehren würde, ohne den Trupp in den unteren Bereichen zu erreichen. Davor musste die Drohne jedoch zunächst einen Zugang finden und bis dahin saßen sie definitiv fest. Ohne Ausweg. Ohne Beschäftigung. Ohne Ziel. Doch das deckte noch nicht die vollständige Wahrheit des Protokolls Todesuhr ab, denn jede Drohne hatte Sub-Routinen, zu deren Ausführung gewisse Missionsparameter herangezogen wurden. Einige dieser Routinen bezogen planetaren Subraumbeschuss ein, um unkontrollierbare Gefahrenherde nachträglich auszulöschen.

Nicht wenige Missionen endeten außerdem im Exitus, denn irgendwann würden die hohen Stressimpulse und das Gefühl von Isolation zu irrationalen Handlungsweisen führen. Das Militär hatte in der Vergangenheit umfassende Studien zu diesen Entwicklungen durchführen lassen. Natürlich waren viele davon nicht unbedingt im Sinne und Wissen ihrer Versuchspersonen durchgeführt worden. Das Ergebnis dieser psychischen Belastung und der einseitigen körperlichen Pseudo-Ernährung über die angereicherten Nährlösungen der Anzüge führte mehrheitlich zu:

Paranoia, Kannibalismus, Mord, Suizid oder einfach nur Wahnsinn innerhalb der Gruppe. Teammitglieder begannen im Wahn wie wild um sich zu schießen. Sahen in ihren Kollegen Feinde und metzelten diese mit grausamer Brutalität nieder oder brachten sich aus Verzweiflung selbst um. Es war deshalb im Interesse aller, dass sie hier etwas fanden und zwar bald.

Wieder ließen sie kilometerlange Gänge hinter sich; drangen tiefer und tiefer in den Komplex ein. Immer wieder die gleichen Muster. Immer wieder Glyphen. Ab und an stießen sie auf Kammern, die mit Biomasse überzogen waren. Da sie es jedoch nicht riskieren wollten, die Abwehrmechanismen in Alarmbereitschaft zu versetzen, begnügten sie sich damit, dass sie selbst von keinen Lebensformen angegriffen wurden. Merkwürdiger wurde dieser Aspekt nur dadurch, dass sie teilweise von Aliens auf ihrem Weg begleitet wurden. Jedoch ohne Opfer von aktiven Handlungen dieser Lebewesen zu werden. Anscheinend hatten die Theorien, von Valesca und Gil, einen Zusammenhang. Zum einen wurden diese Wesen vermutlich von irgendwas befehligt, zum anderen musste jedoch erst ein Impuls den Kampfbefehl entsenden. Was auch immer sie taten, sie mussten dabei auf der Hut sein.

Kurze Zeit später erreichten sie einen Korridor, der sie vor neue Herausforderungen stellen sollte. Der Korridor sah aus wie die meisten zuvor auch. Er war ungewöhnlich lang, jedoch konnte man über die Entfernungssensoren zumindest das Ende erblicken. Scheinbar mündete das

Ganze in einer T-Kreuzung. Auch hier waren die Glyphen vorherrschend und tauchten die Szenerie in ein unheilvolles Blau. Die Glyphen jedoch waren genau das Problem. Sie waren nicht nur an den Wänden, sie waren überall. Der gesamte Korridor war an den Wänden, der Decke und dem Boden mit Glyphen übersät. Was sollten sie tun? Würde sich ihre Theorie bewahrheiten? Würden sie beim Betreten des Gangs wieder die Abwehrmechanismen des Nexus auslösen? Das Team machte Halt, um sich zu sammeln, während sich die Stresswerte mit deutlichen Ausschlägen bemerkbar machten.

ENTSCHEIDUNGEN

Fuck, Boss, was jetz?«, kommentierte Jessica die Situation, offenherzig wie immer. Das Team blieb in respektvollem Abstand zu dem soeben erreichten Korridor und versuchte sich eine Strategie zurechtzulegen, denn einen alternativen Weg gab es nicht. Sie hatten bereits die letzte Stunde damit verschwendet, sich aufzuteilen und nach anderen Routen zu suchen, ohne Erfolg. Beim Überprüfen ihrer Optionen stießen sie nur auf weitere Sackgassen und mit Biomasse überzogene Räume. Der einzige Weg tiefer in den Komplex lag unweigerlich vor ihnen. »Ich vermute, dass eingeschlossen zu werden hier nicht unser Problem sein wird. Der Gang ist weitläufig und ich sehe weder Türen, noch andere Schließmechanismen, die uns in die Quere kommen könnten. Wir sollten ihn dementsprechend auch einigermaßen gut verteidigen können, wenn wir eine Art von Alarmreaktion auslösen«, schlussfolgerte Hartlock, der Waffenexperte und zweite Stratege der Gruppe. »Ich stimme dir zu«, bekräftigte Gil die Worte seines Kameraden. »Am besten wir verschanzen uns auf dieser Seite des Gangs, während einer von uns den Versuch unternimmt, auf die andere Seite zu gelangen. Wird ein Alarm ausgelöst, dann sind wir sofort einsatzbereit und marschieren geschlossen auf die andere Seite. Verteidigen uns dort gegen einen möglichen Angriff und ziehen danach weiter«, gab Gil die strategische Linie vor. »Jessi, Hartlock und Jevgeny übernehmen die Rückendeckung. Val, ich selbst und der Rest gehen in Frontalstellung. Du gehst vor.«, deutete Gil auf einen aus ihrem Team. Der Mann war ein bulliger Riese, wie er selbst und exzellent im Nahkampf ausgebildet. Er justierte seinen modifizierten Blaster und stampfte an den Rand des Ganges.

Gil warf einen Blick auf die Bio-Werte des Teams. Die letzten 36 Stunden ihres Einsatzes hatten Spuren hinterlassen. Dennoch konnte man sofort sehen, dass es sich um hochrangige und exzellent ausgebildete Soldaten handelte. »Konzentration!«, wies er den Trupp an, als sich ihr Kamerad langsam an den Beginn des Korridors heranpirschte. Der rechte Fuß war nur noch wenige Zentimeter von den ersten Glyphen entfernt. Jessica knirschte nervös mit ihren Zähnen und beäugte die Szene mit zusammengezogener Stirn. Dann berührte der Anzug einen Teil der Glyphen, die Bio-Werte des Teams stiegen merklich an, in Erwartung dessen, was nun auf sie zukommen würde. Dann fingen die betretenen Glyphen leicht an zu leuchten. Die Spannung stieg auf den Vitalmonitoren sichtbar an, doch es passierte… nichts.

Ein hörbares Seufzen ging durch den Intercom, als sich die Bio-Werte normalisierten und alle ihre starre Verteidigungshaltung erleichtert aufgaben. Der Bullige atmete beruhigt aus und ging tiefer in den Gang. Mit jedem weiteren Schritt begannen mehr und mehr Glyphen zu leuchten und multiplizierten sich in ihrer Intensität. »Mir gefällt das nicht, Leute...«, kommentierte Valesca den Vorgang. Genau in diesem Moment änderten die Glyphen ihre Farbe in unheilvolles Rot. Der Hüne versuchte, die Situation zu erfassen. Er stand genau in der Mitte des Gangs und ging in Verteidigungshaltung. Sekunden vergingen, doch abseits der rötlichen Färbung, die einen langsam aber sicher in den Wahnsinn trieb, regte sich auf dem Sonar nichts. Dann leuchteten die Glyphen willkürlich auf, dabei schien das Tempo immer schneller zu werden. »Mach, dass du da wegkommst!«, schrie Jessi hysterisch aus einem unguten Bauchgefühl heraus. Der Hüne nickte kurzentschlossen und die Beinservos zischten energisch auf, als sich die 150 Kilogramm in Bewegung brachten. Er hatte kaum einen Schritt hinter sich gebracht, als gleißendes Licht den Korridor erhellte und sich die aufblitzenden Glyphen in massiven Energiestößen entluden. Das Team war zum Zuschauen verdammt, als weitere Energiestöße durch den Gang zogen. »Beweg deinen Arsch, Cid!«, schrie es durch den Intercom. Die Energiesäulen durchschnitten die Luft und frästen sich erbarmungslos durch seinen Anzug. Eine davon durchschlug die Schulter diagonal, gefolgt von einem Schwall Blut, der sich über den Boden und die seitliche Wand verteilte. Ein schmerzgetränkter Aufschrei hallte im Intercom wieder, als sich der Riese wie in Trance weiter durch den Korridor bewegte. Die Bio-Werte schossen durch die Decke. »Stim!«, wies Gil ohne zu zögern an. Weitere Lichtblitze durchzuckten nun in immer kürzeren Intervallen den Gang. Wie glühende Nadeln brannten sie sich durch den Körper des Unglücklichen. Arme und Beine waren übersäht von klaffenden Löchern, aus denen Blut lief. Valesca schloss die Augen und wandte den Blick ab. Jessica stürzte in Hilflosigkeit in Cids Richtung, um ihm irgendwie zu helfen und wurde vom Rest des Teams zurückgehalten, als der Körper des Mannes in einer blutigen Wolke zerfetzt wurde. Das Tempo seiner Schritte wurde langsamer. Teile des Körpers waren bis auf die Knochen freigelegt. Sein Anzug glich einem Sieb. Dann bäumte sich der Hüne ein letztes Mal auf und tat einen weiteren Schritt, bevor sein rechtes Bein einknickte. Der Körper folgte um Hilfe flehend. Die Bio-Werte fiepten durch den Intercom. Dann kippte er mit dem Gesicht nach vorne um, schlug unsanft der Länge nach auf dem Boden auf und blieb reglos in einer blutigen Lache liegen, während sein regloser Körper von weiteren Lichtblitzen versengt wurde. Einige Zeit später war das martialische Schauspiel beendet. Jessi wütete noch immer inmitten des Trupps. Viele der Soldaten kannten sich nur flüchtig, dennoch hatte man auf Grund der Erlebnisse oftmals sehr schnell eine gewisse Bindung zueinander aufgebaut. Hätte man Gils Gesicht durch das Visier seines Anzugs sehen können, dann hätte man die tiefen Sorgenfalten erkennen können, die auf sich auf seine Stirn legten. Er wurde auf Grund seiner strategischen Erfahrung, als Leitbild der Operation angesehen. Offiziell gab es bei diesen Missionen keine Anführer. Die Männer und Frauen dieser Elite-Truppen waren so perfekt gedrillt und ausgebildet, dass man es den Truppen und ihrer jeweiligen Situation überließ, die strategische Führung zu regeln. Doch nun hatten sie schon wieder einen ihrer Männer verloren. Leichte Selbstzweifel überkamen Gil. Versunken in seine dunklen Gedanken, mit starrem Blick auf den blutigen Matsch gerichtet, der einen ihrer Teamkameraden darstellte. Seine Bio-Werte waren stabil. Er war für genau diese Situationen ausgebildet worden und er wusste, dass viele Strategien nichts anderes als einen Münzwurf darstellten. Dieses Mal hatte er den Schlechteren erwischt, zumindest für einen von ihnen. Die Anderen jedoch hatten überlebt. Es hätte für sie alle noch deutlich schlimmer ausgehen können. Gefestigt von diesem Gedanken fokussierte er den vor ihm liegenden Gang. Es gab nur eine Frage, auf die er eine Antwort finden musste: Wie zur Hölle sollten sie diesen Korridor durchschreiten, ohne jämmerlich zu sterben? Die logischen Synapsen in seinem Gehirn arbeiteten auf Hochtouren. Er musste eine Lösung für diese Situation finden, ohne weitere Soldaten einzubüßen. Wilde Diskussionen durchzogen das Team, als sie versuchten, sinnvolle Schlüsse für sich und die

Gesamtsituation zu ziehen. Hartlock trat näher heran und sprach auf einer Einzelleitung zu Gil: »War nicht deine Schuld. Ich hätte mich genauso entschieden. Wir werden einen Weg aus diesem Höllenloch finden, oder wir äschern hier unten alles ein was wir finden«, sprach er mit blutrünstiger Stimme und dunklen Augen, als er neben ihn trat und mit hasserfüllter Miene auf die Leichenreste seines Kameraden blickte.

HOFFNUNG

Eine halbe Stunde war vergangen, seit wieder einen ihrer Mitstreiter in diesem verfluchten Alien-Komplex verloren hatten und noch immer standen sie vor der Entscheidung, wie sie durch diesen mit Glyphen durchzogenen Todestunnel schreiten sollten. »Verdammte Scheiße!«, fluchte Jessi und spielte mit einem ihrer Messer in der Hand. In militärischen Dingen war sie perfekt ausgebildet worden und mit der notwendigen Menge an Talent ausgestattet, doch für komplexere logische Problemstellungen konnte man aus ihr einfach nichts herausbekommen. »Es reagiert also scheinbar tatsächlich auf menschliche DNA oder DNA im Allgemeinen«, murmelte Valesca vor sich hin. »Jessi, kann ich mir eines deiner Messer kurz ausleihen?«, fragte sie. Die kleinwüchsige Soldatin, derzeit vollkommen lustlos und demotiviert, beantwortete ihre Frage mit einem stillen Kopfnicken und warf ihr ein Messer geschickt aus dem Handgelenk zu. Die Übrigen betrachteten das Geschehen gespannt, als Valesca zusammen mit dem Messer in Richtung Gang marschierte. »Anzug, Arm-Partie lösen«, befahl sie und der enganliegende Handschuh entblätterte sich wie eine aufblühende Blume. Danach griff sie zu dem Messer und schnitt sich präzise und nicht zu tief über einen Finger, der umgehend zu bluten anfing. »Val, was genau hast du vor?«, hinterfragte Gil das Ganze skeptisch, stets im Hinterkopf behaltend, dass sie bald alle Anzeichen von psychischer Degeneration erleiden könnten. Doch Valesca schien in ihre Arbeit vertieft und ignorierte Gil vollständig. Vorsichtig bestrich sie die Klinge vollständig mit ihrem Blut. Kurze darauf bewegte sie sich, zusammen mit der Klinge, näher an den Tunnel und warf kunstfertig das Messer durch den Gang, sodass es auf halber Länge auf dem Boden aufschlug und liegen blieb. Sofort reagierten die Glyphen und der Gang verfärbte sich blutrot, die Glyphen pulsierten immer schneller und zerfetzten das Messer in einem Meer von Energiestrahlen, bis es halb zerschmolzen auf dem Boden zum Erliegen kann. »Na toll, Val. Jetzt wissen wir genauso viel wie vorher und ich hab noch eines meiner Messer verloren«, brummte Jessi noch frustrierter als zuvor. »Ich bin bald wieder zurück. Bleibe auf Intercom. Keine Sorge, meine Vitalwerte sind in Ordnung, genauso wie mein psychischer Zustand. Ich habe DIANE alle nötigen Testroutinen absolvieren lassen«, sagte sie zu Gil gewandt und verließ die Gruppe in einen der verzweigten Gänge aus dem sie gekommen waren. »Val. Ich brauche ein paar Erklärungen von dir. Ich kann dich nicht aus einem Impuls heraus, ohne Eskorte, ziehen lassen«, rief Gil ihr hinterher und packte sie am Handgelenk. »Gleich, gleich!«, wiegelte Valesca ab und verschwand in der Dunkelheit des Gangs. »Sicher, dass das eine gute Idee ist, Boss?«, hakte Jevgeny nach, der sich offenbar Sorgen um Valesca machte. »Sie ist in einem der höchsten militärischen Ränge und unter uns allen die Dritthöchste in *der Liste*. Ich vermute also, sie wird in Ordnung sein.« Unfähig etwas anderes zu tun, setzte sich Gil zu den Anderen auf den Boden und schaute konzentriert auf den vor ihm liegenden Gang. Hatte Valesca eine Lösung aus dieser Sackgasse gefunden? Er wurde nicht schlau aus ihr und versuchte mit Hilfe von DIANE ein paar weitere Analyseroutinen, auf die bisher gesammelten Daten, abzusetzen.

Weitere Minuten in vollkommener Stille vergingen und Valesca war bisher nicht wieder zurückgekehrt, auch das Intercom war stumm geblieben. Jeder von ihnen versank allmählich in einer gewissen Lethargie. »Val, bitte kommen. Wie ist dein Status?«, fragte Gil. Wieder erhielt er keine Antwort. Dann erschien aus dem Schatten eine Silhouette. Es war die Spezialistin: »Ich bin wieder da.« In der Hand hielt sie einen ihrer biologischen Allzweckbeutel. Diese Beutel waren perfekt abgeschottet gegen allerlei Viren, Bakterien oder Verunreinigungen. Sie waren darüber hinaus extrem reißfest und damit für biologische Proben exzellent geeignet. »Entschuldige, Jessi, aber ich brauche noch eines deiner Messer.« Die Waffenexpertin schaute skeptisch zu Gil, der nur knapp nickte. Murrend zog sie ein weiteres ihrer speziallegierten Messer hervor und reichte es herüber. Wieder schritt die Biologin zum Korridor, ritzte sich einen Finger und verteilte das Blut auf der Klinge. Die Gruppe erhob sich aus ihrer meist hockenden Haltung und betrachtete das Vorgehen argwöhnisch. Gil trat neben sie und stellte die Frequenz des Intercoms so ein, dass nur sie es verstehen konnte. »Val, du musst dringend mit mir reden. Ich vertraue deiner Einschätzung, aber ich bin für den Trupp momentan verantwortlich. Es sind schon zu viele gestorben. Bist du sicher, dass alles in Ordnung ist? Was ist der Plan?«, hinterfragte er nochmals mit mehr Nachdruck und einem spürbaren Hauch von Unsicherheit. »Ich werde ihre DNA-Erkennung austricksen. Ich werde sie mit ihren eigenen Waffen schlagen. Einfache Biologie«, sprach sie ruhig und zog das Messer durch den glibberigen Beutelinhalt. Gil ließ seinen Blick über die zähe Masse schweifen und erkannte sofort, was es war. »Heilige scheiße, Val, das ist genial!«, rief er mit deutlich aufgeregter Stimme. Valesca nahm Anlauf und schmiss das Messer mit voller Wucht durch den Gang. Alle schienen wie gebannt die Laufbahn des Messers zu verfolgen, wie kleine Kinder die fünf Zentimeter vor dem Fernsehgerät sitzen und darauf warten, was als Nächstes passiert. Das Messer hatte die halbe Strecke passiert, setzte mit der Spitze auf dem Boden auf, überschlug sich mehrmals und blieb inmitten der Glyphen liegen. Nun stand auch Jessi vom Boden auf.

»Das gibt´s nich ...«, murmelte sie vor sich hin. Die Sicherheitsmechanismen waren nicht aktiviert worden. Die Glyphen verblieben in ihrem gemächlichen Pulstempo. Keine Energiestrahlen flogen durch den Korridor. Das Messer war komplett unbeschadet geblieben. »Wie hast du das gemacht, Val?«, interessierten sich nun auch Jevgeny und einige der Anderen sichtlich für das präsentierte Schauspiel. Valesca schmiss ihm den Beutel zu. Er war voller schleimiger Bio-Masse aus einem der zuvor passierten Räume. »Die Glyphen können uns nicht von ihren eigenen Bioorganismen unterscheiden, wenn wir scheinbar so sind wie sie«, versuchte Valesca die Erkenntnisse, ohne unnötiges Fachchinesisch, zu übermitteln. »Oh yeah! Ich war schon immer scharf auf eine Runde Schlammcatchen«, tönte es aus dem Intercom und zum ersten Mal seit ihrer Ankunft ging ein herzhaftes Gelächter durch die Gruppe. Gemeinsam stapften sie zu einer der nicht näher identifizierbaren Kammern und überzogen sich mit einer dicken Menge der widerlichen Bio-Masse. Viele der scheinbar verlassenen Räume innerhalb dieses Komplexes waren übersät von der Bio-Masse und beherbergten teilweise kokonartige Strukturen. Jedoch konnten sie keinerlei Lebenszeichen darin feststellen, auch nachdem sie einige von ihnen testweise aufgeschnitten hatten. Für die weitere Strecke nahmen sie zusätzlich ein paar gefüllte Beutel mit, damit sie auch den Boden zu ihren Füßen damit benetzen konnten. Valescas Idee war simpel, aber genial und Gil ärgerte sich nun umso mehr, einen seiner Kameraden an dieser so einfachen

Herausforderung verloren zu haben. »Ich werde dich rächen, Cid. Ich werde es diese Bastarde büßen lassen«, murmelte er nicht hörbar in der schalldichten Sicherheit seines Helms. Einige Zeit später hatten sie den Gang, ohne Zwischenfälle, passiert. Eine dauerhafte Lösung war die Entdeckung jedoch nicht, da die Bio-Masse nach einiger Zeit zu trocknen begann und abfiel. Sie hatten trotz aller Verluste ein Hindernis überwunden und wieder Hoffnung gewonnen. Auch dem mentalen Zustand der Gruppe hatte dieser Geniestreich einen positiven Impuls versetzt. Die Analysedaten zeigten deutlich positive Hormonspiegel und auch der Körperhaltung der Truppe war anzusehen, dass sie alle neuen Mut gefasst hatten.

Am Ende des Ganges angekommen, standen sie bereits vor dem nächsten Problem. »Rechts oder links?«, fragte Jessi in die Runde. »Münze gefällig, Boss?«, witzelte Jevgeny deutlich ausgelassen. »Konzentriert euch Leute!«, fuhr Gil unerwartet schroff dazwischen. Er wollte nicht noch jemanden verlieren. Die Bilder von Cids Körper, der in blutige Fetzen gerissen wurde, ließen seinen Verstand nicht mehr ruhen. Alle Scans fielen identisch aus, bis auf einen. Die Umgebungsanalyse hatte festgestellt, dass einer der beiden Gänge eine deutlich höhere Feuchtigkeitssättigung aufwies. »Wir nehmen den hier!«, sprach Gil und deutete auf den Gang zu seiner Rechten. »Ich will diese Viecher sterben sehen! Ohne Ausnahme!«, ergänzte er entschlossen und schaute in der Gruppe umher. Das Team nickte bestätigend, überprüfte seine Waffen und stapfte in den unheilvollen Gang.

TOD VON OBEN

Sie waren jetzt seit fast zwei Tagen auf diesem gottlosen Planeten unterwegs. Ständig in Bewegung, ständig unter Adrenalin. Immer in diesen steril anmutenden metallischen Gängen unterwegs. Zwar konnten sie den Ursprung des Notrufsignals identifizieren, aber die Erkenntnisse brachten nur noch mehr Fragen. Noch immer versuchte DIANE die Daten auszuwerten, die sie aus der Kommandozentrale übertragen hatten und noch immer war die künstliche Intelligenz nicht dazu in der Lage, weiterführende logische Verknüpfungen aus all dem zu ziehen. Die technologischen Mittel zum Bau einer solchen Anlage konnten definitiv nicht nur rein menschlichen Ursprungs sein. Andererseits war die Technik innerhalb der Kommandozentrale klar von Menschenhand geschaffen worden und nur ein Mensch konnte die militärischen Codes kennen, die notwendig waren, um solch einen Hilferuf absetzen zu können. Etwas stimmte hier offenkundig nicht, schlussfolgerte Gil für sich, als sie einen weiteren Gang passierten. Er blickte um sich und betrachtete die in perfekten Linien erschaffene Architektur. Das Ganze war nicht sonderlich raffiniert oder grazil, aber es war in seiner Bauweise perfekt. Die von Glyphen durchzogenen Wände waren ihm immer noch ein Rätsel. Auch die bisher ausgewerteten Daten gaben keine Rückschlüsse darauf, woher diese Glyphen kamen und wie man sie erschaffen hatte. Klar war bisher, dass sie auf jeden Fall eine Art von biologischem Rezeptor innehatten und auf menschliche, beziehungsweise fremde DNA, reagierten. Doch wozu das Ganze? Worin lag der tiefere Sinn? Wie passte eine menschliche Kommandozentrale in eine unbekannte und möglicherweise von Aliens erschaffene Struktur? Hatte das Militär hier im Verborgenen geforscht und Pandoras Box geöffnet? Bei diesem Gedanken durchzog ihn ein leichtes Frösteln.

≻≻ Sir, ich empfange starke biologische Anomalien.

Es war die elektronische Stimme von DIANE, die sich über den Intercom meldete. »Visualisieren!«, verlangte Gil sofort Report und betrachtete die projizierten Daten in seinem Visier. Das dreidimensionale Modell war mittlerweile so umfangreich und verworren geworden, dass er einzelne Teile ausblenden ließ, um den Überblick nicht zu verlieren.

Die Ansicht offenbarte, eine hervorgehobene Position vor ihnen. Schnell wechselte Gil auf weitere Analyse-Parameter. Die Ausschläge auf der Skala waren utopisch hoch. »DIANE, stehen diese Anomalien in Zusammenhang mit der biologischen Kennung unserer Alienfreunde?«

➣➣ Biologischer Fingerprint wird extrahiert. DNA-Abgleich läuft…

➣➣ Positiv, Sir.

»Haben wir eine Zahl was uns dort erwartet?«

➣➣ Versuche Individuen zu isolieren.

➣➣ Fehlgeschlagen.

➣➣ Versuche eine grobe Schätzung anhand der gewonnenen Informationen.

➣➣ Sir, ich würde von mindestens 20 Individuen ausgehen. Es handelt sich dabei jedoch nur um eine vage Schätzung.

»Danke DIANE«, beantwortete Gil den Report der weiblichen Computerstimme.

»20 von diesen Viechern? Lächerlich!«, bewertete Jessi die Situation. »Wir sollten trotzdem aufpassen!«, erwiderte Gil. »Fertigmachen zum Vorrücken. Geschlossen folgen!« Gil führte die Gruppe durch Gänge, an weiteren mit Schleim verseuchten Räumen vorbei und war kurz davor das von DIANE ausgemachte Ziel zu erreichen. Merkwürdige Geräusche drangen zu ihnen durch. Als sie den Raum erreichten, machten sie Halt. Das, was sie zu sehen bekamen, war nicht exakt, was sie erwartet hatten. Doch was konnte man hier unten schon tatsächlich erwarten? Der Raum war von säulenartigen Metallkonstruktionen durchsetzt, die eine unterschiedliche Höhe aufwiesen und mit teils feingliedriger Elektronik verknüpft waren. Hier und da hingen Kabel hinab. Einige von ihnen mussten vor langer Zeit herausgerissen worden sein und schlugen Funken, als sie auf die metallische Umgebung trafen. Entlang der Säulen umrankten überall Verwachsungen von schleimiger Bio-Masse die Konstruktionen. »Verdammt, was ist das!?«, deutete Jessica aufgeregt in die Mitte des Raumes. Das Team folgte ihrem Deut und erblickte eine gewaltige Ansammlung schleimiger Kokons, die in einem chemischen Grün leuchteten. In ihrem Inneren konnte man Lebensformen erkennen, die vor sich hintrieben. Einige der scheinbaren Larven waren klein, einige schienen kurz vor dem Schlüpfen zu sein. Plötzlich ertönte ein angsteinflößender Schrei, wie sie ihn zuvor in ihrem Leben noch nicht gehört hatten. Es klang fast so wie eine Horde wildgewordener Vögel, die um eine Leiche kreiste und nur darauf wartete, zuzuschlagen und ihrem Opfer das Fleisch von den Knochen zu reißen. Als hätte man sie aus ihrem Schlaf geweckt, zerplatzten einige der Kokons und verteilten eine zähflüssige Masse in ihrer unmittelbaren Umgebung. Aus den Kokons krochen Aliens, allerdings unterschieden sich diese maßgeblich von denen, auf die sie zuvor getroffen waren. Die Aliens stapften wie betrunken auf dem Boden umher, zerrissen dann eine Art von

Schleimhülle und entblößten Schwingen von mindestens einem Meter Durchmesser. Hochtonige kehlige Laute durchschnitten den Raum. Das Team ging sofort in Verteidigungshaltung, als die geflügelten Wesen abhoben und sich an der Decke des Raumes sammelten. »Wenn das hier Babys sind… wie groß sind dann die ausgewachsenen Varianten« hinterfragte einer aus dem Team, was sie in diesem Moment alle dachten. Die Frage blieb unbeantwortet im Raum stehen. »Das dürfte auch erklären, warum DIANE nicht in der Lage war, eine Zählung durchzuführen«, kommentierte Gil das Schauspiel. Sie stellten ihre Visiere teilweise auf Nacht- und teilweise auf Infrarotsicht. Was sie zu Gesicht bekamen, war eine Ansammlung geflügelter Bestien, die an der Raumdecke umherschwebten. »Die Glyphen hier sind eigenartig«, bemerkte Jevgeny und holte das Team aus seiner Trance zurück. Sie schauten sich den Raum vorsichtig genauer an und kamen zu der gleichen Schlussfolgerung. Die Glyphen waren nicht nur anders geformt, sondern auch grünlich leuchtend. »Was hat das zu bedeuten?«, stellte Gil die Frage und schaute hoffnungsvoll in Valescas Richtung. Diese antwortete schulterzuckend. »Vermutlich reagieren sie auf etwas Anderes. Die Frage ist nur… auf was?« Die Erklärung leuchtete allen ein. Die blauen Glyphen reagierten scheinbar auf biologische Rezeptoren, doch was war hier des Rätsels Lösung? Großartige Testläufe konnten sie sich nicht erlauben, da jeder Fehler das Team weiter schwächen würde. Gemessen an der Menge von Kokons und der ständig schlüpfenden Anzahl an fliegenden Aliens, die zum Teil in höherliegende Gänge davonflogen, würde es einen verdammt schlechten Eindruck machen, hier Aufmerksamkeit zu erregen. Gil beriet sich mit Hartlock und einigen weiteren Mitgliedern des Teams, in der Hoffnung seine Gedanken zu ordnen. »Meiner Meinung nach können wir nur versuchen, diese Plattformen zu nutzen«, erklärte einer aus dem Team den zurechtgelegten Plan. »Scheinbar sind auf diesen Plattformen keine Glyphen, also können wir uns auf ihnen umherbewegen und so einen möglichen Ausgang finden« und deutete auf die höhergelegenen Gänge, aus denen immer wieder geflügelte Bestien auftauchten, oder davon flogen. »Ich würde vorschlagen, dass Jessi den Anfang macht. Sie hat eine exzellente Körperbeherrschung und ist für den Notfall auch gut im Nahkampf gerüstet«, fuhr Hartlock fort. Gil nickte zustimmend: »Die Idee ist gut. Versuchen wir´s!«. »Jessi, du hast es mitbekommen, wir zählen auf dich und bitte… mach hier nichts kaputt. Ich hab das ungute Gefühl, dass uns das in verdammt große Schwierigkeiten bringen könnte.« Jessica machte sich startbereit und leitete einen Großteil der Energie in die Fuß-Servos. Zwei Schritte Anlauf genügten, um sich abzustoßen. Sie flog mit einem grazilen Sprung auf die erste Plattform zu und landete sicher. Die Plattformen hielten schwere Belastungen anscheinend mühelos aus, doch was die beigefügte Elektronik anging, war sie sich nicht ganz so sicher. Ein paar Sonar-Scans später hatten sie einen guten Überblick über die Lage. Es gab tatsächlich einen Ausgang, der quer auf der anderen Seite des Raumes in einigen Metern Höhe gelagert war und die direkteste Verbindung zum Eingang bildete. Sie bewegte sich zielsicher auf den Ausgang zu und gab dann via Intercom das Zeichen zum Folgen. Einer nach dem Anderen folgten sie dem digital markierten Pfad, den ihre Kameradin mittels Signalgeber, wie eine Spur aus Brotkrumen, für sie hinterlassen hatte. Gil war mit einem Großteil des Teams im mittleren Segment des Raumes angelangt, während Hartlock und Jevgeny die Nachhut bildeten. »Läuft gut, Boss«, rauschte es durch den Intercom. »Roger. Konzentriert euch!«, hallte Gils Stimme zurück. Etliche von ihnen befanden sich bereits auf der anderen Seite des Raums. Hartlock und Jevgeny waren soeben gestartet. Dann verschätzte sich einer der Soldaten bei seinem Sprung: »Fuck!«, schallte es durch den Intercom. Der Sprung war zu knapp ausgefallen und so zerdrückte die Last des Servoaufpralls einen Teil des Sockels und der daran angebrachten Elektronik. Ihr Kamerad rutschte mit dem Fuß an der Säule nach unten. Ein ohrenbetäubendes Geräusch von sich gegenseitig zerkratzendem Metall hallte durch die weitläufige Halle. In letzter Sekunde konnte sich der Mann am oberen Teil der Säule festhalten. Durch eine rasche Energieumlenkung in die Armservos war es ihm möglich sich, mit brachialer Gewalt an der Plattform, nach oben zu ziehen. Die abgerissene Elektronik der Plattform segelte dem Boden entgegen. »Das ist gerade noch einmal gutgegangen.«, kommentierte Jevgeny erleichtert den Vorfall. Dann schlug das Fragment auf dem Boden auf und der Raum verwandelte sich in ein Lichtspektakel. »Drucksensoren… es sind Drucksensoren!«, krachte

Hartlocks Stimme durch die Lautsprecher. Gellendes Kreischen erfüllte den Raum, gefolgt von dem vermeintlichen Brutmutternschrei, den sie bereits zuvor gehört hatten. Sie hatten das Grauen geweckt und es kam in fliegender Form auf sie zugeschossen. Hunderte Kokons voller Larven begannen zu zerplatzen. Noch ein wenig stapften die Wesen auf dem Boden umher und machten sich bereit, als geflügelte Schrecken in einen erbarmungslosen Kampf einzuschreiten. Die bereits ausgewachsenen Kreaturen an der Decke hatten sie bereits ins Visier genommen und flogen in Kreisen zu einer Angriffsformation. Die Hive-Struktur machte es möglich, dass sie alle exakt gleich reagieren konnten und sich damit nicht in die Quere kamen, jedoch auch zu radikalen Einzelmanövern in der Lage waren. Die geflügelten Biester rissen ihre Mäuler weit auf und entblößten Reißzähne. Als würden diese Wesen etwas aus ihrem Inneren heraufwürgen, flogen massive, stahlspitzenartige Geschosse aus ihren Mündern. Auf den schmalen Säulen stehend, wurde das Team vollständig überrumpelt »Oh Scheiße! Macht hin Leute!«, rief Jessica und schmiss Valesca ein paar ihrer Messer zu. Sie nickte knapp zum Dank und fing die Messer geschickt auf. Danach kramte sie wieder hektisch in ihrem Rückentank, den sie zuvor von ihrem Anzug ausgeklinkt hatte. Währenddessen kämpften die Übrigen um ihr Leben und sprangen wie aufgescheuchte Hühner von Plattform zu Plattform. Die Stahlgeschosse bohrten sich in den Boden, das umliegende Brutgeflecht und die Sockel. Unter der Gewalt der Spitzen zerbrachen einige elektronische Geräte, von denen sie bisher keinerlei Ahnung hatten wer oder was sie dort überhaupt angebracht hatte und zu was sie dienten. Hartlock deckte Jevgeny den Rücken und zerschmetterte einige der Geschosse mit seiner Peitsche, während er selbst versuchte, nicht getroffen zu werden. Von der gegenüberliegenden Seite schmiss Valesca die bereitgestellten Wurfmesser mit einem elektrisch aufgeladenen Zischen in Richtung der geflügelten Bestien. Die Messer flogen zielgenau durch die Luft und zerrissen Flügel und Köpfe. Wie leblose Säcke fielen die Ungetüme scheppernd zu Boden, denn auch ihr Skelett bestand anscheinend aus dieser seltsamen metallartigen Zusammensetzung. Nun war auch Jessica bereit und hatte mit wenigen Handgriffen ihr Plasma-Gewehr Modell .99 Mark II zusammengeschraubt. Sofort brachte sie sich in eine kniende Position und setze das gut 1.5 Meter lange Scharfschützengewehr an. Sekunden später flogen, von einem Knistern begleitet, Energiesalven durch die Luft und erhellten die grausige Szenerie in einem gelb-orangenen Farbton. Beim Auftreffen der Salven verschmorten die Skelette der Wesen zu Klumpen. Die Flügel und Gewebestrukturen verbrannten in einem unheilvollen Zischen. Schnell lichtete sich die Gegnerfront, doch dann gingen Valesca die Messer zur Neige und sie war dazu gezwungen, sich mit nahezu nutzlosen Blasterschüssen, zu verteidigen. Für die Thermolanzen waren die Gegner zu wendig und zu weit entfernt. Fast der gesamte Trupp hatte es mittlerweile mehr oder weniger unbeschadet zum Ausgang geschafft. Nur noch Hartlock und Jevgeny waren unterwegs. Immer wieder blitzten die Schilde der Anzüge auf, als sie haarscharf von Metallspitzen gestreift wurden. Bei einem direkten Treffer würden sie vermutlich auch die Schilde nicht vor kritischem Schaden bewahren. Sie waren für solch eine Art von Schaden nicht konzipiert worden, konnten die Metallgeschosse jedoch geringfügig ablenken. Jetzt hatte auch Jevgeny das Tor erreicht. Das Team schoss aus allen Rohren. Das Mündungsrohr von Jessis Plasma-Gewehr glühte bereits bedrohlich und auf Höhe der integrierten Energieeinheit strahlte es eine deutlich spürbare Hitze ab. Doch sie ließ sich nicht beirren und feuerte nahezu im Akkordtempo weiter Schüsse auf ihre fliegenden Widersacher ab. Ihre Trefferquote lag bei nahezu 100%. Nur noch zwei Plattformen trennten Hartlock von der sicheren Zuflucht. Erneut setzte er zum Sprung an und verkantete leicht. Er konnte den Sprung in der Luft noch korrigieren, doch bei seinem Aufprall ging ihm das Gleichgewicht verloren. Mit letztem Geschick schaffte er es, sich abzustoßen und flog in Richtung des Tores. Er würde es nicht schaffen. Mit einer Schar fliegender Monster im Rücken würde er den Spießrutenlauf kein zweites Mal überleben, zumal einige der Plattformen bereits unwiederbringlich zerstört waren, ob der zahlreichen Kampfbemühungen. Dann traf sein Fuß-Servo gerade noch auf der Kante zum Ausgang auf. Sein Fuß entglitt und er rutschte dem Boden entgegen. Verzweifelt versuchte er nach irgendetwas zu greifen. Seine Pupillen waren vor Schreck weit aufgerissen und sein Mund schrie wortlos um

Hilfe. Zur gleichen Zeit stapfte Gil mit einem Mordstempo aus dem Gang heran an Jessi vorbei, die mit weiteren Gewehrsalven beschäftigt war, und schmiss sich längs den Gang entlang. Er traf hart auf dem Boden auf, hatte jedoch zuvor alle Energie in die vorderen Schildpartien und Arme geleitet. Das ohrenbetäubende Geräusch von Metall auf Metall und elektrostatischen Entladungen ließ den Trupp taub werden, bis die Anzüge automatisch die Regelung der Audioeinflüsse korrigierten. Während Gil weiter in Richtung Toreingang rutschte, sah er Hartlocks Gesicht vor sich herabsinken. Wenige Zentimeter trennten Gils Arm von seinem Ziel. Er versuchte sich so lang zu machen, wie es ihm nur irgend möglich war. Für einen Sekundenbruchteil konnten sie sich durch die Visiere sehen. Dann war Hartlocks Kopf bereits unter der Stufe verschwunden. Gil schrammte weiter auf die sich windende Hand zu, die wie in Zeitlupe vor seinem Sichtfeld in der Dunkelheit verschwand. In letzter Sekunde packte er zu und hatte Hartlock gerade noch erwischt. Das abrupte Gewicht drückte ihn in den Boden und verformte den Gang zu einer leichten Delle, denn er musste die komplette Energie von Hartlock absorbieren. Doch die Lage war noch nicht entschärft. Weitere Stahlgeschosse schlugen links und rechts neben ihm in der Wand ein. Oben kamen die übrigen Teammitglieder zu Hilfe und zogen die beiden nach oben. Alle eiferten dem sicheren Hafen entgegen, doch dann kam wie aus dem Nichts ein weiteres Metallgeschoss entgegengeflogen und durchschlug Hartlock auf Brusthöhe. Ein von Blut getränktes Gurgeln erfüllte den Intercom. Schnell wuchtete Gil ihn auf die Schulter und das Team flüchtete in die Tiefe des Gangs, während Jessi eine weitere der kostbaren Thermogranaten zurückließ. Der folgende Lichtblitz beendete die Jagd ihrer Verfolger abrupt. Einige Ecken weiter kamen sie endlich zur Ruhe. Gil überprüfte sofort die Bio-Werte seines Kameraden. Sie waren in einem lebensbedrohlichen Bereich. »Stim! Sofort!«, forderte er an und ließ den Körper des Soldaten mit Drogen fluten. Die Bio-Werte normalisierten sich leicht, nur um kurze Zeit später wieder einzubrechen. Wieder ertönten gurgelnde Laute durch die Lautsprecher ihrer Helme. »Es hat seine Lunge durchstoßen«, stellte ihr medizinischer Spezialist nüchtern fest. »Wir können ihn nicht mehr retten«, fuhr er mit ruhiger Stimme fort. »Maximale Stims!«, befahl Gil mit einem hörbaren Schwall aus Verzweiflung und Wut. Erneut floss der Cocktail aus Aufputschmitteln und Medikamenten durch Hartlocks Adern. Unter dem erneuten Einfluss bäumte er sich auf und versuchte unter tiefen Schmerzen zu schnaufen, doch bei jedem Atemvorgang sprudelte weiteres Blut aus der handbreiten Wunde. Mit einem gezielten Schwung aus der Rückhand beendete Jessi das Leiden und Durchschnitt seinen Hals mit einer ihrer Spezial-Klingen. Es kam unverhofft, doch innerhalb des Teams brach keinerlei Entrüstung, über ihre scheinbar kaltherzige Tat, aus. Im Gegenteil, sie alle hätten es genauso gewollt, doch letztendlich brachte man es oft doch nicht fertig einen seiner in der Schlacht geschätzten Kameraden aktiv aus dem Leben zu nehmen. »Er war nur noch eine leidende Hülle«, kommentierte sie ihr Handeln stumpf und steckte das blutverschmierte Messer weg. Gil geriet außer sich, seine Vitalwerte brachen aus und er packte Jessica am Halsschutz. »Energie in Armservos umleiten«, sprach er mit dunkler Stimme. »Boss, beruhige dich.«, beschwichtigte Jevgeny und legte seine Hand auf den ausgestreckten Arm. Die zierliche Soldatin baumelte in der Luft, der Anzug schützte sie vor Schaden, solange die Schilde hielten. Sie verstand seine Reaktion, doch er würde sich beruhigen, denn er war ein Profi. Sie alle waren Profis; trainierte Kampfmaschinen, um im Einsatz zu sterben. Der Druck von Gils Hand lies nach und Jessi sank zu Boden. »Sorry«, kommentierte Gil kurzatmig die Situation und stapfte in den Gang. Seine Silhouette wurde von der Dunkelheit verschlungen. «Alles Okay, Jes?", fragte Jevgeny, woraufhin sie nur wortlos nickte. Danach verteilte sie die letzten nützlichen Habseligkeiten. Jemand anders hatte nun das schwierige Erbe der Laser-Peitsche angetreten. Die restlichen Instrumente wurden, so weit möglich, unter allen verteilt. Ein weiteres Mal hatten sie ein Leben nicht retten können. Würde das Sterben jemals ein Ende nehmen? Würde am Ende wenigstens einer diesen Planeten wieder verlassen können und sich seinen Stand in der *Liste* verdienen und vielleicht doch die eine oder andere heldenhafte Geschichte weitertragen können? Keiner von ihnen konnte diese Fragen mit gutem Gewissen beantworten. Vor ihnen lagen weitere Gänge. Doch irgendwo vor ihnen musste die Antwort auf all das hier liegen: eine Brutmutter, ein Hive-Bewusstsein, ein

Supercomputer, eine Art von Dämon oder irgendeine Art von zentralem Bewusstsein. Sie würden die Quelle finden und ausschalten, auch wenn sie dabei alle jämmerlich draufgehen würden. Darin waren sie sich alle einig. Fraglich war nur, ob sie davor nicht den Kampf gegen sich selbst verlieren würden.

TODESUHR

In einem Zentralrechner des Militärs zur Verarbeitung von Einsatzdaten wurden die Parameter für das Protokoll Todesuhr vorbereitet:

≻≻ Vierter Tag der Mission Trinitron 7

≻≻ Militärische Raumzeit 0001

≻≻ Vorbereitungen für Protokoll *Todesuhr* einleiten.

≻≻ Ziel: Verifizierung der Mission Trinitron 7.

≻≻ Zielprotokoll Priorität 1: Lokalisieren des Notrufsignals.

⤜ Zielprotokoll Priorität 2: Sicherung möglicher Daten am Zielort.

⤜ Zielprotokoll Priorität 3: Überprüfen auf Überlebende der Mission Trinitron 7 innerhalb vertretbarer Parameter.

⤜ Beginn von Protokoll Todesuhr in ETA 48:00:00 Stunden.

⤜ Notfall-Subprotokoll A hinterlegen.

⤜ Säuberung des Planeten durch planetaren Sub-Raum-Beschuss vorsehen.

⤜ Notfall-Subprotokoll B hinterlegen.

⤜ Entsenden weiterer Spezialstreitkräfte zur Sicherung militärischer Interessenswerte.

HORROR

Der Trupp bewegte sich noch immer stetig tiefer in den Nexus hinab. Sie mussten mittlerweile ungefähr 500 Tiefenmeter hinter sich gebracht haben und ein vielfaches an zurückgelegten Laufstrecken. Ein Erschöpfungszustand begann sich, trotz der Anzüge, langsam einzustellen. Weder Licht noch Geräusche sorgten in ihrem monotonen Trott für Abwechslung. Das dumpfe Hallen der Servos bei jedem ihrer Schritte war der einzige Klang, der sie in den zahlreichen Gängen verfolgte und sich in Echos überschlug. Hin und wieder entdeckten sie einen der Hightech-Ventilatoren an der Decke, auch wenn sie sich noch immer nicht sicher waren, ob die Lebewesen hier unten den Sauerstoff brauchten. Gelegentlich trafen sie auf

Räume mit einigen wenigen Larven, die sie rigoros auslöschten. Die einzige Abwechslung schienen Räume an Knotenpunkten zu sein, die immer wieder die bekannten Muster aufwiesen: Grüne Glyphen mit seltsamer Formung waren scheinbar eine Art von Drucksensoren. Blaue Glyphen reagierten offenbar auf fremde DNA, sobald diese in ausreichender Sättigung festgestellt werden konnte. Rote Glyphen indizierten das Vorhandensein eines Hive-Bewusstseins, das die Steuerung der Aliens in der nächsten Umgebung übernahm. Die Dinge, die sie hier gesehen und erlebt hatten, brannten sich wie Male in ihre Köpfe ein und erzeugten Automatismen, derer sich die Soldaten selbst nicht mehr bewusst waren. Man ging in den Raum, prüfte die Glyphen metzelte auf dem Weg zum Ausgang alles mit akribisch geplanter Präzision nieder und schritt voran. Seit sie Hartlock verloren hatten, war der Intercomverkehr deutlich ruhiger geworden. Hin und wieder konnte man das Atmen Einzelner vernehmen, oder ein genervtes Seufzen, wenn nach der nächsten Biegung nur wieder der nächste Gang auf sie wartete. Ihre Anzüge waren über und über verschmiert mit Blut und Biomasse. Einige Stellen wiesen oberflächliche Kratzer auf und teilweise fielen bereits getrocknete Reste der biologischen Masse ab. Als sie schon dachten, dass diese ewige Monotonie kein Ende mehr nehmen würde, meldete sich auf einmal das Sonar, gefolgt von einer Meldung durch DIANE:

≻≻ »Sir, ich kann in unmittelbarer Entfernung eine Lebensform feststellen, die unserer sehr ähnlich ist«.

Abrupt blieb die Gruppe stehen. »DIANE, spezifiziere den Fund«, sprach Gil verwundert über das Intercom.

≻≻ »Den Messungen zufolge befinden sich vermutlich eine Handvoll Individuen in einer Entfernung von weniger als 500 Metern. Die DNA lässt auf menschliche Herkunft schließen, allerdings gibt es Abweichungen«, vollzog DIANE ihren Bericht.

»Was... was meinst du mit Abweichungen, DIANE?«, hinterfragte Gil. Es dauerte keine Sekunde, bis das Hochleistungsnetzwerk eine Antwort lieferte.

≻≻ »Der DNA Fingerabdruck hat eine hohe Überlappung mit der von Menschen. Es gibt jedoch in mehreren der Lebensformen Abwandlungen in den DNA-Strängen. Eine nähere Spezifizierung kann nicht ohne Probe durchgeführt werden, Sir.«, beendete DIANE ihren Rapport.

Die Männer und Frauen nickten sich in stillem Einvernehmen zu und rückten mit den Waffen im Anschlag vor. Der Abstand zu den Zielobjekten verringerte sich langsam. DIANEs Stimme zerschnitt abermals die angespannte Stille:

≻≻ »Sir, ich kann minimal-akustische Fragmente feststellen. Sie stammen zu 99.9 prozentiger Wahrscheinlichkeit von den vor uns liegenden Zielobjekten.«

Gil gab Handzeichen zum umgehenden Halt. »Audiovisuelle Verstärker aktivieren. Rauschunterdrückung aktivieren.« Ein kurzes Rauschen in verschiedenen

Tonhöhen ertönte durch das Intercom. Dann war nichts mehr zu hören. Eine geisterhafte Totenstille umhüllte die Szenerie, bis auf einmal Sprachfragmente zu hören waren. Stück für Stück konnte man Tonlagen erkennen, die lauter und deutlicher wurden. Die Hochleistungschips in ihren Anzügen und die mathematischen Algorithmen, mittels derer DIANE umgesetzt worden war, waren das Effizienteste, dass die Menschheit in dieser mobilen Machart fertigen konnte.

»H...« --- »...e« --- »..fe« – »...il...« --- »Hil...« --- »Hilfe« setzte sich nach und nach aus den akustischen Fetzen zusammen. »Mein Gott, Sir, das... das sind Menschenstimmen!«, rauschte es durch die integrierten Lautsprecher. Gil hob stumm die Hand und signalisierte damit, dass er keinen zusätzlichen Audioverkehr wünschte. »... elft« --- »..ns« --- »..itte«, waberten weitere Geräuschfetzen durch den Intercom und sorgten für eine Gänsehaut bei den Beteiligten. Ein ungutes Gefühl breitete sich unter ihnen aus.

Die Bio-Werte des Trupps entglitten kurzzeitig. Was konnte sich hier Menschliches befinden? Nach all der Zeit und bei all diesen Gefahren, ohne jegliche Vorräte. Gils Instinkte waren geweckt. Sein strategisches Gehirn arbeitete auf Hochtouren, seine Werte stiegen auf neuronaler Ebene merklich an, als die Truppe ihn fokussierte und auf weitere Befehle wartete. »Mir gefällt das nicht, Leute«, begann er seine Ansprache. »Welches menschliche Wesen könnte in diesem höllischen Konstrukt überleben, ohne vergleichbare Ausrüstung, wie wir sie haben? Das ist utopisch...«, führte er weiter aus. Nachdenkliches Murmeln ging auf mehreren Ebenen durch das Intercom, dann setzt er wieder an: »Wir werden bewaffnet und mit 110% Konzentration da reingehen. Sobald etwas so wirkt, als wäre es nicht normal... äschern wir es ein und zwar ohne zu zögern.« Er blickte den Anwesenden ringsum in Richtung Visier und erntete stummes Nicken. Das Klicken von Waffensystemen hallte durch die Gänge. Jessi spielte mit den Katanas herum, als wären sie bereits seit Jahren an ihr festgewachsen gewesen. Gil atmete durch und schloss noch einmal die Augen. Er musste kurz an den Tod von Hartlock denken. Seine Hand, sein Gesichtsausdruck und der Bolzen, der sich in einem schmerzhaften Gurgeln durch seinen Körper gebohrt hatte. Doch bevor seine Gedanken vollständig abdriften konnten, öffnete er die Augen und starrte in den vor ihnen liegenden Gang. Mit einer vorwärtstreibenden Handbewegung gab er das Zeichen zum Vorrücken. Das Sonar-Feedback verringerte die Distanz zu den Zielobjekten mit jedem ihrer Schritte. Die herausgefilterten Stimmen wurden mit jedem Meter immer klarer... und menschlicher. Dann betraten sie den Raum und konnten nicht glauben, was sie sahen.

Genauso wie in der Kommandozentrale, im oberen Sektor, schien es sich hierbei um eine Art von Hochleistungslabor zu handeln. Offenbar von menschlicher Hand erschaffen, allerdings deutlich weiterentwickelt als das, was sie in ihren bisherigen Leben zu Gesicht bekommen hatten, was ihren Argwohn gegenüber der Situation förderte. Ein paar

Spezialisten analysierten die Geräte. Mit einigen davon konnten sie etwas anfangen, andere jedoch stellten sie vor weitere Fragen. An den Wänden standen seltsame Gefäße aus metallischer Legierung, die scheinbar an ein Röhrensystem angeschlossen waren. Vorsichtig streiften sie einige Tanks mit ihrer Hand. Eisige Kälte ging von den metallischen Konstrukten aus. Aus ihrem Inneren war in unregelmäßigen Abständen ein Gluckern, wie von Wasserblasen, zu vernehmen. Der Raum war übersäht mit diesen Gefäßen. Sie schienen außerdem untereinander und mit einem Hauptversorgungsventil verbunden zu sein, das irgendwo unter der Decke in einen anderen Raum verschwand. Was konnte sich im Inneren befinden? DIANEs Scanversuche schlugen allesamt fehl. Dann wurden sie erneut von den schaurigen Stimmen heimgesucht.

Das Team begab sich umgehend in Verteidigungsposition. Rücken an Rücken, in kleineren Gruppen, standen sie entlang des Raums verteilt. Langsam bewegten sie sich auf die Quelle der Stimmen zu. Zu ihrer Verwunderung schienen es mehr und mehr zu werden. Als sie den weitläufigen Raum, in höchster Konzentration, durchquert hatten und der rotleuchtende Punkt des Sonars noch immer in ihrer Mitte lag, dämmerte es ihnen. Die georteten Lebewesen waren in den umstehenden Tanks gefangen. Doch das größere Problem lag in den Tanks selbst. Die meisten von ihnen waren umgeben von Glyphen und dieses Mal waren die Glyphen in ihrer Art vermischt. »Heilige Scheiße... wie sollen wir die Dinger öffnen?«, fragte Jevgeny in die Runde. »Vermutlich können wir nur unser Glück probieren, diese Dinger aktivieren und alles abmetzeln was sich uns in den Weg stellt.« Die Antwort aus der Runde war skeptisches Schweigen. »Nehmen wir an, dass wir das, was da drin ist, dadurch nicht verletzen. Wo fangen wir an?«, versuchte Valesca ihre Optionen zu prüfen. »Wir sollten entweder die Druck- oder Biosensoren wählen. Ich bin nicht scharf darauf von Energieblitzen gegrillt zu werden.«, kam die rasche Entgegnung via Intercom. Die Übrigen stimmten zu und der Trupp versammelte sich vor dem ersten Gefäß. Ein Druck auf die grüne Platte genügte und mit einem ohrenbetäubenden Lärm schoss die Frontplatte des Tanks nach oben und kratzte auf ihrem Weg durch die Scharniere. Die Vitalwerte gingen kurz bei allen durch, dann richteten sie ihre Waffen auf den geöffneten Tank. Nichts. Alle stießen einen Seufzer der Erleichterung aus. Sie öffneten zunächst alle Tanks, aus denen keine erkennbaren akustischen Signale drangen. Über 20 an der Zahl. Nichts. Die Vitalwerte erzitterten immer wieder in Spitzen, als weitere Stimmen durch den Äther drangen.

»Müsst« --- »helfen« --- »bitte« zogen die Worte durch den Intercom.

Dabei kamen die Worte auch immer wieder aus anderen Tanks. Es war an der Zeit aufs Ganze zu gehen. Es waren nur noch Tanks übrig aus denen Stimmen oder andersgeartete Geräusche drangen. Sie aktivierten weitere Drucksensoren. Nichts. Ein Wummern erklang aus einem der Tanks und die Mannschaft reagierte abrupt und hatte ihre Waffen im Anschlag. Man konnte spüren, dass nicht mehr viel dazu fehlte, bis einem die Nerven durchgingen. Sie drückten weitere Drucksensoren, nichts passierte, bis sie durch Zufall auf mehrere gleichzeitig drückten. Eine Druckwelle schoss durch den Raum, als ein Großteil der Tanktüren nach oben gezogen wurde und einen grausigen Anblick darboten. In den Tanks befanden sich Menschen, oder das, was einmal Menschen gewesen sein mussten. Grausame Bilder durchzuckten die Gehirne der Männer in Energieimpulsen und brannten sich unweigerlich in ihnen ein. Einige kämpften kurz mit einem Würgereiz und wandten ihren Blick ab. Verstümmelte Kadaver trieben in nicht näher identifizierbaren Flüssigkeiten. Andere schienen an Apparaturen angeschlossen zu sein. In einigen Behältern trieben halbfertige Föten umher. Die Vitalwerte explodierten. Auch Gil schien von den visuellen Eindrücken gehemmt. »Meds«, forderte Gil und ließ eine überschaubare Anzahl an Beruhigungsmitteln durch die Anzüge abgeben. Die Werte normalisierten sich umgehend. Sie machten sich daran, die Tanks weiter zu begutachten. Durchsichtige Platten aus einem Verbundmaterial schienen zwischen ihnen und den Tankinhalten zu sein. Doch dies war nicht das Einzige, was sie verwunderte. In den Tanks schienen zusätzlich auch wieder biologische Verwachsungen zu sein... die sich teilweise an den Lebewesen im Inneren festgesetzt hatten. Außerdem waren sie übersät von Glyphen, blauen Glyphen. Dann fanden sie die Quelle der Stimmen. In einigen Behältern schien den gepeinigten Seelen ihrer Besitzer noch ein jämmerlicher Rest an Lebensenergie innezuwohnen. Mit weitaufgerissenen Augen und zitternden Pupillen starrten sie dem Trupp entgegen. Ihre Münder bewegten sich dabei in Zeitlupe. Wie sie überhaupt Worte zu Stande bringen konnten und inwiefern man hier noch von Lebewesen sprechen konnte, wussten sie nicht. Um Gewissheit zu erlangen, konnten sie nichts weiter tun als fortzufahren.

»Glyph..« – »Öffn..« – »ich« – »fnen« erklangen die Stimmen der Gequälten.

Die Nachricht schien eindeutig und was zuvor geklappt hatte, konnte auch weiterhin funktionieren. Nach Offenlegung der Frontklappen waren nur noch blaue Glyphen übrig und diese reagierten bekanntlich nicht sonderlich positiv auf menschliche DNA. Andererseits schienen auch Menschen in den Gefäßen zu sein. »Was sollen wir tun?«, zerbrach eine Stimme die aufgekommene Stille. »Wir sollten gemeinsam entscheiden«, erwiderte Gil. »Wer dafür ist, dass wir versuchen mit unserer DNA die Gefäße zu öffnen hebt die Hand«, führte er weiter aus. Ein Zögern ging durch die Truppe. Valesca hob als Erste die Hand. Jevgeny folgte ihrem Beispiel. Er wollte nach den zahlreichen Verlusten, die die Mission von ihnen gefordert hatte, zumindest versuchen etwas aus der Hand dieses Planeten zu entreißen.

Die Abstimmung wurde von erneuten Rufen durchbrochen: »fnnen!« --- »ich« --- »ffnnen!«.

Weitere Hände erhoben sich reihum. Letztlich hatte man sich auf ein eindeutiges Ergebnis geeinigt und so traten sie vor die Tanks und begannen sie zu aktivieren. Langsam näherten sich die Handflächen den Glyphen. Das Zittern der Pupillen der gefangenen Personen schien noch intensiver geworden zu sein und man hörte leichte Knarz-Geräusche, als sich die Lebewesen zu winden versuchten. »Was meinen sie mit -Ich öffnen?-» zerschnitt in letzter Sekunde die Rückfrage das Intercom und die Übrigen zuckten zurück. »Man Jevgeny... scheiß drauf. Die sind mürbe in der Birne. Wie würde es dir gehen, wenn du seit Ewigkeiten in dieser Brühe stecken würdest?«, platzte es aus Jessi heraus, die scheinbar unter massivem inneren Stress stand. Wieder gingen Gil die vergangenen Tage durch den Kopf. Die Opfer am Eingang. Das zerfleischte Mitglied bei der Suche nach dem Signal. Der tote Hüne... zerrissen von Energienadeln und letztendlich Hartlock, verloren in einer Sekundenentscheidung. »Weitermachen«, ertönte Gils Stimme durch den Intercom. Sie hatten keine andere Wahl. Es gab nichts hinter ihnen und dies waren die menschlichsten Kreaturen seit Langem, die sie zu Gesicht bekamen. Sie mussten es tun und so berührten die Handflächen die Glyphen.

Gleißendes Licht ging von den Glyphen aus. Sofort entfernten sich alle ein paar Schritte von den Behältnissen, als sich die Leuchtkraft weiter und weiter steigerte. Gellende Schreie erklangen aus den Tanks und vermischten sich zu einem Meer an Geräuschen. Sofort regulierten sich die Anzüge selbst. Mit gezogenen Blastern fokussierten sie die Behältnisse, aus denen jetzt Flüssigkeiten gepumpt wurden. Die Frontscheiben öffneten sich und die Lebewesen kippten kraftlos aus ihnen heraus. Unsanft landeten sie in der bracken Flüssigkeit, die sie umgeben hatte. Hier und da hörte man ein Röcheln. Einige der Individuen schienen bereits seit längerer Zeit nicht mehr lebendig gewesen zu sein. Ein modriger Dunst entstieg der Brühe. Für einen von ihnen kamen die Filter der Anzüge nicht schnell genug nach. Er erbrach sich, angewidert von dem Dunst, der Leichen ähnelte, die wochenlang vor sich hingammelten. Jevgeny löste seinen entsetzten Blick von den leblosen Föten, während bei Valesca das biologische Interesse in den Vordergrund trat. Sie machte wiederum als Erste einen Schritt nach vorne auf eines der scheinbar lebendigen Wesen zu. Die mutmaßlich weibliche Person war nackt und zitterte am gesamten Körper. Mit spröden bläulichen Lippen und angsterfüllten Augen starrte sie Valesca seelenlos entgegen. Sie öffnete den Mund, doch ihm entwichen keine Worte. Scheinbar mussten sich ihre Körper noch an die neue Umgebung, außerhalb der Flüssigkeit, gewöhnen, als die Lungen frischen Sauerstoff in die geschwächten Körper pumpen. Die Biologin bewegte sich weiter auf die Frau zu. Unerwartet schien diese flüchten zu wollen und ruderte apathisch mit den Armen, in der Hoffnung sich fortbewegen zu können. Doch ihr Körper war schwach... ausgemergelt und der glitschige Untergrund ließ ihr keine Möglichkeit zur Flucht. Die Soldaten drehten den Kopf zu der Frau und beäugten die Szenerie mit einem skeptischen Gefühl. Dann erreichte

Valesca schließlich die Frau. Schnell löste sie Torso und Kopfpartie ihres Anzugs und umarmte die Frau zaghaft: »Ganz ruhig, wir werden euch helfen. Ihr seid in Sicherheit«, tätschelte sie dabei über die klebrigen Haare der Person.

Wieder bewegten sich die Lippen der Frau. Valesca war blankes Entsetzen ins Gesicht geschrieben, als sie die eisigen Worte vernahm: »Nicht... Öffnen...«

Bevor sie reagieren konnte, begann die Frau infernalisch zu leuchten und verkrampfte wie unter einem epileptischen Anfall. Dann erkannte Valesca, was sie ausgelöst hatte. Die Haut der Frau war durchzogen von Glyphen. Auch die anderen befreiten Wesen begannen zu leuchten... ein blutroter Farbton durchflutete den Raum. Die Kreaturen stießen gellende Laute aus, als sie sich auf dem Boden wanden und die Hände gegen Kopf und Körper drückten. Einige spuckten Blut, oder zumindest etwas, dass die Ähnlichkeit mit Blut hatte. Eines der Subjekte hatte den Kopf schief gelegt und starrte aus hohlen Augen in Richtung des Trupps, als das Leuchten von ihr Besitz ergriff. Die Fingernägel gruben sich apathisch in die Oberarme, die sie umklammert hielt, und rissen klaffende Wunden in die spröde Haut. Die ungesund aussehende Zunge leckte über die Lippen. Dann erzitterten sie.

Eine infernalische Stimme durchschlug das Intercom mit einem dämonisch zittrigen Unterton und wummerte durch die Lautsprecher. Wie kleine Nadelstiche durchzuckte es ihre Gehirne:

»IHR... WERDET... ALLE... STERBEN. VERDAMMTE!!! DIE IHR... HIER... HERKAMT.«

Der Stimme folgte ein chorartiges Gelächter in bizarren Tonlagen, das von den Lebewesen aus den Tanks ausging. Bilder von gefolterten Menschen visualisierten sich in ihrem Geist. Wie Schüsse aus einem Maschinengewehr wurden sie von den Eindrücken erschlagen. Sie sahen Menschen gefoltert von... Menschen. Menschen, die Experimenten ausgesetzt wurden. Verzerrte Fratzen blitzten durch ihre Erinnerungen. Personen wurden in ihrem Verstand grausamen Versuchen mit Aliens ausgesetzt. Verachtenswerte Kreuzungsversuche aus Alien DNA und menschlichen Föten. Schmerzschreie klangen als Energieimpulse durch ihre Nervenbahnen. Die Vitalwerte kollabierten. Einer der Männer stolperte rückwärts und riss einige der Armaturen um, Schüsse lösten sich unwillkürlich. Das nackte Chaos brach aus.

Die Spezialistin wollte zurückweichen. Das Team versuchte, sich in den Griff zu bekommen. Unmöglich. Was sie geweckt hatten, konnten sie nicht mehr aufhalten. Schon wieder hatte eine Präsenz die Kontrolle übernommen. Die Überlebende, die Valesca umarmt hielt, griff mit einer unmenschlichen Kraft nach ihr und zerdrückte ihr beide Augen in den Höhlen. Blutige Überreste tropften zu Boden, als ein markdurchdringender Schrei den Intercom zerriss. Val versuchte sich von der Kreatur wegzustoßen und taumelte in Panik umher. Mit den Armen schlug sie blind Apparaturen von den Tischen. Dort wo ihre zarten blauen

Augen waren, troff nur noch blutige Masse aus den Höhlen. Der Trupp setzte die Gewehre an. Hunderte Gedankenimpulse schienen gleichzeitig den Raum zu passieren. Jevgeny stürzte in ihre Richtung, die benommen auf dem Boden entlang tapste und dabei wie ein kleines Kind wirkte, das verlorene Murmeln auf dem Boden suchte. Dabei wimmerte sie apathisch und grub mit den Fingern ihrer anderen Hand in den blutigen Höhlen umher, die einst ihre Augen beherbergten. Weitere Schüsse durchstießen den Raum. Klar, sauber, tödlich. Die ersten Körper zuckten in sich zusammen oder wurden von den Salven versengt. Sie blieben liegen, dieses Mal endgültig. Martialische Kampflaute wurden ausgestoßen, während sie die auf dem Boden verteilten Lebewesen mit roher Brutalität niederstreckten und dabei nicht mit Munition geizten. Der Geruch von verbranntem Fleisch überlagerte den Raum. Die nackten Körper hatten den Thermolanzen nichts entgegenzusetzen. Blut und Gedärme spritzten über den Boden und bedeckten die Behälter, aus denen die Kreaturen gekommen waren. Jevgeny hatte Valesca erreicht, als diese in ihrem von Panik getriebenen Zustand ausrutsche und zu Boden glitt. Ihr Kopf schlug unsanft an einem metallischen Tankkorpus auf. Ein unüberhörbares Knacken glitt durch den Intercom. Dann lag die hochintelligente Wissenschaftlerin auf dem Boden, ihr Kopf in einem abstrus anmutenden Winkel von ihrem Hals gedreht. Niemals wieder würde dieser Anblick aus den Köpfen der Soldaten ausradiert werden können. Unter einer hohen Menge von beigesetzten Medikamenten feuerte die Mannschaft umher. Jessi stürzte wie in einem Blutrausch nach vorne und schlitzte mit ihren Messern durch die Reihen der sich erhebenden Kreaturen. Aus dem Hintergrund folgten weitere Energiesalven. Der Raum wurde erfüllt von einem wummernden Stakkato, als sich die Reihen lichteten. Ein weiteres Geschöpf stürzte sich auf Jevgeny, der zum Schlag ausholte. Seine servogestützte Faust durchschlug den Körper mit einem schmatzenden Geräusch. Er riss den Handschuh mitsamt Innereien aus dem scheintoten Körper und verdrehte danach den Kopf seines Widersachers mit einem knirschenden Geräusch. Der Körper der Kreatur sackte leblos in sich zusammen. Doch noch immer leuchteten die Glyphen überall auf den glücklosen Kreaturen und versuchten, dem sterbenden Gewebe noch einen Nutzen abzugewinnen. Eine weitere Kreatur griff nach Jevgeny und die Hände trafen gegen den soeben hochgefahrenen Schild, wo sie für Entladungen sorgten. Mit einem geschickten Griff packte er den Kopf der Kreatur und riss ihn unsanft vom Rumpf. Die Halsschlagader verteilte modriges Blut auf seinem Anzug, dann kippte auch diese seelenlose Hülle nach hinten weg. Nach und nach kamen weitere dieser unheiligen Wesen aus den übrigen Behältern gekrochen. Sie wurden von präzisen Schüssen der Teamkameraden zerfetzt. Jevgeny warf den Kopf des enthaupteten Lebewesens angewidert von sich und griff erneut zu seiner Waffe.

Einige Zeit später war das Feuergefecht beendet. Der Boden war übersät von Gliedmaßen, Blut, zerstörten Apparaturen und Metallsplittern. Die Waffen der Mitglieder leuchteten vor Überladung. Schnaufende Atemstöße glitten durch das Intercom. Gil wischte sich Blutspritzer von seinem Visier. Hier und da fiel noch ein einzelner Schuss. Man war sich darüber einig geworden, jede gefallene Bestie mit einem sauberen Kopfschuss zu versehen. Schließlich konnte man nie wissen, in welchem räudigen Zombiefilm sie sonst noch hätten landen können. Danach war ihnen nicht zumute und sie schätzten es, saubere Arbeit zu hinterlassen. Die Anderen reinigten in der Zwischenzeit ihr Equipment und versuchten kaputte Teile zu flicken. Jevgeny kniete über Valescas leblosem Körper und murmelte ein paar verabschiedende Worte. Danach stellte er seinen Blaster auf Thermolanze und ließ ihren Körper in Asche aufgehen.

30 Männer und Frauen hatten Trinitron 7 betreten, nur noch knapp die Hälfte von ihnen war übriggeblieben. *Die Liste* schien in weite Ferne gerückt zu sein, genauso wie der nächste Urlaub. Protokoll Todesuhr war etwas mehr als 36 Stunden davon entfernt aktiviert zu werden und noch immer gab es scheinbar weder Sinn noch Ausweg aus ihrem trostlosen Gefängnis. Sie mussten Vorteile aus den individuellen Fähigkeiten ihres Teams ziehen und endlich die fehlenden Puzzleteile zusammensetzen, um einen möglichen Ausweg zu finden. Es war an der Zeit alles zu hinterfragen, was sie bisher erlebt hatten. Es war an der Zeit ihre eigene Menschlichkeit hinter sich zu lassen, um dem gegenüberstehen zu können, was sie noch erwartete.

Würden sie bereit dafür sein? Konnten sie den Preis bezahlen, der notwendig war, um dieser Hölle zu entfliehen, oder würden sie sich zu den Kadavern gesellen, die sie soeben niedergestreckt hatten? Es war nur eine Frage der Zeit, bis sich Trinitron 7 auch ihre Seelen holen würde.

MARU

Nachdem das Team sich geordnet und die Geschehnisse der letzten halben Stunde verdaut hatte, setzten sie ihren Marsch fort. Eines jedoch hatte sich grundlegend verändert: Sie wussten, dass sie hier unten, mehr denn je, nicht mehr allein waren. Wer oder was auch immer diese Stimmen und Bilder hervorgerufen hatte, sie hatten es alle gehört oder wahrgenommen und irgendwas musste all das Grauen ausgelöst haben. Deutlich nervöser als bisher durchkämmten sie Gang um Gang, Raum um Raum. Zur Monotonie gesellte sich Erschöpfung und zur Erschöpfung kamen Angst und Paranoia hinzu. Undefinierbare Geräusche sorgten dafür, dass sich die eine oder andere Gewehrsalve löste und das Team wie besessen in ein Eck feuerte, nur um festzustellen, dass sich dort nichts befand. Es war nervenaufreibend, eine Tortur für den Geist. Die meisten Missionen hatten als Rahmenparameter Kämpfe im offenen Feld, die Befreiung von Geiseln oder Erkundungsziele zur Aufgabe. Auf einem verlassenen Planeten in einem möglicherweise außerirdischen Metallkonstrukt für mehrere Tage ohne Licht, Geräusche und erkennbares Ziel herumzuirren, entblößte erste Schwächen in dem einen oder anderen Soldaten. Besorgt betrachteten Jevgeny und Jessi das Verhalten von Gil. Er war ruhiger geworden über die letzten Stunden hinweg, zu ruhig. Nach dem Verlust von Hartlock fehlte es an einem ebenbürtigen Austauschpartner und einer adäquaten Kontrolleinheit, was die Leitung des Trupps und die Einhaltung der Missionsparameter anging. Zusätzlich nagte das Gewissen schwer an ihm. Auch Anderen war das deutlich veränderte Verhalten aufgefallen und man versuchte gemeinsam, die erlittenen Verluste bestmöglich zu kompensieren, um den Rahmen der Mission nicht weiter zu gefährden. Es war offensichtlich, dass Gil mit der zu tragenden Last nicht weiter zurechtkam und so schaltete sich Maru vermehrt in die strategischen Planungen ein. Maru war in ihrer Rangfolge der dritte inoffizielle Befehlshaber, fand sich jedoch bisher in seiner Rolle als stiller Betrachter zufrieden. Neben seiner Anstellung als Soldat im festen Heer der interstellaren Streitmächte nutzte er sein Wissen auch als strategischer Berater und Koordinator in Kriegsfragen sowie taktischer Vorgehensweise. Er war eine Ikone unter Soldaten und sein

Ruf eilte ihm stets weit voraus. Seine strategischen Entscheidungen waren legendär und seine Erfolgsrate lag bei über 95 Prozent, selbst in unterlegenen Kampfsituationen. Wann immer es notwendig war auf kleinem Raum mit einer geringen Anzahl an Personen zu agieren, wurde Maru gerufen. Obgleich auch er nur einer von vielen Anwärtern in *der Liste* war und darunter auch lediglich in den oberen 30 Prozent, genoss er besondere Privilegien durch zahlreiche Einsätze, bei denen hochrangige Regierungsleute Dreck am Stecken hatten und aus irgendeiner ausweglosen Situation geholt werden mussten. Neben seiner strategischen Prägung, war er ein Meister im Sekundenschach und brachte tiefenpsychologische Kenntnisse mit. Es gab jedoch stets eine Sache die Maru trotz seiner ikonenhaften Erscheinung dennoch zum Außenseiter machte. Ihm wurde nachgesagt, er habe psionische und telepathische Kräfte. Anders konnte und wollte man sich die Art und Weise, wie er seine Missionen leitete und vor allem überlebte, nicht erklären. Über die Jahre hinweg gab es immer wieder Berichte von Menschen, denen besondere Kräfte gegeben zu sein schienen. Man ging davon aus, dass unter einer Million ziviler Objekte nur ein Psioniker auftrat. Psionikern sagte man nach, sie hätten tiefsinnige Gaben der Wahrnehmung. So war es ihnen angeblich möglich, die Auren von Menschen, Tieren und anderen Lebewesen zu fühlen, wie ein energetisches Band, das durch die Luft wanderte und sich mit ihnen verband. Sie wurden darüber hinaus auch immer wieder mit dämonischen Kulten in Verbindung gebracht und erlangten dadurch einen zweifelhaften Ruf. In Extremfällen war sogar die Rede davon, dass es ihnen möglich war, die Kontrolle über andere Geschöpfe zu übernehmen. Des Weiteren gab es auch Vorkommnisse von Telepathen. Man erklärte sich das Auftreten dieser besonderen Gaben beziehungsweise Mutationen mit der erhöhten Strahlung, der die Menschen über ihre intergalaktischen Reisen und Nutzmittel ausgesetzt waren. Telepathen waren eine den Psionikern untergeordnete Ausprägung und auf einer übermenschlichen Ebene dazu befähigt, sich in die Gedanken anderer einzuklinken, Gedanken in gewissem Umfang zu lesen und zu manipulieren. Bei den meisten Menschen, die rudimentäre telepathische Fähigkeiten hatten, reichte es jedoch nicht zu mehr als billigen Straßentricks. Dennoch gab es immer wieder hochbegabte Einzelpersonen, denen man nachsagte, sie wären in der Lage Menschen gedanklich zu kontrollieren oder sich mit anderen über die Kraft ihrer Gedanken zu »unterhalten«.

Als die Mission für Trinitron 7 zusammengestellt wurde, trat man an Maru heran und fragte ihn, ob er Interesse daran hätte seine Fähigkeiten im Dienste dieser Mission auszuüben. Er sagte zu. Maru war fasziniert von der Geschichte dieses Planeten, dessen 1,2 Millionen Seelenopfer bis heute keiner schlüssigen Klärung zugeführt werden konnte. Doch selbst er hatte nicht mit dem gerechnet, auf das sie in den letzten Tagen getroffen waren. Obgleich die bisherigen Kampfhandlungen außergewöhnlich waren, selbst für hochrangige Soldaten, erschienen sie ihm nicht sonderlich beachtenswert. Vor 150 Jahren waren Menschen noch lange davon entfernt, in neue Welten vorzustoßen. Die theoretische Wahrscheinlichkeit schlussfolgerte unweigerlich, dass sie irgendwann auf extravagante Lebensformen stoßen würden, wie auf einigen Planeten bereits geschehen. Sein Interesse wurde jedoch in ihrem letzten Zwischenfall geweckt, in dem Valesca auf tragische Art und Weise ihr Leben verlor. Maru ging es weniger um den Tod an sich. Für ihn war der Tod eine Notwendigkeit und seine Tätigkeit ein Tanz auf Messers Schneide, den er perfektionieren wollte. Doch in dieser Kammer... in diesem Labor, konnte er Dinge spüren, die ihm zuvor nicht aufgefallen waren. Dinge die in ihm tiefgründige Gedankenreflexe auslösten und die er zu analysieren versuchte.

»Hey Maru. Alles klar?«, lief Jessica neben ihn und betrachte ihn durch das Fenster ihres Visiers. »Alles bestens, Danke der Nachfrage Jessica«. »Jessica«, niemand nannte sie Jessica, außer ihrer Mutter und diese war bereits vor Jahren gestorben. »Eigenartiger Kerl...«, dachte sich Jessi, als sie schulterzuckend das Tempo anzog und weiterlief.

Maru war gelangweilt von anderen Personen. Er suchte nach Aufgaben, die sein immenses geistiges Potenzial ausreizten. Ihn zum Nachdenken brachten. Kämpfe langweilten ihn ebenso. Sie waren eine Abfolge präziser Regeln und trainierter Reflexe. Hielt man sie ein, überlebte man in der Regel. »Dieses Gefühl...«, dachte Maru. »Dieses

Gefühl in diesem Raum. Irgendwas hat meinen Geist berührt und versuchte ihn zu manipulieren. Diese Bilder... es war definitiv etwas Dunkles«, murmelte er unhörbar vor sich hin, als sie wieder einmal durch lange Gänge und klebrige Kammern marschierten. Er fuhr sich über eine seiner Schläfen. Diese Stimme hatte sich versucht in sein Gehirn einzuklinken, doch seine übernatürliche Begabung hatte dies verhindert. Entsprechend hatte er auch keine Bilder gesehen. Er erwähnte diese Tatsache vorsorglich nicht und filterte das Geschehen durch die Erzählungen der Anderen heraus, die er in zufällig erscheinende Gespräche verwickelte und dann in die von ihm gewünschte Richtung brachte. Dieses Wesen, das von ihnen kurzzeitig Gewalt ergriffen hatte, war mächtig, extrem mächtig und gefährlich. Für den Augenblick begnügte er sich damit, die strategische Führung der Mission zu unterstützen, während seine Gedanken in einem Sog von Glücksgefühlen badeten. Sein Verstand versuchte, die zahlreichen Szenarien zu berechnen, die es bei einem erneuten Zusammentreffen mit diesem Wesen geben würde. Dieser Planet hatte definitiv sein Interesse geweckt und Maru würde sich dem stellen, was er für ihn bereithalten würde. Ein filigranes Grinsen umspielte Marus Gesichtszüge, als sie den nächsten Gang passierten.

VERÄNDERUNGEN

Der Trupp war in voller Bewegung tiefer in den Nexus. Marus Hervortreten innerhalb des Teamgefüges hatte einiges verändert. Dieses Gefühl hatten zumindest viele von ihnen. Nach dem Verlust von Hartlock und Gils Desorientierung als fester Leitwolf, nahm man Maru und seine Entscheidungen mehr und mehr bewusster wahr. Doch nicht alle von ihnen empfanden diese Entwicklung als positiv. Einige genossen sichtlich den frischen Wind und die klaren ruhigen Zielsetzungen, die Maru mit seiner charismatischen Art innerhalb des Teams platzierte. Dennoch gab es auch Skeptiker. Marus Ruf war bekannt, ebenso wie die zweifelhaften Gerüchte und Legenden, die sich um ihn rankten. Der Fakt, dass kaum zwei Soldaten sich jemals wieder begegneten, legte nahrhaften Boden für verschiedenste Geschichten innerhalb des Militärs. Was davon wahr, Fiktion, Rufmord oder Lüge war, konnte ohnehin niemand überprüfen.

»Mir gefällt dieser Maru nicht. Wenn du mich fragst, ist er ein arrogantes Schwein«, flogen Stimmen zwischen den Soldaten durch geschützte Frequenzen des Intercoms, als sie durch weitere Gänge hetzten. »Naja, ein wenig seltsam ist er schon, aber er scheint das Ganze hier zumindest unter Kontrolle zu haben«, erwiderte sein Kontrapart. »Ich mag ihn nicht. Selbst wenn ich hinter ihm herlaufe, habe ich das Gefühl, als würde er mich beobachten. Von mir aus könnten ihn sich diese Aliens holen. War ne Schande um Hartlock«, führte der Erste weiter aus. »Mann, sag sowas nicht. Wenn Maru das mitbekommt, wirst du Probleme bekommen. Außerdem brauchen wir jeden Mann!«, versuchte sein Kamerad die Diskussion zu entschärfen. »Ha! Was will er denn tun? Mich töten?«, spottete der Soldat, als Maru im Vorwärtsmarsch den Kopf beiseite drehte und ihn frontal ansah. Die Vital-Werte des Mannes gingen kurz durch die Decke. »Hey du. Alles in Ordnung? Deine Werte zeigen Abweichungen«, sprach ihn Maru direkt an. »Ähh... n... nein, alles in Ordnung. Is diese Dunkelheit. Geht ein wenig auf die Stimmung«, versuchte er die Fassung zu bewahren, als sich weitere Ausschläge äußerten. Maru nickte nur stumm und blickte wieder nach vorne, als sie die nächste Kurve passierten. Ein Seufzen ging durch das Intercom.

»Stopp«, hallte es durch das Intercom, als Maru die Hand hob. Jevgeny und Jes tauschten fragende Blicke aus. Maru stapfte ein paar Schritte voran. Mit seinem Blick schien er irgendwas entlang der Wände, bis hin zur Decke, zu verfolgen. »DIANE. Bio-Scan«, befehligte er die künstliche Intelligenz in Aktion zu treten.

≻≻ Sehr wohl, Sir. Bio-Scan läuft.

≻≻ Erhöhte biologische Werte ermittelt.

»Scanne die letzten zwei Kilometer unserer Strecke und mittle die Werte in 500 Meter Ausläufern«, erweiterte er seine Befehlskette.

≻≻ Scan durchgeführt. Ermittle Etappen. Generiere Daten. Reichere Wireframe mit den errechneten Werten an. Ausgabe wird projiziert.

≻≻ Die biologische Sättigung in der Luft hat sich im Schnitt um 0.63% erhöht, Sir.

»Infrarot-Sicht aktivieren«, sprach Maru. »Maru, was ist los?«, trat Gil neben ihn, der nicht verstand, aus welchem Grund sie halt machten. Doch Maru wimmelte ihn mit einer wartenden Handbewegung ab. Gil quittierte die Aktion mit einem unsichtbaren Zähneknirschen. Maru ging in die Knie, tastete die Ecken des Ganges ab und prüfte dann die Wände in Richtung Decke. »Verwachsungen... überall... und sie werden stetig mehr«, sprach Maru für alle hörbar durch den Intercom. Verwundert betrachteten die Soldaten den Boden und die Ecke. Minimale Auswüchse von Bio-

Masse waren zu erkennen, doch keiner wäre auf die Idee gekommen, daraus etwas abzuleiten. Kaum jemand hatte es überhaupt bemerkt. Der Trott, die Zeit und die ersten Zeichen von Erschöpfung zollten ihren Tribut. »Erstaunlich«, kommentierte Jevgeny die Erkenntnisse, als er im Infrarotmodus die Wände begutachtete.

Dann wie aus dem Nichts: »DU! DU. DEN SIE MARUUU NENNEN... DU KANNST MICH... HÖÖÖREEEENNNN... MENSCH...!«, tönte es in Marus Kopf.

Er vermutete, dass nur er diese Stimme zu hören bekam und ließ sich nichts weiter anmerken. Mit kontrollierten Atemstößen regulierte er seine Bio-Werte, um sie nicht ausschlagen zu lassen. Er schloss die Augen und versuchte irgendeine Art von Aura zu erkennen, doch da war nichts. Wie konnte die Stimme so einfach an seinen inneren Schutzbarrieren vorbeigekommen sein?

Wieder erklang die gleiche düstere Stimme: »STERBLICHERRRR.... DEIN UNTERGANG WIRD KOMMEN!... WENN. DEINE VERTEIDIGUNG FÄLLT...«, dröhnte es mit tiefer Stimme durch sein Gehirn.

Er versuchte die Stimme zu blockieren, doch er kam nicht dagegen an. »ICH ERWARTE.... DICH. STERBLICHER!!!!«, beendete die Stimme ihren Zug durch seine Gehirnbahnen und brach in infernalisches Gelächter aus, das langsam verstummte.

»Maru? Maru!!«, Jessica starrte ihn seitlich durch das Visier an, »Maru, was is jetz? Gehts weiter oder was?«, fragte sie genervt. Als wäre nichts geschehen fokussierte Maru den Blick mit einer leichten Kopfbewegung und antwortete für alle hörbar durch das Intercom: »Seid wachsam!«, dann stapfte er an ihr vorbei und lies sie hinter sich im Gang stehen. »Was zum Teufel is los mit diesem Kerl«, maulte Jessica offen hörbar durch das Intercom. Dann setzte sich der Trupp wieder in Bewegung. Weitere Windungen in diesem endlos erscheinenden Labyrinth wurden genommen, bis das Team in eine weitläufige Halle gelangte.

Intuitiv machten sich die meisten des Trupps auf einen Kampf gefasst. Schließlich waren sie bereits in ähnlichen Hallen mit Aliens in Konfrontation geraten. In gestaffelter Formation drangen sie in die unübersichtliche Halle vor. Im Vergleich zu den Gebilden zuvor waren nun nicht nur blanke Wände mit verzierten Glyphen zu sehen, sondern es schienen Varianten von Verzierungen entlang der Wände vorhanden zu sein. Außerdem gab es wieder säulenartige Konstrukte, an denen ebenfalls feinlinige Gravuren zu erkennen waren. Diese bildeten zwar keine bekannten Symbole oder Bilder ab, jedoch musste es unfassbar schwierig gewesen sein, die abstrakten Muster in solch ein Material zu fräsen. Marus Ansage im Gang zuvor hatte die Wachsamkeit gestärkt und so fielen auch hier jedem die deutlich prägnanteren Verwachsungen auf.

»DIANE. Mittelwerte bitte«, kürzte Maru seine vorherige Befehlskette erneut ab.

>> 0,97 Prozent, Sir.

Maru zog seine Augen zu Schlitzen zusammen. Irgendetwas gefiel ihm hier nicht. Doch er konnte es nicht einordnen. Im Gegensatz zu früheren Gängen und Räumen schien es hier auch Zugänge auf höher gelegenen Ebenen zu geben. Die Verwachsungen schienen dort verstärkt vorhanden zu sein, doch Maru stempelte sein ungutes Gefühl als innere Einbildung ab. Auch er war der degenerativen Natur dieses Einsatzes ausgesetzt und stetige Selbstkontrolle war notwendig, damit der Geist nicht in paranoide oder halluzinierende Formen abdriftete.

Der Trupp durchquerte die Halle und bog in den einzig verfügbaren Korridor ein, der sich auf ihrem Höhenniveau befand. Als sie den Korridor betraten, ohne auf Aliens zu stoßen, ging eine merkliche Erleichterung durch die Soldaten. Nicht so bei Maru. Er bemerkte, dass auch in diesem Korridor auf einmal vermehrt Schächte von der Decke aus in die Dunkelheit verliefen. Waren diese Schächte vorher auch schon da gewesen und ihm nur nicht bewusst geworden?, hinterfragte er sich selbst.

Dann, wie aus dem Nichts, meldete sich wieder die dämonenhafte Stimme: »STIRRB UNWÜRDIGER!!!«.

Fast wäre er ohnmächtig geworden ob der Kraft, die in seinem Geist eingeschlagen hatte. Im gleichen Augenblick nahm er ein Geräusch wahr, blickte nach oben und biss sich auf die Zähne. Er hatte seine Verteidigung vernachlässigt. Tentakelartige Auswüchse schossen, zu einer Spitze geformt, aus dem Schacht über ihm. Auch die anderen Soldaten waren nun auf die Geräusche aufmerksam geworden und blickten um sich. »STIM!«, wies Maru die Anzüge der gesamten Truppe in Sekundenbruchteilen an und setzte zu einer Rolle vorwärts an, als Momente später hinter ihm die Auswüchse im Boden einschlugen und sich zentimetertief vergruben. Schreie hallten durch das Intercom. Die einzigartigen Reflexe und seine besondere Wahrnehmungsgabe hatten ihm das Leben gerettet. Einige der übrigen Soldaten hatten nicht ganz so viel Glück. Wilde Schüsse wummerten durch den Korridor und erhellten die grausame Szenerie, während Jessi bereits mit ihren Klingen versuchte, gegen die Auswüchse vorzugehen. Weitere Blasterschüsse flimmerten durch die Deckengänge. Jevgeny schaute sich gehetzt um. Worauf sollte er feuern? Was war das Ziel?

Einer ihrer Kameraden war vor seinen Augen gepfählt worden. Die flexiblen Auswüchse schienen in ihrem Inneren ebenfalls ein massives metallisches Skelett zu beheimaten wie die Aliens zuvor. Der Anblick war erschütternd. Der Mann schien in den Deckengang geblickt zu haben, als ihn die Spitze frontal in der Kopfpartie durchschlagen, danach in seinem Rücken einen Austrittspunkt gefunden hatte und sich im Boden verankerte. Sein Körper schien die Situation noch nicht begriffen zu haben. Die letzten Reste seines Lebens jagten in winzigen Energieimpulsen durch seinen Körper. Doch sie fanden kein Ziel mehr und entluden sich in ekstatischen Zuckungen seiner Muskeln. Massive Blutströme flossen aus dem Eintrittspunkt am Kopf, den Anzug entlang und tropften zu Boden. Ein schmerzerfülltes Röcheln durchtränkte das Intercom, als sich seine Lunge rapide mit Blut füllte und versagte. Dann sackten die Glieder zusammen und die Muskeln fielen in sich zusammen. Auch Jessi ließ ihren Blick schweifen, als sie weiteren Tentakeln auswich. Aus dem Augenwinkel konnte sie erkennen, wie einem Soldaten der Oberschenkel durchschlagen wurde. Maru blickte auf die Bio-Werte, zwei von Ihnen waren tot, mindestens drei mussten verletzt sein. Schmerzensschreie hämmerten durch den Korridor.

»Thermogranaten, sofort!!«, schallte Marus Stimme mit voller Lautstärke durch den Intercom. Gil und Jessica schmissen ihm jeweils eine zu. Maru fing sie geschickt auf, entsicherte eine und fokussierte die Deckentunnel.

»DIANE. In welchem Kanal ist die biologische Sättigung am Intensivsten?«

Fünf Sekunden bis zur Explosion der Granate. Maru entsicherte die Zweite. Weitere, von Leid getränkte, Schreie hallten durch die Gänge. Einige von ihnen hatten auf Thermolanzen gewechselt, in der Hoffnung, den Auswüchsen damit Einhalt zu gebieten. Von der anderen Seite des Korridors konnte man das Zischen der Peitsche vernehmen, die von einem der Kameraden übernommen wurde.

Vier Sekunden bis zur Detonation der ersten Granate.

≻≻ Sir. Der zweite Gang zu ihrer Linken weist eine Abweichung von 64.82 Prozent im Vergleich zu den Übrigen auf.

Maru sprintete in Richtung des genannten Deckenkanals. »Energie in Armservos umleiten!«, befahl er mit fester Stimme.

Knapp zwei Sekunden verblieben.

In einem weiten Bogen holte Maru aus und schmiss die erste Granate in den Tunnel. Die Zweite folgte umgehend.

»DECKUNG! Sofort!«, kommentierte Maru den zweiten Wurf mit unüberhörbarer Stimme und die Männer versuchten sich gegen die Wände zu pressen, um sich soweit wie möglich von den Deckentunneln zu entfernen. Dann erschütterte die erste Detonation die Decke. Der Lichtblitz funkelte ihnen aus dem Deckentunnel entgegen, dann folgte die Druckwelle. Schilde wurden aktiviert. Die Soldaten igelten sich ein, um der Druckwelle möglichst wenig Angriffspunkte zu bieten. Dann folgte die zweite Detonation. Ein strahlender Lichtblitz überschwemmte den Gang und drückte vom Boden aus in die beiden Richtungen, in denen er Zuflucht finden konnte. Dann war es vorüber. Langsam fuhren die Anzüge die Verdunkelungen der Visor herunter. Ohne diese Vorkehrungen wären sie vermutlich, durch die hohe Intensität des Lichts, erblindet. Die Auswüchse waren restlos verbrannt. Einzelne Metallspitzen, die sich im Boden oder den Wänden verbohrt hatten, waren noch zu sehen.

Gerade als sie dachten, die Situation wäre entschärft, hörten sie einen Hilferuf durch das Intercom: »Helf..t m..mir, ss..s..chnell!«. Es war Gils zitternde Stimme. Die Männer blickten sich verwirrt um und sahen nur noch die Stiefel des gepanzerten Anzugs in der Decke verschwinden. Jessica hetzte in Richtung des Deckenkanals und setze zum Sprung an. Vergebens. »Nein. NEIN! Ahhh ahhh!«, hallten Gil´s Schreie durch die Gänge, bis der Empfang mitten in seinem Ausruf abbrach. Dann war er verschwunden. Die Verbindung konnte nicht wieder hergestellt werden, die Bio-Werte für ihn wurden mit null angezeigt. »Gil! GIL. NEIN VERDAMMT!«, schrie Jessi. Wutentbrannt prügelte sie auf eine Stelle der Wand ein. Tatsächlich gelang es ihr sogar, die Wand leicht zu verformen. »Beruhigungsmittel«, wies Maru an. »Reiß dich zusammen, Soldat«, sprach Maru in festem Ton. Die Soldatin drehte sich in ihrem Wahn um und eine Faust flog in seine Richtung. Im letzten Augenblick drehte sich Maru aus dem herannahenden Schlag heraus und warf Jessica den Gang entlang. Keuchend schlug sie auf dem Boden auf. Die Beruhigungsmittel begannen zu wirken. Ihr Puls beruhigte sich. »Wir brauchen jeden einzelnen Soldaten. Hör auf durchzudrehen. Er ist tot. Es hätte ihn deutlich schlimmer treffen können«, ließ Maru eiskalt aber präzise folgen. »Überlebe, Soldat!«, sprach Maru, ohne die kleinste Nuance an Wut in seiner Stimme und reichte Jessi die

Hand. Murrend drehte sie sich weg und stemmte sich selbst auf die Beine.

Die Gruppe setzte ihren Weg fort. Maru blickte an seiner Rüstung herab. Auf Höhe seiner Leber war ein Stück des Anzugs durchlöchert worden. Er hatte unfassbares Glück, dass die Einschlagkraft nicht stärker gewesen war, sonst hätte der Tentakel vermutlich seine Leber glatt durchschlagen, was seinen sofortigen Tod mit sich gezogen hätte. Sein Gesicht war sanft. Dann bemerkte Maru, dass er seine Lippe, wie in Trance, blutig gebissen hatte und versuchte die Geschehnisse auszublenden. Dämonisches Gelächter begleitete seinen Geist, als er den Korridor äußerlich unbeeindruckt entlang lief.

INTERESSENSKONFLIKTE

Während der unerbittlichen Kämpfe auf Trinitron 7, in einem militärischen Außenposten auf Isuna II.

»Sir, wir haben Notiz davon erhalten, dass Mission »Trinitron 7« hinter dem geplanten Zeitfenster ist. Protokoll Todesuhr wurde bereits aktiviert. Das Hauptquartier hat gerade die Zielparameter übermittelt und grünes Licht für die Aufarbeitung gegeben«, sprach ein militärischer Offizier und überreichte eine Mappe mit der unmissverständlichen Aufschrift »Vertraulich« an den leitenden Commander auf Isuna II. Der Commander dieses Stützpunktes war eine hochgewachsene Gestalt von knapp zwei Meter Höhe. Der kurze Haarschnitt, ein durchtrainierter Körperbau und die nicht übersehbare

Narbe in seinem Gesicht flößten jedem Respekt ein, der sich ihm näherte. Dazu kamen der in Rot gehaltene Umhang und ein kaum wahrnehmbares Glitzern darunter. Ein Zeichen für experimentelle Hightech-Anzüge, die hochrangige Befehlshaber ununterbrochen hinter einem nahezu undurchdringlichen Schutzschild verbargen. Der Mann drehte sich von der breiten Glasfront des Postens weg und nahm beiläufig das Dossier entgegen. Er folgte der Treppe zu einem höheren Kommandostand, passierte eine Schiebetür und ließ sich in seinem Schwebesessel nieder. Mit einer Handbewegung glitt der Sessel vor eine digitale Wand, auf die umgehend Daten projiziert wurden.

»Querverweise zu Mission Trinitron 7 aufzeigen«, sprach der Commander mit fester Stimme. Sofort wurden, in einem Halbkreis, mehrere aktenartige Objekte visualisiert und mit Missionsnamen, sowie Wichtigkeit versehen. Er überflog die Akten, indem er sie mit Fingerzeichen vergrößerte und mit weiteren Bewegungen verschwinden ließ. Vor Entsendung eines Sonderkommandos mit entsprechender Protokoll-Einsatzdrohne überprüfte er stets die Missionsparameter und mögliche historische Zusammenhänge, mit der jeweils laufenden Mission. Er erhoffte sich davon Erkenntnisse über mögliche Probleme, die die jeweilige Mission hätte betreffen können. Dann fiel sein Blick auf ein speziell markiertes Dossier höchster Geheimhaltungsstufe. Die Dokumente verschwanden transparent im Hintergrund und er betrachte nun das strenggeheime Dossier. »Mission *Antike Tiefen*, hmm...«. Er kratzte sich am, exakt auf drei Millimeter gestutzten, Bart und begann die Inhalte zu begutachten. Dann verengten sich seine Augen zu schlitzen. »Trinitron 7... tatsächlich...«, murmelte er vor sich hin. »Offizier, herantreten«, lies er den Überbringer der Nachricht ausrufen. Kurze Zeit später betrat der Soldat das Büro, begleitet von einem surren der Tür. »Commander, Sir?«, stand er befehlsgetreu im Raum und erwartete mögliche Befehle, die er auszuführen hatte. »Stellen sie einen Trupp zusammen. 10 Mann, nicht mehr. Sorgen sie dafür, dass jemand von den Spezialkräften dabei ist und einen hochrangigen Mediziner«, setzte er an und macht dann eine nachdenkliche Pause. Dann fuhr er fort: »Vergessen sie, was ich gesagt habe.« Der Soldat blickte sichtlich verwundert in Richtung des schwebenden Sessels: »Sir?« Commander Alexandre Xzar war soeben über die Liste der Teammitglieder gestoßen und sein finsterer Blick verweilte auf dem einzigen Namen, der umgehend ein ungutes Gefühl in ihm hervorgerufen hatte: Maru. »Wegtreten. Ich übernehme das selbst« sprach er mit einem gereizten Unterton und ein Handzeichen deutete an, dass sich der Soldat entfernen sollte. Mit leicht verwirrter Miene zog sich der Soldat zurück: »Wie sie wünschen, Commander«.

Alexandre durchsuchte die Archive nach dem Namen »Maru«, doch keinerlei Akten waren zu finden. »Schon wieder dieser Maru...«, zähneknirschend betrachtete er die blinkende Zahl als Antwort auf seine Suche.

➣➣ 0 Treffer gefunden.

Alle Missionen, die nicht wie geplant verliefen, landeten früher oder später in seinem Kommandoposten für diesen Quadranten. Soweit nichts Außergewöhnliches, denn jeder militärische Raumquadrant hatte eine regelnde Instanz für alle notwendigen militärischen Protokolle. Meistens hatten diese Vorkommnisse zur Konsequenz, dass ein Trupp losgeschickt wurde und mit einer Handvoll menschlicher Überreste zurückkehrte. Doch dieser eine Name kam ihm schon häufiger unter die Augen. Mit geschickten Handzeichen setzte er weitere Befehlszeilen ab und wühlte sich durch Hochsicherheitsarchive des Militärs. In den letzten acht Monaten gab es mehr als fünf Code-S-Missionen, die seine Instanz durchlaufen hatten und auf jeder von ihnen tauchte der Name Maru auf. Ein Zufall? Das konnte er nicht glauben! Vor allem nicht nach den zahlreichen Gerüchten, die ihm zu Ohren gekommen waren. Dann stieß er auf ein Dossier mit der Aufschrift »Maru«. Mit einem Fingerstreich wollte er die Akte öffnen, nichts geschah. Skeptisch blickte er auf das digitale Panel. »Akte Maru öffnen. Militärische Sicherheitskennung Code-S«, sprach er in Richtung der Anzeige. Die im Raum versteckten hochsensiblen Mikrofone nahmen seine Sprachkommandos entgegen und die Antwort folgte unmittelbar:

≻≻ »Negativ. Zugriff verwehrt. Ungenügende Berechtigungen«.

Stumm blickte er auf die blickenden Zeilen, die sich vor ihm visualisierten und in einem roten Schriftzug aufflackerten.

Er war unter den 20 einflussreichsten Personen des imperialen Militärs und hatte keine Zugriffsrechte auf diese Akte? Unmöglich! Dann erreichte ihn eine Nachricht:

➣ »Sir. Ein Ruf aus dem Hauptquartier mit einem Signal höchster Dringlichkeitsstufe. Ruf wird weitergeleitet.«

Eine Person visualisierte sich in einem dreidimensionalen Hologramm vor ihm und eine überschwänglich gut gelaunte Stimme erklang im Raum: »Alex, wie geht es dir?«, erklang die Stimme kristallklar. »Ich habe gesehen du befasst dich mit dem aktuellen Todesuhr-Protokoll, sehr löblich, wie immer. Schick eine Handvoll Veteranen und eine Drohne hin. Ich denke das wird genügen. All diese unnötige Bürokratie... du verstehst. Das kostet doch nur unnötige Zeit!«, sprach der Mann mit einer weichen Stimme, der ein unmissverständlich tödlicher Unterton mitschwang. »War schön mal wieder zu plaudern, Alex. Bis zum nächsten Konzil. Ich freue mich schon auf die nächste Partie Schach«, beendete die Stimme in einem herzlichen Ton die Ansprache und verschwand wieder, bevor er auch nur einen Satz von sich geben konnte. Folgendes war geschehen: Ihm wurde soeben von höchster Instanz ein Maulkorb verpasst. Er starrte mit verengten Augen auf die noch immer vor ihm projizierten Schriftzüge: »Akte Maru – Zugriff verwehrt«. Was war so besonders an diesem Maru, dass er weder Zugriff auf die Daten bekam, noch seiner üblichen Befugnis nachgehen durfte. Er tippelte mit den Fingern auf der Lehne des Sessels herum. Würde er gewaltsam versuchen an die Daten zu gelangen, würde er in wenigen Minuten von Sicherheitspersonal hinausbegleitet und auf irgendeinem gottverlassenen Planeten ausgesetzt werden. »Maru...«, durchzog es sein Gehirn. Er drehte sich von der Projektion weg und setzte an: »Protokoll Todesuhr: Mission Trinitron 7. Fünf Veteranen der Klassifizierung B und eine Einsatzdrohne vorbereiten, um die Missionsparameter zu verifizieren«.

≻≻ Zu Befehl, Sir

Seine Blicke durchbohrten förmlich die gegenüberliegende Wand. Er musste einen Weg finden an die Informationen in dieser Akte zu gelangen, doch selbst er würde dabei Hilfe benötigen. »Maru... was macht dich so wichtig«, murmelte er und setzte weitere Befehle an den Zentralrechner des Stützpunktes ab.

VERRAT!

Marus Visor reflektierte die Lichtblitze, als ein Schwall aus Blasterschüssen den Gang vor ihnen erhellte. Sie jagten eine Gruppe Aliens durch die Gänge, die verzweifelt versuchten sich aufzuteilen und die Wände entlang huschten. Jessis Spezialmesser flogen zweien von ihnen hinterher und zerteilten sie der Länge nach. Weitere Blasterschüsse ließen mehrere Bestien auf einmal zerplatzen und in einer breiigen Wolke aus Biomasse aufgehen. Die Anzüge des Trupps hatten an etlichen Stellen bereits deutliche Blessuren davon getragen. Einige Waffen mussten ebenfalls zurückgelassen werden, da sich ihre Kerne bereits komplett entladen hatten und somit nutzlos geworden waren. Einige Soldaten waren bereits auf alternative Waffensysteme umgestiegen und pflügten damit durch die Schar der Aliens. Auf ihrem Weg durch den Nexus hatten sie immer wieder Räume voller Elektronik vorgefunden, die jedoch zu einem großen Teil unbrauchbar war. DIANE hatte die ersten Schlussfolgerungen aus den geprüften Datenströmen extrahiert und an den Trupp weitergegeben, oder präziser gesagt, Maru hatte sich diese Daten geben lassen. Weitere Aliens verglühten, als sich die Energiedornen seiner Waffe in ihre Körper bohrten und kleine Energieblitze freisetzten. Das metallische Grundskelett dieser Monster schien ein brauchbarer Leiter zu sein und so brachen die getroffenen Wesen zuckend zusammen und schmorten zu kleinen Klumpen zusammen.

Kaum jemand hatte bemerkt, dass das Protokoll Todesuhr bereits vor einigen Stunden hätte ausgelöst werden müssen. Maru bemühte sich darum, den Trupp darauf zu fokussieren tiefer in den Nexus vorzudringen. Die Verwachsungen entlang der Wände nahmen stetig zu und man musste hier und da bereits Acht geben, um nicht über Auswüchse zu stolpern. Die Servos an den Rüstungen sorgten jedoch dafür, dass von den meisten Verwachsungen nur noch matschige Stellen zurückblieben. Zielgenau dirigierte Maru die Gruppe durch das Gewühl an Gängen. »Hey Jevgeny... Einzelleitung«, sprach Jessi knapp und bekam nur ein Nicken als visuelle Bestätigung zurück. Nachfolgend justierte Jevgeny seine Sprachkanäle und entgegnete: »Bin da, gesichert«. Beide fielen leicht zurück, liefen jedoch nicht parallel nebeneinander, um unauffällig zu bleiben. »Irgendwas passt hier nich zusammen. Keine Ahnung was, aber irgendwas is faul«, begann Jessica das Gespräch. »Mhmm«, brummte Jevgeny durch den Intercom. »Ich weiß, was du meinst, Jes. Ist dir aufgefallen, dass wir seit Stunden einem präzisen Kurs folgen? Ich meine... wir haben an keiner einzigen Kreuzung angehalten, so wie bei Gil damals«, rauschte seine Stimme von Erschöpfung getränkt durch den Äther. Sie schwieg für einen Augenblick und versuchte sich an die letzten Stunden und Tage zu erinnern. »Verdammt Jevgeny!«, fluchte sie, wie üblich, frei heraus. »Er weiß, wo wir hin müssen... oder wohin ER will«, setzte Jevgeny fort. »Diese Route hat kein logisches Muster. Ich habe sie analysieren lassen. Mehrfach. Mit verschiedenen Logikroutinen. Es gibt einfach keinen sinnvollen Zusammenhang zwischen den Entscheidungen« sprach Jevgeny und schloss seine Ansprache ab: »Wir sollten vorsichtig sein. Ich traue dieser Sache nicht«. Sie bogen in eine weitere Passage ein und folgten Maru in angezogenem Tempo. »Ich hab schon die ganze Zeit so´n scheiß Gefühl bei diesem Kerl. Ein Messer werd ich für schlechte Zeiten aufheben«, entgegnete Jessi in gestresstem Wortlaut. Jevgeny waren noch andere Dinge aufgefallen, jedoch behielt auch er einen Teil seiner Erkenntnisse für sich, denn eine Auffälligkeit ergab die gewählte Route womöglich doch: Nicht nur, dass die Sättigung an biologischen Fingerabdrücken rapide anstieg, sie hatten auch überdurchschnittlich viele Räume mit elektronischem Equipment passiert. Ausrüstung von der sie noch immer nicht wussten, woher sie kam und zu was sie diente. Maru hingegen schien ein erhöhtes Interesse an den Daten zu haben, denn er untersuchte jedes halbwegs intakt gebliebene Terminal und versuchte scheinbar Daten zu extrahieren. Warum auch immer sie hier waren und was auch immer dieses Konstrukt hier für Hintergründe hatte, es gab vermutlich einen unter ihnen, der scheinbar mehr wusste als er vorgab. Andererseits war es nur logisch und strategisch klug, dass sie in ihrer momentanen Situation alles an Daten einsammelten. Nur daraus konnte sich eine Möglichkeit ergeben zu fliehen oder die Eingangstüre zu entsperren. Einen alternativen Fluchtweg würden sie, soweit unter der Erde, sicherlich nicht finden.

»Halt!«, ertönte es durch den Intercom, als sie einen auffälligen Subkomplex betraten. Es schienen zahlreiche aneinandergereihte Räume zu sein, die von mehreren Gängen flankiert wurden. In mehreren Bereichen konnte man durch lukenartige Fenster Geräte erkennen. Auch diese waren hochentwickelt, schienen jedoch von menschlicher Hand geschaffen worden zu sein. Angetrieben von einer speziellen Art von Energiekernen, wie sie in ihren Waffen zu finden waren, nur scheinbar deutlich effizienter. Maru gab den Befehl zum Aufteilen und dirigierte Gruppen in Räume, die er auf seinem integrierten Arm-Display markierte. Als sich der Trupp aufgeteilt hatte, machte er sich ebenfalls auf den Weg zu einem der Räume. Er betrat den Raum, dessen Türmechanismus scheinbar auf Bewegung reagierte und das Innenleben offenbarte. Hochpräzise technologische Geräte und Terminals standen im Raum verteilt herum und Maru suchte nach einer geeigneten Schnittstelle, um mögliche Datenströme abgreifen zu können. Natürlich fand er nirgends eine. Diese Geräte waren deutlich über dem Niveau dessen, was sie in der anfänglichen Kommandozentrale oberhalb des Nexus entdeckt hatten, oder zumindest das, was einige von ihnen als Kommandozentrale abgestempelt hatten. Mit präzisen Handgriffen montierte er einige Paneele ab und lies Energieimpulse prüfen, die im Inneren auf einer Art von Leiterbahn entlang schossen. Dann fand Maru, wonach er gesucht hatte. Ein selbstgefälliges Grinsen umspielte sein Gesicht. Er zog einige Adapterkabel aus seinem Rückentank und verband seinen Anzug mit dem Zentralrechner. Nach einigen Prüfroutinen hatte er einen Bypass gelegt und lies die Impulse auf Informationen herunterbrechen, die er verstehen konnte. Einige Zeit später verdunkelte sich seine Miene. Er zog die verbundenen Kabel ab und riss einige der Kabel aus dem Innenleben des Rechners heraus. Dann verließ er, sichtlich genervt, den Raum und betrachtete weitere Koordinaten auf seinem Display. Er wählte einige der Räume aus und lies Impulsflüsse überprüfen, die von seinem derzeitigen Standpunkt ausgingen. Zielgerichtet ging er aus dem Raum, blickte sich kurz im Gang um, und marschierte zu einem weiteren Marker. Das Spiel wiederholte sich wieder und wieder, bis er ein entlegenes Labor erreicht hatte. Nur noch zwei Marker waren übrig. Kurze Zeit später umspielte ein Lächeln Marus Gesichtszüge: »Jackpot!«, sprach er mit leicht springender Stimme vor sich hin und montierte mehrere der Paneele in einer der Ecken ab.

Maru hockte mit einem deutlich entspannten Gesichtsausdruck in der Ecke des Kontrollraums und verband seinen Anzug mit den umliegenden Geräten. Endlich hatte er ein weiteres Puzzleteil gefunden. Er würde die Daten in einem separaten Datenspeicher ablegen und dort isolieren. Die präsidialen Kreise, die es ihm nahe gelegt hatten, sich dieser Mission anzuschließen, würden es ihm honorierend danken. Hätte er die Daten in einem der Zentralspeicher abgelegt, wären sie automatisch von DIANE aufgenommen, verteilt und identifiziert worden. Ein Detail, das seinen Auftraggebern nicht gefallen würde. Er schmunzelte vor sich hin. So viele Opfer, so viele Bemühungen, nur wegen ein paar militärischer Erkenntnisse. Er schüttelte den Kopf. Die Welt war korrupt, nein, die Menschen darin waren korrupt, aber es waren eben diese Menschen, die ihm die Privilegien bieten konnten, mit denen er sein geistiges Potenzial erweitern konnte. Eine große Herausforderung für eine Person seiner Begabung. Er war eine chronisch gelangweilte Person. Es gab kaum etwas, das sein Verstand nicht binnen kürzester Zeit analysieren, auseinander nehmen und lösen konnte. Es war eines dieser Gründe, die ihn vor etlichen Jahren dazu bewogen hatte sich in die militärischen Ränge zu begeben. Wie erwartet hatte er die Kadettenschule als Bester absolviert. Unabhängig davon hatte er sich in wissenschaftlichen und militärischen Studien beteiligt. Bilder dieser vergangenen Zeiten durchfluteten sein Gehirn, als die Daten des Zentralrechners an die Suite übertragen wurden. Die Gegenwart driftete einen

Augenblick ab, als er auf die herunterlaufenden Zeichen seines Arm-Displays blickte.

»Maru-kin! Komm sofort her!«, schallte eine Stimme durch das mittelgroße Appartement, welches von Licht durchflutet wurde. »Hast du dein gesamtes Geld wieder für diese esoterischen Bücher rausgeschmissen?!«, wummerte ihm eine kratzige Stimme entgegen. Die Stimme seines strengen und gar so vergebungslosen Vaters. Dann traf ihn eine Hand ins Gesicht und er flog gegen das Bett in seinem Zimmer. »Nutzloses Kind. Aus dir wird auch nur ein weiterer Waschlappen, den die Gesellschaft durchfüttern muss« vergifteten die scharfen Worte das Gehirn des kleinen Jungen, als Blut an seinem Nacken entlang lief. Wutdurchtränkt biss er sich auf die Lippe, bis auch diese anfing zu bluten. Seine Pupillen tanzten in Rage umher, als er durch den Raum blickte und Tränen seine tiefen Atemzüge begleiteten. Maru-kin wischte sich mit seinem Ärmel über das Gesicht und verschmierte Blut mit salzigen Tränen. Dann schloss er seine Augen, der Puls beruhigte sich und als er sie wieder öffnete waren sie pechschwarz und Tränen, wie teerartige Perlen, tropften seine Wangen hinab. Er richtete sich auf. Das Gesicht wieder zart und weich, entsprechend eines Kindes von 15 Jahren. Er verließ sein Zimmer zielgerichtet, als seine kleine Schwester direkt auf ihn zugerannt kam. Sie hatte jedoch nicht richtig auf ihn geachtet und war frontal in ihn hineingelaufen. Schmerzlich fiel sie zu Boden und begann zu weinen. »Was ist passiert?« besorgt stand eine Frau mittleren Alters im Gang und sah das Kind am Boden liegen. Dann drängte sich sein Vater dazwischen. »Dieser elende Bengel. Es wird mal wieder Zeit für eine Tracht Prügel«, tönte er aus seinem widerwärtigen Gesicht. Doch dazu würde es diesmal nicht kommen. Einige Gegenstände in der Wohnung begannen sich von ihrem Platz zu erheben und schwebten in der Luft. »Maru-kin Liebes, was...« setzte seine Mutter an und wurde Sekunden später von einem Stuhl von hinten erschlagen und zu Boden geschleudert. Maru-kin senkte seinen Kopf und blickte seinen Vater schräg aus toten Augen an: »Nie... wieder... Vater... nie wieder...«, schnaufte er hasserfüllt vor sich hin, als sein Vater wild entschlossen auf ihn zusprang. Im Zimmer seitlich zu ihnen öffneten sich mehrere Schubladen. Das Essensbesteck und einige Kochutensilien erhoben sich und flogen durch den Gang. Unter gurgelnden Geräuschen fiel sein Vater zu Boden und streckte die Hand nach ihm aus, das Gesicht wutentbrannt. Dann kippte er zu Boden, während sich seine Kleidung rot färbte und er vor Gegenständen durchbohrt wurde. Nun sah Maru seine kleine Schwester an, deren Gesicht rot geworden war. Sie heulte und schluchzte bitterlich vor sich hin. Marus Wut war überwältigend und aus seinen Augen leuchtete der Tod, der sich nach weiteren Opfern verzehrte. Noch immer flogen einige Gegenstände in der Luft umher. Plötzlich war alles vorbei und scheppernd gingen die übrigen Sachen zu Boden. Maru lief umnachtet und geschwächt an seiner Schwester vorbei, verließ die Wohnung und sah sie danach nie wieder. Am folgenden Tag wurde das Drama in der lokalen Zeitung publik und konnte niemals aufgeklärt werden. Man ging von einem Familiendrama aus. Maru wurde niemals gefunden. Seine Schwester erlitt tiefgreifende Psychosen und war seit diesem Tag für immer verstummt. Man brachte sie in eine Heilanstalt auf Isuna I.

Die Gegenwart holte ihn wieder ein. Maru blickte auf die Konsole vor ihm und schüttelte den Kopf. Ein Großteil der Daten war übertragen. Er hatte keine Ahnung, wie lange er in seiner Vergangenheit geschwelgt hatte. Plötzlich erklang eine Stimme unerwartet hinter seinem Rücken: »Maru, wir hatten dich schon gesucht!« Warum hatte er seine Anwesenheit nicht schon früher gespürt? »Maru, alles Okay? Brauchst du Hilfe?«, der Soldat kam zu ihm gelaufen und sah die Datenübertragungen auf seinem Display herunterlaufen. »Irgendwas interres... gef..?«, setzte der Soldat an und wurde dann abrupt unterbrochen. Maru stand vom Boden auf. Die verbundenen Datenkabel fielen zu Boden. Er legte seine Handfläche auf die Gesichtspartie des Soldaten. Seine Augen leuchteten auf, verborgen unter seinem Visor. Von selbst justierten sich die Partien seiner Suite. Der Übertragungskanal wurde auf die beiden Soldaten beschränkt und von den Anderen getrennt. Dann klappte Marus Visor hoch. Der seines unglückseligen Gegenübers folgte. Als die Augen des Mannes in die pechschwarzen Augen Marus blickten, wurde er von Panik erschüttert, doch seine Stimme erstarb. Er konnte sich nicht bewegen und zitterte am ganzen Körper. Was tat dieser Mann mit ihm? Die Augen des Soldaten weiteten sich angsterfüllt. Die Armschoner an Marus rechtem Arm entblätterten sich und er legte die blanke Hand auf die Stirn des Soldaten. »Tut mir Leid, mein Freund. Falscher Ort... falsche Zeit«, sprach Maru mit weicher dunkler Stimme, als sich seine Mundwinkel zu einem sanftmütigen Lächeln verzogen. Dann änderte sich sein Blick zu einem durchdringenden Starren und der Soldat verfiel in Röcheln. Seine Arme kämpften gegen die innere Starre, doch sein Gehirn schien die Signale nicht weiterzuleiten. Der Kopf erzitterte, schaumige Flüssigkeit stieg aus dem Mund und tropfte auf den Anzug. Die Augen des Mannes verzogen sich in Panik, als er spürte, dass etwas von seinem Körper Besitz ergriff. Als könne er nichts dagegen tun reduzierte sich sein Pulsschlag und seine Lungenfunktion. Das Gesicht verformte sich zu einer angstverzerrten Fratze. Dann spuckte er in leichten Wolken dunkles Blut. Noch immer fokussierte Maru ihn aus tödlichen Augen. Dann verdrehten sich die Pupillen des Mannes. Sein Herz stand still. Marus Hand senkte sich. Der Soldat sackte wie leblose Masse zu Boden und blieb liegen. Blut und Sabber liefen aus dem Mundwinkel, die Augen bizarr gegeneinander verdreht, beide Hände in schauriger Haltung verkrampft.

Maru schloss die Augen und öffnete sie kurze Zeit später wieder. Sein Gesichtsausdruck glich wieder der alten zurückhaltenden Art. Ruhig, gelassen, weich. Als wäre nichts passiert, verband er die Datenkabel erneut und transferierte die restlichen Daten. Danach prüfte er die Lage des übrigen Teams auf dem Sonar-Scan. Sie waren stehen geblieben, vermutlich war sein Verlust aufgefallen. Er musste sich beeilen. Er zog die Leiche des Mannes in ein Eck, stellte den Blaster auf Thermolanze und verglühte den

Soldaten in einem Meer aus Feuer. Seine Bio-Werte waren normal, perfekter Ruhepuls, als er um die Ecke gebogen kam und zum Team zurückstieß.

»Ah Maru. Wir konnten dich nicht erreichen. Was war los?«, fragte Jevgeny mit prüfendem Unterton. Maru klopfte gegen die Stellen seines Helmes, an denen die Lautsprecher eingelassen waren, und zuckte die Schulter: »Keine Ahnung, vermutlich Interferenzen«, sprach er wortkarg wie üblich. »Verdammte Technik, hm?«, entgegnete Jevgeny skeptisch und drehte sich mit prüfendem Blick in Richtung Jessi, die ihm nur knapp zunickte. Das Team war so beschäftigt und verteilt, das ihnen der Verlust eines Kameraden noch nicht aufgefallen war. Der tote Mann war ein introvertierter Kerl, sollte es doch jemand auffallen, dass er verschwunden war, wäre es längst zu spät. Die Macht des Nexus würde dafür sorgen, dass sie bis dahin andere Probleme bekommen würden, dessen war sich Maru sicher. Als er Besitz von dem Soldaten ergriffen hatte, lies er jegliche Datensynchronisation zu DIANE kappen. Keiner würde ohne weiteres merken, dass er weg war. Der Krieg war für Opfer. Er selbst würde keines davon sein. Maru blickte an sich herunter und bemerkte winzige Blutspritzer auf seinem Anzug. Bis zu seinem Ziel war es nicht mehr weit, doch er durfte nicht unvorsichtig werden. Offensichtlich setzte er sein Leben für *die Liste* aufs Spiel. Seine Beweggründe waren jedoch Neugierde und Langeweile, doch er war kein Narr. Nur wenn er diesen verfluchten Nexus lebendig verlassen würde, konnte er auch die

Privilegien genießen, die ihn erwarteten. Dennoch; sollte er mit leeren Händen zurückkehren, könnte er sich hier auch gleich von Aliens zerreißen lassen. Eine leichte Gänsehaut überzog ihn. Ekstatische Glücksgefühle durchfluteten seine Nervenbahnen. Maru liebte den Todestanz und er war ein Gott darin. Selbstgefällig wischte er die Blutspritzer beiläufig von seiner Rüstung, um keinen Verdacht zu erregen und gab energisch, wie immer seine Befehle: »Weiterrücken! Und speist gewonnene Daten in DIANEs Datenzentrale ein. Ich will, dass wir hier mit allen verfügbaren Daten arbeiten können, um aus diesem Höllenloch rauszukommen«. Die Soldaten nickten reihum und machten sich bereit zum Abmarsch.

VORBEREITUNGEN

Alexandre Xzar blickte auf zahlreiche Projektionen, die sein voluminöses Büro auf Isuna II ausfüllte. Überall waren kristallklare Bilder, Videos, Tabellen oder Akten aufgereiht und schienen im Raum zu schweben. Es war 05:00 Uhr nachts und er hatte kaum mehr Zeit. Protokoll Todesuhr war noch immer nicht von ihm ausgelöst worden und auf dem Heimatplaneten des Oberkommandos würde die interne Frist bald ablaufen. Sollten die Truppen sowie eine Drohne bis dahin nicht angefordert worden sein, würde es erhöhte Aufmerksamkeit erregen und die weiteren Kontrollmechanismen des Militärs auslösen. Er musste sich definitiv beeilen mit dem, was er sich vorgenommen hatte.

Angestrengt überflog er zahlreiche Missions-Protokolle, die sich vor ihm aufbauten und lies Verknüpfungen herstellen. Erstaunlich viele Missionen, denen Maru beigewohnt hatte, lagen weit über seinem Zuständigkeitsbereich, setzte man sein Ranking in *der Liste* als Vergleichsparameter zu Grunde. Darüber hinaus waren zu einem hohen Prozentsatz führende Regierungsbeamte in irgendeiner Art und Weise in diesen Missionen involviert. Signifikant war dies vor dem Hintergrund, dass scheinbar mit steigender militärischer Zugehörigkeit fast ausschließlich nur Regierungsmissionen in seinem Repertoire aufgeführt zu sein schienen. Viele davon waren in höchstem Ausmaß vor Zugriffen geschützt und auf einige dieser Dokumente hatte auch Alexandre selbst wiederum keine Zugriffsmöglichkeiten. Diese Tatsache war ihm in seiner langjährigen Laufbahn innerhalb des imperialen Militärs selten untergekommen. Doch jetzt häuften sich diese Vorkommnisse im Zusammenhang mit einer bestimmten Person: Maru. Nachdem er den Ruf seines Vorgesetzten erhalten hatte, war er gewarnt und neugierig zugleich geworden. Er hatte umgehend ein paar Spezialkräfte, die er unter seiner persönlichen Aufsicht herangezogen hatte, eingesetzt, um Informationen zu beschaffen.

Eine Gruppe von Elite-Hackern versuchten sich Zugriff auf einige von Marus Hochsicherheitsakten zu verschaffen, doch der Fortschritt verlief schleppend. Sie durften nicht riskieren irgendwelche Sicherheitsbarrieren zu vernachlässigen, denn dies würde unweigerlich ihren gemeinsamen Tod bedeuten. Das, was sie taten, entsprach nicht nur Hochverrat, sondern es handelte sich um dermaßen klassifizierte Dokumente, dass hier niemand einen Gerichtsprozess anstreben würde. Sollte man ihre Aktionen bemerken und sie aufspüren, dann würden sie einfach umgebracht und auf irgendeinem gottlosen Planeten abgeworfen werden, um zu verrotten. Die Hacker waren in verschiedenen Spezialbunkern untergebracht und kommunizierten nur über spezielle Signalcodes miteinander. Dies war notwendig, um einer gegenseitigen Enttarnung zu entgehen. Langsam aber sicher näherten sie sich einigen der gesicherten Dokumente auf dem Server, doch es würde noch Stunden, vielleicht Tage dauern, um Genaueres zu erfahren.

≻≻ Code Green; flackerte es auf einigen der Projektionen.

Sie hatten einen Durchbruch erlangt. Ein Dokument mit niedriger Sicherheitsstufe schien von ihrem Team, geknackt worden zu sein. Umgehend tauchte es in Alexandres Büro als Projektion auf. Gespannt vergrößerte er den Fund und wühlte sich durch die Notizen. Seine Augen überflogen zielgerichtet die Abschnitte: »Psioniker..., ungeklärte Zwischenfälle..., Schwester auf Isuna I..., überdurchschnittlich hohe Mortalitätsrate seiner Missionen«. Alexandre tippte abermals auf die Lehne seines bequem gepolsterten Schwebe-Sessels.

Mit weiteren Kommandos ließ er ein paar Tausend Credits auf die Konten der zuständigen Hacker wandern. Natürlich zeitlich getrennt und von mehreren Satellitenkonten ausgehend, aufgeteilt in winzige Beträge. Sie würden es umgehend bemerken und es würde sie zu weiteren Hochleistungen anspornen. Alexandre hatte das Gefühl, dass er etwas auf der Spur war und er musste dem nachgehen, das war seine Pflicht. Danach baute er eine geschützte Datenleitung zu einem ganz besonderen Soldaten auf: »Hör zu. Ich habe hier einen Auftrag für dich. Das übliche Prozedere, nur dass es hierbei um höchste Kreise geht. Wenn etwas schiefgeht, kann ich dir nicht helfen, aber ich werde mein Möglichstes tun dich zu unterstützen«, begann Alexandre seine Ansprache. »Du musst eine Person für mich ausfindig machen. Eine weibliche Person, mittleren Alters, verstummt durch Shock. Sie muss in einer der Heilanstalten auf Isuna I stationär untergebracht sein. Ihr Bruder ist nur unter dem Namen »Maru« oder »Maru-kin« bekannt. Er ist innerhalb *der Liste* in den oberen Rängen anzutreffen. Finde sie und versuche alle Informationen zusammenzutragen, die du auf dem Weg findest und die in Zusammenhang mit diesem Maru stehen. Versuch sie zum Reden zu bringen... zur Not mit alternativen Mitteln, keine übermäßige Gewalt«. In schwach rauschender Stimme erklang die Antwort: »Sir... es ist mir eine Ehre. Weitere Befehle?«, fragte die scheinbar elektronisch verzerrte Stimme. »Nur eines noch: Sei vorsichtig. Es sind hohe Regierungskreise mit der Zielperson verknüpft und beeile dich. Die Zeit drängt« hatte Alexandre, über die stehende Datenverbindung, erwidert. »Ich bin eure Hand und euer Auge. Ich melde mich in wenigen Stunden. Sollten wir uns nicht wiedersehen, gehabt euch wohl« erklang die durch und durch ergebene Stimme und verschwand.

≻≻ »Datenübertragung beendet«, quittierte die Elektronik den Abschluss der Hochsicherheitsübertragung.

Alexandre bearbeitete die übrigen Dokumente in Rekordzeit. Er war jetzt schon deutlich zu lang auf den Beinen, aber es gab Dinge, die konnten nicht aufgeschoben werden. Die Entscheidung, die er zu treffen hatte, konnte Leben kosten, oder Leben retten, sein persönliches eingeschlossen. War es ihm Wert für diese Person namens Maru alles zu opfern, was er sich aufgebaut hatte? Das militärische Leben hatte Alexandre ermüdet, Familie gab es keine. Er blickte auf eines der bereits gesichteten Dokumente: »überdurchschnittlich hohe Mortalitätsrate« und tippte unschlüssig auf der Lehne umher. Kurze Zeit später öffnete er eine weitere Datenverbindung und gab zu Protokoll:

≻≻ Protokoll Todesuhr. Mission »Trinitron 7«.

≻≻ Entsendung einer militärischen Hochsicherheitsdrohne zur Kontrolle und Ausführung der hinterlegten Missionsparameter und sämtlicher Subroutinen.

≻≻ Weiterhin werden fünf Veteranen der militärischen Klassifizierung B ohne Spezialausrüstung entsendet.

Die Kontrollroutine nahm seine Befehle auf und bestätigte die gesetzten Parameter.

⤜ Zu Befehl, Sir. Missionsparameter bestätigt.

⤜ Protokollkopie wird an das Oberkommando entsendet.

⤜ Protokollaufnahme abgeschlossen.

VERGANGENHEIT

Der Raumtransporter landete auf einer der vielen Landeflächen von Isuna I. Schwere Staubwolken wurden zu beiden Seiten des Raumschiffes aufgewirbelt, als es mit seinen mächtigen Triebwerken zur Landung ansetzte. Die Luft vibrierte golden unter der Hitze, die die energievollen Kristalle im Inneren der Triebwerke absonderten. Der Transport, der an diesem Tag auf Isuna I andockte war ein gewöhnlicher, wie er täglich hundertfach abgewickelt wurde. Über mehrere Ausgänge wurden Waren und Personen auf die Planetenoberfläche gebeamt und materialisierten sich auf den dafür vorgesehenen Flächen außerhalb der Landebahn. Ein Mann mittleren Alters erschien soeben auf dem Transponderfeld und blickte durch stahlblaue Augen umher. Das kurzgeschorene Haar konnte man, unter dem schweren Kapuzenmantel, nur erahnen. Er bewegte den Nacken von der einen zur anderen Seite und spürte, wie sich angespannte Muskeln und Gelenke mit einem leichten Knacken lösten. Die erhöhte Gravitation und die extrem kräftigen Windstürme waren berüchtigt für diese Region von Isuna I, dennoch entschied man sich dafür diesen Planeten vor etlichen Dekaden zu besiedeln, da man bei Nachforschungen auf seltene Rohstoffe gestoßen war. Darüber hinaus hatte der Planet auch deutlich gemäßigtere Klimazonen. Ein optimaler Boden für eine Kolonialisierungsmission.

Langsam bewegte sich Xaver von dem Energiefeld herunter, als sich die Schutzbarriere zu senken begann. Er war einer von Alexandres Spezialagenten aus eigener Aufzucht. Der Soldat im besten Alter war ein sogenannter Schatten. Keiner kannte seinen tatsächlichen Namen, nicht einmal er selbst. Innerhalb spezieller Militärprogramme wurde er auf einem der Planeten in den Militärdienst überführt. Man fand Xaver in jungem Alter bei einer Aktion auf einem der Exoplaneten und nahm sich seiner an, nachdem er beachtlichen Widerstand geleistet hatte. Einer der leitenden Kommandanten zu jener Zeit war Alexandre Xzar und er hatte das Gefühl, großes Potenzial in dem jungen Mann zu erkennen. Er sollte nicht enttäuscht werden. Xaver entwickelte sich zu einem Waffengenie, der darüber hinaus jedoch eine brisante Mischung aus charismatischer Ausstrahlung und Hang zur Folter zeigte. Alexandre gab ihm ein Ventil für seine blutrünstige Ader, verstand es jedoch, klare Grenzen aufzuzeigen. Unter Alexandres persönlicher Ausbildung verstand Xaver sowohl sein Charisma, als auch seine Mordlust gezielt einzusetzen. Wann immer es darum ging, bedeutsames Material aus Personen herauszubekommen, setzte man Xaver ein. Er war glaubwürdig und wurde von den meisten Personen als vertrauenswürdig eingestuft. Die schmächtige aber präzise trainierte Statur machte ihn zu einer Kampfmaschine, die es mit Leichtigkeit gegenüber mehreren hochrangigen Soldaten aufnehmen konnte. Er war ein Assassine und die Ausbildung in Nahkampfstrategien komplettierte sein tödliches Fähigkeitsbild. Man hatte bei gezielten Tests psionische Grundveranlagungen festgestellt. Ein perfekter Kandidat für Missionen, bei denen man für wenig Wirbel sorgen wollte und bei einem Scheitern keinerlei Sorgen darüber haben musste, dass man seine Spuren zurückverfolgen konnte. Dafür hatte Alexandre rechtzeitig gesorgt.

Xaver bewegte sich in einem extra für ihn angepassten ultra-leicht Anzug zum Hauptgebäude des Raumhafens. In dem speziellen Visor begutachtete er Daten und hackte sich in Systeme niederer Sicherheit. Im Vergleich zu den Standardanzügen des Militärs verließ er sich nicht nur auf elektronische Visualisierung, sondern er genoss den freien Blick durch den halbtransparenten Gesichtsbereich. Durch seine Anzeige flackerten Bilder und Videos einer weiblichen Person mittleren Alters. »Du bist also die Schwester von Maru-kin. Wolln doch mal sehn, wie legendär er wirklich ist und wie viel davon nur fremde

Federn sind« murmelte er vor sich hin. Xaver näherte sich einem der vollautomatischen Gleiter, hob seine Hand zur Kennung an das Taxi und betrachtete, wie eine Handvoll Credits abgebucht wurde. Prompt fuhr die Tür nach oben hin auf. Nachdem er Platz genommen hatte, gab er kurze und prägnante Sprachkommandos: »Grand Plaza Komplex«. Ein grünes Kontrolllicht signalisierte das Auffinden des Zielortes und der Gleiter erhob sich. Eine weitere Anzeige zeigte Route und Ankunftszeit sowie verbleibende Fahrzeit an. Xaver nutzte die Zeit, um weitere Dokumente zu sichten, die ihm von Alexandres Hackertrupp zu Verfügung gestellt worden waren. Seine Aufgabe war es, Cecile ausfindig zu machen. Er sollte mögliche Details aus ihren Ärzten herausbekommen und notfalls mit »alternativen Methoden« Daten aus ihnen, sowie aus Cecile selbst, extrahieren. Daten, die im Zusammenhang mit dem legendären Maru-Kin standen. Xaver verdrehte gelangweilt die Augen bei dem Gedanken an die vermeintlich übertriebene Reputation, die dieser Mann genoss. Alle Soldaten mit ambitionierterem Interesse an ihrem Job, kamen im Laufe ihre Zeit mit dem Namen Maru in Kontakt. Nur selten war dieser Kontakt von persönlicher Natur und wenn doch, dann hatten die Mitglieder seines Trupps in den meisten Fällen nicht die Gelegenheit viel davon zu berichten, da die Mortalitätsrate innerhalb dieser Missionen erdrückend hoch war. Das potenzielle Fähigkeitsprofil von Maru flackerte vor ihm auf. Er verband seinen Anzug mit der Schnittstelle des Gleiters und übertrug die Daten auf ein Frontdisplay:

⤜ Name: Maru-Kin.

⤜ Heimatplanet: Isuna I.

⤜ Mutter und Vater aus ungeklärten Gründen gestorben. Schwester in Heilanstalt auf Isuna I in Behandlung. Posttraumatisches Syndrom. Verstummt.

⤜ Ausgebildeter Stratege und Koordinator.

⤜ Hochbegabt und –intelligent.

⤜ Vermutungen auf psionischen Hintergrund.

⤜ Überdurchschnittliche Mortalitätsraten in Missionen, denen er beiwohnte.

⤜ Überdurchschnittlich großer Anteil von Hochsicherheitsmissionen.

⤜ Vermutungen auf Kontakte im präsidialen Umfeld und der dazugehörigen militärischen Elite.

Xaver überflog die Akte. »Soo, soo... sind wir wirklich Psioniker mein Freund? Wir werden sehen... wir werden sehen«, während er die Worte vor sich hinsprach und mit der Zunge über die Zähne glitt, blitzten die blauen Augen auf, begannen zu leuchten und wurden dann von der elektronischen Durchsage des Gleiters in die Realität zurückgeholt:

⤜ Grand Plaza Komplex, erreicht.

Xavers Augen normalisierten sich wieder, als die Türen des Gleiters aufgingen und ihm das helle Licht von Isuna I entgegenstrahlte. Er drehte den Kopf und fokussierte das Gebäude vor ihm. Der Grand Plaza Komplex. Ein medizinischer Großkomplex für verschiedenste Anwendungsgebiete, darunter auch ein Hochsicherheitstrakt und genetische Labore. Dorthin würde es ihn, zumindest heute, nicht verschlagen. Scheinbar schien sich keiner für die stumme Schwester Maru-kins zu interessieren, und so wurde sie in einer normalen medizinischen Anstalt mit Aufsicht untergebracht. Vor der automatischen Tür des Komplexes angekommen hob er wieder den Arm und lies sich vom System identifizieren. Natürlich war die übergebene Identität nicht wirklich seine, sondern eine für ihn Digital angepasste Person, die ihm Zugriffe zu den wichtigsten Bereichen geben würde und ausreichen sollte, um zu den notwendigen Schlüsselpersonen zu gelangen. Xaver blendete eine Liste der Zielpersonen ein:

➣ Dr. Ilias Moire, zuständiger Doktor.

➣ Cecile, Maru-Kins Schwester.

Xaver passierte den Eingang. Das 22. Jahrhundert war unglaublich steril geworden. Die meisten öffentlichen Eingangshallen hatten nicht mehr den Hauch von menschlichen Lebewesen in sich. Das meiste war automatisiert, beziehungsweise elektronisch gesteuert. Für jemanden mit seinen Möglichkeiten war es ein Leichtes dorthin zu gelangen, wo sich seine Zielpersonen befanden.

›› Abteilung B-17 – Traumadiagnose, erklang eine Stimme in dem runden Energiefeld, das ihn in den entsprechenden Stock beamte.

Er betrat den Gang der Abteilung und musterte die klinisch weiß gehaltenen Gänge. Zumindest daran hatte sich in all den Jahren scheinbar nichts geändert, verglich man die Aufzeichnungen vergangener Jahrhunderte. Die präzise geschnittenen Räume waren unterbrochen von Sichtfeldern oder automatischen Türen. Einige davon mit speziellen Sensoren zur Authentifizierung. Xaver visualisierte einen Grundriss der Abteilung. Man hatte ihn im Vorfeld mit allen nötigen Datenbeständen versorgt. Er legte die Projektion der Karte auf die sichtbare Umgebung. Nun musste er lediglich, wie bei einem Navigationsgerät, den eingeblendeten Pfeilen folgen, die auf seinem Visor dargestellt wurden. Er liebte diese Art von unnötigen, technologischen Schnickschnack.

›› Markierung setzen. Büro von Dr. Ilias Moire.

Sofort arrangierten sich die Pfeile neu und in einem der Gänge vor ihm erschien ein virtueller Pfeil in seiner Anzeige. »Los geht's«, sprach Xaver und bewegte sich auf seine erste Zielperson zu. Dr. Ilias Moire war Mitte Fünfzig, ein überdurchschnittlich guter Arzt und Spezialist für Traumaforschung und Extrahierung. Der Zielpunkt auf seiner Karte bewegte sich nicht, perfekt. Scheinbar saß sein Zielobjekt gerade im Büro, um unwichtigen Papierkram zu erledigen. Da in öffentlichen Einrichtungen jegliches Personal, unter Zuhilfenahme von Identifikationschips, überwacht wurde, war es ein leichtes, die Aufenthaltsorte zu ermitteln und zu überwachen. Xaver hatte Gefallen an klassischen Dingen, beispielsweise seinem Mantel, aber auch moderner Hochtechnologie. Aus diesem Grund hatte Alexandre ihm eine Spezialanfertigung machen lassen die Unsummen gekostet hatte. Der Mantel, den Xaver trug, konnte sich in seinem Aussehen beliebig anpassen. Theoretisch könnte er damit sogar unsichtbar werden, denn die zahlreichen Projektoren, die in den Hightechstoff mit Leiterbahnen eingearbeitet waren, konnten die Umgebung so präzise scannen und abbilden, dass es zu einer perfekten Täuschung wurde. Für den Moment reichte es ihm so auszusehen als gehöre er zu irgendeinem medizinischen Personal des Komplexes.

Er bog um eine weitere Ecke und stand vor einem Büro »Dr. Ilias Moire« erschien oberhalb der Tür, als er sich ihr genähert hatte. Er trat vor und die Tür öffnete sich. Doktor Moire schien in seine Arbeit vertieft, als sich Xaver in das Büro begab und die kahle Umgebung des Büros musterte. »Setzen sie sich doch«, deutete Doktor Moire auf einen der Schwebesessel, während er eine Akte beiseitelegte. »Haben wir einen Termin?« hinterfragte er die Ankunft des Gastes und suchte auf einer digitalen Darstellung nach offensichtlich aufgeführten Terminen für diesen Tag. Doch es war nichts vermerkt.

»Herr Doktor Moire, es freut mich, ihre Bekanntschaft zu machen. Ich bin einer der neuen Wissenschaftlicher von Isuna III und möchte mich gerne mit Ihnen über einen Fall unterhalten, den Sie seit etlichen Jahren betreuen«, sprach Xaver in vertrauensvoller und leichter Stimme. »Isuna III, hm?«, Doktor Moire schien sich durch seine Notizen zu wühlen, in der Hoffnung, seinen Gast zuordnen zu können. »Richtig. Es geht um eine Patientin namens Cecile. Ich hatte gehört, dass es seltene Verhaltensmuster bei ihr gibt«, hatte Xaver schnell erwidert, um von seiner Erscheinung abzulenken. »Cecile. Ja, ja, Cecile. Mhmm. Außergewöhnliche Person. Wie war ihr Name noch gleich?« hinterfragte der Doktor und Xaver erkannte ein kurzes Zucken im linken Augenlied des Mannes. Schnell fuhr er hoch und drückte ihm die kalte Handfläche auf die Stirn. »Tun sie nichts, was sie bereuen könnten; oder ihre Familie; oder ihre Freunde« sprach Xaver mit fester Stimme und leuchtenden Augen. Bis auf die Gesichtsmimik des Doktors war alles erstarrt, sein Puls raste. »Beantworten sie mir einfach eine Handvoll Fragen und sie sind mich wieder los. Andernfalls müsste ich meinen Aufenthalt auf Isuna I verlängern. Erst sie töten, dann ihre Frau und ihre beiden Kinder. Und glauben sie mir, ich bin gut darin«, hatte Xaver seine deutliche Ansage ergänzt. Parallel dazu ließ er die Lungenfunktion des Mannes abfallen. Der ältere Mann begann zu husten und fiel in ein Röcheln. Sekunden später konnte er wieder normal atmen. Schockiert zog er die Lippen zusammen und betrachtete Xaver aus leicht zusammengekniffenen Augen. »Sie... sie sind Psioniker. Wer sind sie!?«, hatte Doktor Moire entgegnet, begleitet von einem weiteren Röcheln, dass Xaver umgehend ausgelöst hatte. »Ich stelle die Fragen, Doktor. Fangen wir an, die Zeit eilt« setzte Xaver an. »Ich will alles wissen, was sie über Cecile und ihren Zustand herausgefunden haben und lügen sie nicht, sonst kommen Ihre Kinder in Zukunft ohne Vater aus« züngelte die eiskalte Stimme hervor.

»Ce.. Cecile ist eine junge Frau mittleren Alters. Leider ist ihre Sprache eingeschränkt, präziser gesagt leidet sie an einem post-traumatischen Schock, der von einem Ereignis in ihrer Jugend herrührt. Vermutlich wird sie nie wieder ein Wort sprechen, außer...« der Doktor brach seine Ansprache ab. »Außer, was?« ein weiteres Röcheln überkam den Doktor und deutliche Adern zeichneten sich an dem leicht geröteten Kopf ab. »Schon gut... schon gut, Sie Unmensch! Ich sage es Ihnen«, der Doktor räusperte sich ob des wiedergewonnenen Atems. »Traumata und Schockzustände können oft mit einem Kontraschock gelöst werden. Dennoch ist es schwierig, den richtigen Weg und die richtige Dosierung zu finden. Wendet man es falsch an, dann kann das Objekt in tiefe Verwirrung und Wahnzustände verfallen. Im schlimmsten Fall sterben. Wir konnten sie bis heute nicht heilen und wir wissen auch nicht, was ihr widerfahren ist.« beendete der Doktor seine Ausführungen. »War das alles?« hatte Xaver hinterfragt. »J.. ja. Ich schwöre es Ihnen. Hören Sie.. i.. ich bin auch nur ein einf..-«, die Stimme des Doktors erstarb, als Xavers Augen aufblitzten. Von einem tiefen Keuchen begleitet sank Doktor Moire zu Boden, als Xaver sich ihm mit fokussiertem Blick näherte. Dann erschlaffte der Körper des Doktors und Blut tropfte aus seiner Nase. »Besten Dank, Herr Doktor Moire. Probieren wir doch diese Theorie einmal in der Praxis aus« murmelte Xaver und verließ das Büro.

›› Markierung setzen. Patientenraum B17-345E.

Wie bereits zuvor erschienen die virtuellen Wegweiser in seiner Umgebung. Es gab nur noch eine Sache zu erledigen: Maru-kins Schwester zu finden und zu befragen, egal wie.

Maru-kins Schwester

Xaver stand vor Ceciles Patientenraum. Friedvolle Gegenwart. Jedem Patienten war es möglich in einem betreuten Einzelzimmer zu leben, beziehungsweise vor sich hinzuvegetieren. Xaver war sich nicht sicher, für welche der beiden Optionen er sich entscheiden sollte. Die Tür glitt auf. Eine hübsche Frau, mit langen blonden Haaren, saß in ihrem Bett, die Hände um die Knie geschlungen. Die Frau, Cecile, Maru-kins Schwester, starrte aus leeren Augen in seine Richtung, fast so, als hätte sie lediglich die Tür selbst bemerkt. »Das wird interessant«, murmelte Xaver und betrat den Raum. Hübsche, aber dezente Dekoration. Eine Blumenvase mit ein paar künstlichen Blumen. Ein Projektor, der Unterhaltungsprogramme in den Raum übertrug, offenbar unbenutzt. Ein runder Tisch mit zwei Stühlen und eine Fensterfront mit farbenfrohen Vorhängen, die einen extremen Gegensatz zu dem sonst sterilen Weiß bildeten. Dann konzentrierte er sich wieder auf seine Zielperson und stellte sich direkt vor Cecile, die seinem Weg emotionslos mit den Augen folgte. Er schaute sie mit einem weichen Lächeln und freundlichen Gesichtszügen an. »Hallo Cecile. Erkennst du mich?« sprach er mit spielerischer Stimme ohne Reaktion von Cecile. »Cecile, ich bin es Maru-kin!« versuchte Xaver Reaktionen zu provozieren. Kurzzeitig erweiterten sich ihre Pupillen. Fix justierte er einige Einstellungen an seinem Anzug. Alexandre und seine Hacker-Crew hatten ihn mit Sprachsamples von Maru versorgt und einen Audio-Layer geschaffen, der sich über seine Stimme legen konnte. Sie hatten darüber hinaus Sequenzabwandlungen generiert, in der Hoffnung so die Ursprungsstimme von Maru, zur damaligen Zeit, besser treffen zu können. »Cecile, Kleines. Es tut mir Leid, dass ich so lange weg war« Cecile legte den Kopf schräg und betrachtete die Gestalt vor ihr mit gesteigertem Interesse. Irgendetwas in ihrem Inneren schien sich an die Stimme von damals zu erinnern, als sie gemeinsam in der kleinen Wohnung lebten. Xaver justierte weitere Knöpfe und sprach irgendein emotionales Kauderwelsch vor sich hin. Eine halbe Stunde war vergangen und es war nur eine Frage der Zeit, bis man zufällig auf die Leiche von Doktor Moire stoßen würde, oder irgendeine Schwester vorbeikam. Da in der Kürze der Zeit keine intensiveren Überwachungsmaßnahmen durchgeführt werden konnten, war er auf reines Glück und Intuition angewiesen. Zur Not musste er sich seinen Weg durch den Komplex schlachten, um hier wieder wegzukommen. Ein Gedanke, der ihm kurzzeitig ein schmallippiges Grinsen abverlangte. Er musste einen Gang hochschalten. Wieder berichtigte er ein paar der Einstellungen. Dieses Mal waren es Steuereinheiten für seinen Mantel. Sein Aussehen veränderte sich. Der Mantel heftete sich über elektrische Ströme, an seine normale Rüstung, an. Wie eine zweite Haut umgab ihn der Stoff. Dann formte sich sein Aussehen zu dem Abbild vergangener Zeiten. Er wurde zu Maru-kin. Mit etwas Verzögerung schien das Bild durch die Gehirnwindungen der jungen Frau gewandert zu sein. Ceciles Pupillen tanzten umher und ihr Mund öffnete sich, doch keine Worte drangen nach außen. Ihre Hände verkrampften sich um die Knie. Sie begann am gesamten Leib zu zittern. Xaver schritt mit lebendigem Gesichtsausdruck und offenen Armen auf sie zu und legte sie um Cecile zu einem herzlichen Druck. Zuviel für den verwirrten Verstand der jungen Frau. Cecile rastete aus, als Erinnerungen ihren Körper durchfluteten. Wild trat und schlug sie nach Xaver, der nur vom ersten Hieb leicht überrascht schien. Wie ein abgestochenes Tier, das auf der Flucht und in die Enge getrieben war, riss sich Cecile los und versuchte rückwärts zu krabbeln. Das Laken rutschte unter ihr weg und die Füße glitten ins Nichts. Dann war das Laken zu Boden gefallen und die Füße fanden Halt. Sie krabbelte rückwärtig, bis sie im Eck angelangt war. Die Augen zu riesigen Kugeln aufgerissen, zitterten ihre Pupillen vor Panik umher. Ihre Gesichtsfarbe war komplett entwichen und sie schien Schweißausbrüche zu haben. Innerhalb kurzer Zeit waren die säuberlich gekämmten Haare in alle Richtungen zerzaust. Wieder näherte sich Xaver und Cecile vergrub sich in einem ärmlichen Wimmern, das von Angst und Pein durchtränkt war. Wie bei einem epileptischen Anfall zuckten ihre Glieder, als sie sich so klein wie möglich in das Eck presste und nach Luft japste. Während Xaver auf sie zukam, fing sie an apathisch den Kopf zu schütteln und schlug heftig um sich. Dieses Mal reagierte Xaver besser, dennoch traf ihn ein Tritt am Visor. Xavers Blick verdunkelte sich. »Genug des Theaters!« spie er regelrecht aus. »Sprich mit mir Cecile, sprich oder dein Bruder Marukin wird böööööseee!!« rezitierte er mit düster paranoider Stimme, während er sie unsanft mit einer Hand an den Haaren packte und die Worte in ihr linkes Ohr flüsterte. Cecile weinte bitterlich. Scheinbar schienen die Erinnerungen von früher zurückgekommen zu sein. »Was zum...« Eine Flüssigkeit tropfte an ihm herunter. Der psychische Druck auf Cecile schien zu groß geworden zu sein und so entließ sie ihre angesammelten Körpersäfte, während sie wimmernd wie ein kleines Kind vor sich hin weinte. »Elendes Miststück!!« entglitt es Xaver und er schleuderte Cecile an den Haaren herbeigezogen zu Boden. Unsanft schlug der zierliche Körper auf dem Boden auf. Er mochte vielleicht etwas zu grob gewesen sein. Seine flüchtige Diagnose konnte sich zwischen zahlreichen Prellungen in der Rippengegend oder einem Bruch nicht entscheiden. Es war ihm egal. Er war für solche Fälle erschaffen worden. Er war ein Tier und es war lange her, dass er seine Gelüste ausleben durfte. Was interessierte ihn Alexandres Anweisung... für ihn zählten Ergebnisse, und die würde er bekommen. Die Veränderung seines Mantels und die Stimmrezeptoren wurden wieder normalisiert. Xaver griff mit bestimmter Hand nach ihrer Kehle und zog sie unsanft in die Luft. Ein ängstliches Keuchen entwich ihr, als sie sich in seinem Griff windete und um das nackte Überleben kämpfte. Tritte flogen durch die Luft, einige davon trafen Xaver. Doch der war bereits in seiner dunklen Trance gefangen. Mit Cecile in festem Griff durchschritt er das Zimmer und drückte sie gegen eine Wand. Das angstverzerrte Gesicht war mittlerweile rötlich angelaufen und man sah ihr deutlich an, dass sie Todesangst haben musste. Mit der einen Hand drückte Xaver sie gegen die Wand, die andere legte er auf ihre Stirn. Dann flackerten die stahlblauen Augen auf. »Lass mich rein, lass mich rein«, murmelte Xaver mit psychotischer Stimme, als sich seine psionischen Kräfte wie ein Bohrer durch Ceciles Gehirn gruben. Quietschende Laute, geprägt von Qual, entglitten Cecile in ihrem Todeskampf und Teile ihrer Arme waren bereits blutig geschürft. Die Befreiungsversuche blieben jedoch erfolglos. Bilder flackerten durch Xavers Kopf. Cecile, wie sie immer jünger wurde und dann jener Tag vor so vielen Jahren. Er sah das kleine Mädchen auf dem Boden weinen. Maru-kin ihren Bruder im Gang stehen, seine Mutter tot... sein Vater tot... getötet von dem kleinen Jungen. Dann marschierte Maru-kin an ihr vorbei und sah sie aus leuchtenden Augen des Todes an. »Maru-kiiiiiiiiiiinnnnnnnnnnnn!« entfuhr ihr nach all den Jahren der Stummheit ein Schrei, von dem sich Xaver für eine Sekunde beeindrucken ließ. Dann verdrehten sich die Augen der jungen Frau und ihr Kampf fand ein Ende. Der Kopf sackte vorn über. Die Arme und Beine versagten in ihrem Kampf gegen ihren übermächtigen Feind. Die Bilder in Xavers Geist erstarben, so wie die Seele seines Opfers. Wie ein wertloses Kleidungsstück warf er sie beiseite. Dieses Mal waren definitiv Knochen gebrochen, doch das Mädchen würde sich darum keine Gedanken mehr machen brauchen.

Wie ein Junkie, der endlich seinen Schuss bekam, beruhigte sich Xaver wieder und nahm friedvolle Gesichtszüge an. Das Leuchten seiner Augen nahm ab und er bewegte seinen Nacken zu einem leichten Knacken. Dann sprach er mit sanfter Stimme: »Maru-kin, Maru-kin... böser kleiner Junge« und schmunzelte leicht. »Vielleicht treffen wir uns eines Tages. Es wird mir eine Freude sein, einen Gleichgesinnten zu treffen« murmelte er weiter, justierte seinen Mantel, um die Arzttarnung zu aktivieren und Schritt aus dem Zimmer in Richtung Ausgang. Als sich die Tür hinter ihm schloss, hatte er das Zimmer vollständig verwüstet. Das Bett und der Boden waren durchtränkt von Blut und Urin. Die weiße Wand verschmiert von blutigen Abwehrversuchen. Ein Vorhang abgerissen. Xaver verspürte nichts, als er den Transponder betrat, der ihn ins Erdgeschoss bringen würde.

Sichere Datenverbindung aufbauen, befehligte er die integrierte künstliche Intelligenz.

›› Sichere Datenverbindung wurde hergestellt.

Die Worte flossen aus seinem Mund, in einem Schwall von genüsslicher Vorfreude: »Commander, Sir? Maru-kin ist ein Psioniker.«

Er trat aus dem Grand Plaza Komplex und nahm das nächste Gefährt, das ihn zum Raumhafen bringen konnte. Dort würde er auf weitere Befehle warten und seinen Geist an den Erlebnissen dieses Tages laben.

ACTION / REACTIO

Alexandre stand in seinem Büro und betrachtete einige der Dokumente, die ihm innerhalb der letzten Stunden zugespielt worden waren. Er war auf etwas gestoßen, von dessen Tragweite er sich noch nicht vollends im Klaren war. Es gab mehr als eindeutige Beweise dafür, dass seine sogenannten Freunde im Präsidium militärische Programme unterhielten, von denen scheinbar nur eine ausgewählte Gruppe an Leuten wusste. In all diesen Programmen gab es deutlich zu viele Todesfälle. Die meisten der durchgeführten Todesuhr Missionen liefen über seinen Schreibtisch und konnten in vielen Fällen nie aufgeklärt werden. Schließlich waren auch die Aufklärungsdrohnen, inklusive des begleitenden Teams, keine Sicherheit dafür, dass man die Mission erfolgreich beenden konnte. In vielen Fällen ging es primär darum, sofern möglich, militärische Interessen zu wahren. Investitionen mussten gerettet werden, Leichen wurden beseitigt und man versuchte den öffentlichen Schein zu wahren, dass es dem Militär wichtig sei, für Aufklärung zu sorgen. Nur in einem Bruchteil der Fälle wurden tatsächlich Truppen höherer Dienstgrade entsandt.

Alexandre hatte die letzten 24 Stunden viel Zeit damit verbracht Akten zu sondieren, die ihm übermittelt worden waren. Er hatte alles getan, um logische Verknüpfungen herstellen zu lassen und es gefiel ihm nicht, was er fand. Die ersten Missionen auf denen Maru-kin zum Einsatz kam, waren harmloser Militärstandard, keine Auffälligkeiten. Dann, wie aus dem Nichts, stieg die Sterblichkeitsrate auf Missionen, denen er beigetreten war. Umso erstaunlicher war, dass er selbst stets unter den glücklichen Überlebenden ruhte, die aus eigener Kraft zurückkehrten... oder von Spezialkommandos aufgesammelt wurden. Wer würde sich die Arbeit machen, einen einzelnen Soldaten auf öffentliche Militärmissionen zu entsenden, nur um dann mit dem größtmöglichen Aufwand für sein wohlergehen zu sorgen? Dieser Bursche hatte weder Geld, noch Einfluss, es musste also andere Gründe geben.

≻≻ Sir, Hochsicherheitsanruf mit ihrem personifizierten Dienstcode.

»Durchstellen!«, antworte Alexandre abrupt, denn er wusste genau wer sich dahinter verbergen musste. »Xaver, was hast du für mich?« griff er jeglicher Ansage vor. Die durch Sicherheitsimpulse verzerrte Stimme setzte nach einer kurzen Pause an und beschrieb die Vorgänge auf Isuna I. Xaver lies natürlich ein paar »unwichtige« Details bei seinen Ausführungen weg, denn sie würden an dem Ergebnis seiner sehr aufschlussreichen Mission nichts ändern und dann kamen die Worte der Erkenntnis, die Alexandres Puzzle weiter komplettierten: »Maru-kin *ist*... ein Psioniker«. Die Worte sackten durch Alexandre und er überlegte, was für logische Schlüsse sich daraus ergaben. Ein vom Militär entdeckter Psioniker war ein Vermögen wert. War er darüber hinaus von hohem Potenzial und exzellent ausgebildet, dann ergab sich genau das Bild, das er von den präsidial gesteuerten Missionen Maru-kins herausgelesen hatte. Er musste ein enormes Gedankenpotenzial besitzen, dass man dafür solche Aufwendungen in Kauf nahm. Alexandre durchwühlte wieder und wieder die im Raum schwebenden Akten.

≻≻ Sir, ein weiterer Dringlichkeitsruf erreicht uns.

»Weiterleiten, umgehend!«, befahl Alexandre, mit merklich angespannter Stimme und drückte Xaver aus der Leitung, mit den Worten: »Ich melde mich wieder, halte dich bereit!«.

»Ähmm... Sir... sie sollten sich diese Dokumente anschaun, sehn wichtig aus. War eines dieser Hochdringlichkeitsdinger, an die wir uns dranhängen sollten und ich sage ihnen, das waren die brutalsten Sicherheitsvorkehrungen, mit denen wir es jemals zu tun hatten. Vielleicht ähh, denken sie einfach kurz daran, wenn sie uns die nächste Ladung Credits rüberschicken« sprach eine Stimme, die vermutlich zu einem jungen Mann gehören musste. Umgehend erschien ein Dokument im Raum. Alexandre näherte sich sichtlich angespannt. Wollte er die Büchse der Pandora wirklich öffnen? Nein... diese Frage stellte sich nicht mehr. Sollte irgendwer bemerken, welche Datenbewegungen er in den letzten 24 Stunden angestoßen hatte, dann würde ihn vermutlich keine Armee dieser Galaxie vor dem Unausweichlichen retten können. Mit einem tiefen Atemzug öffnete er das Dossier und überflog die Seiten. Alexandres Pupillen weiteten sich. Mit einem Handzeichen flog sein Schwebesessel zu ihm und er nahm Platz. Dann sprach er überdeutlich: »Sie werden ihre Credits erhalten, inklusive Bonus und jetzt besorgen sie mir die sicherste Kommunikationsleitung, die sie mir bereitstellen können. Sofort!«.

Minuten später wurde Xaver über eine ganz spezielle Leitung zurück in Alexandres Büro geleitet. »Xaver, ich habe einen weiteren Auftrag für dich und es könnte dein Letzter werden. Du wirst nach Trinitron 7 reisen, und zwar umgehend! Es gibt einen Spezialgleiter auf Isuna I, er läuft nicht auf meinen persönlichen Namen, aber er ist eines der fortschrittlichsten Modelle, die es aktuell gibt. Er wurde mit einigem Aufwand modifiziert. Ich lasse dir die Daten übermitteln. Du wirst keine Umwege machen und jede weitere Kommunikation wird über diesen Kanal hier ablaufen« briefte Alexandre seinen Schützling. »Und Xaver... bereite dich vor. Dieser Psioniker, er ist etwas Besonderes und er steht unter präsidialem Schutz. Ich will ihn haben, tot oder lebendig und auch die Daten, die er bei sich trägt. Hast du verstanden?« Vermutlich lag es an der Stimmverzerrung, doch die Antwort hatte einen Anflug von psychotischem Gelächter: »Das habe ich, Sir. Es wird alles zu ihrer vollsten Zufriedenheit erledigt werden«, entgegnete Xaver. Er würde sich umgehend auf den Weg machen, das wusste Alexandre. Seinen Berechnungen zufolge würde er kurze Zeit nach dem Aufklärungsteam auf Trinitron 7 eintreffen. Er konnte nur hoffen, dass es rechtzeitig sein würde. Nicht nur wegen des Trupps, sondern wegen dem, was auf dem Planeten geschehen könnte.

Alexandre kappte die Leitung und widmete sich wieder dem Datenmaterial. Bilder des Schreckens überkamen ihn, als er sie konzentriert prüfte. Wie konnte man all diese Dinge nur geheim halten? Von welcher präsidialen oder militärischen Ebene redete man hier? Wie viele Millionen an Credits und wie viele Tausende Militärleben würde es kosten so etwas aufzubauen und am Laufen zu erhalten. Militärische Anlagen... Forschungsanlagen auf mehreren Planeten verteilt, zumindest eine Hand voll davon. Forschungsanlagen von Ausmaßen, die er noch nie zuvor gesehen hatte, mit Ausrüstung, die ihm gänzlich unbekannt erschienen. »Wozu das alles?«, fragte er sich, als er sich tiefer und tiefer durch die Akten wühlte. Dann erstarrte er kurzzeitig. »Das... das... kann nicht. Das kann einfach nicht sein!? Wer... zur Hölle... würde so etwas... tun?!«, stieß er fassungslos aus und sein Puls beschleunigte sich merklich. Er sah Behälter und Testdaten. Alienartige Wesen, wie er sie in ähnlicher Form, aber nicht solcher Art und Ausprägung auf seinen Missionen gesehen hatte. Aber was ihm wirklich den Atem raubte, waren menschliche Testsubjekte, die für Versuche bereitgestellt worden waren. Zivilisten... Missionen aus *der Liste*... Alexandre prüfte die Daten quer, all diese Einsätze hatten eine Mortalitätsrate von 100 Prozent. Dem gegenüber stand jedoch eine Aufklärungsrate von 0 Prozent. Wieso war ihm all das noch nie vorher aufgefallen? Noch wusste er nicht, was er dagegen unternehmen konnte. Er war sich sicher, dass er noch nicht einmal die ganze Spannbreite dessen erkannt hatte, was sich vor ihm aufgetan hatte. Doch eins wusste er: Maru-kin war ein Teil des Puzzles und er war auf dieser Mission, um irgendwelche geheimen Daten zu evakuieren und er würde sich diese Daten besorgen. Trinitron 7, Asylum II und Elysium V waren in diesem Dokument aufgelistet. Womöglich gab es weitere dieser Einrichtungen auf anderen Außenwelten. Was mochte sich in all diesen Stationen verbergen? Er musste es wissen und er würde auf Trinitron 7 anfangen. Seine Hoffnungen lagen in Xaver. Er würde in diesem Augenblick die Stratosphäre von Isuna I verlassen, um sich nach Trinitron 7 zu begeben. »Wer... was... bist du Maru-kin, und wieso bist du auf Trinitron 7?«, murmelte Alexandre und begann die Daten erneut aufzuarbeiten. Die Opfer dieses Wahnsinns hatten ein Anrecht darauf, gesühnt zu werden.

FRAGEN UND ANTWORTEN

Die Truppe rastete an einer Weggabelung im Inneren des Nexus. Überall um sie herum wucherten die biologischen Auswüchse der Alienrasse, denen sie auf Trinitron 7 seit ihrer Ankunft begegnet waren. Die Luftfeuchtigkeit war angestiegen und man hatte das Gefühl in einem sumpfigen Gebiet umher zu stapfen. Ein leicht modriger Geruch durchdrang die Gänge. Die Soldaten hatten die zeitlich kritische Masse für Missionen dieser Art bereits überschritten. Einige wenige Zwischenfälle hatten den Vormarsch in den vergangenen Stunden deutlich erschwert und verlangsamt. Als Konsequenz daraus hatte Maru den Befehl zur Rast gegeben. Schnaufend saßen die Soldaten auf dem Boden oder lehnten schwerfällig gegen die metallisch glitzernden

Wände. Die meisten von ihnen nutzten die Zeit gewissenhaft, um ihre Ausrüstung wieder einsatzfähig zu machen. Viele der Energiekerne waren mittlerweile verbraucht und es gab kaum mehr Nachschub. Die Mission war im Vorfeld nicht für eine solche Einsatzlänge konzipiert worden, ebenso wie die damit verbundene Menge an Ausrüstung und Material. Bis auf vereinzelte Passagen, in denen sie lediglich stundenlang durch verlassene Gänge marschierten, waren sie einem unüblich hohen Maß an Feindkontakt ausgesetzt. Die Zwischenfälle offenbarten erste Verschleißerscheinungen an Mann und Material. In einem speziellen Fall war ein Blaster explodiert, dessen Kern sich überladen hatte. Die Hand seines Besitzers war dabei förmlich zerrissen worden. Glücklicherweise hatte der aktive Schild einen Großteil der Verpuffungsenergie abgefangen und zumindest das restliche Team vor weiteren Verlusten bewahrt. Die Trefferquote innerhalb der Mannschaft war merklich gesunken, wie die statische Einsatzauswertung ergab. Die Ladungen der Anzüge waren ebenfalls auf einen bedrohlichen Tiefstand gesunken. Der Dauereinsatz von Luftfiltern, Laufservos und optischen Sensoren machte sich auch hier mehr und mehr bemerkbar. In einem bizarren Gegensatz dazu tippte Maru gelassen und konzentriert auf seinem Armdisplay herum, um ein paar seiner »persönlichen« Missionsparameter zu überprüfen. Er hatte sein Ziel beinahe erreicht, doch er musste sich beeilen. Es blieb keine Zeit für Nachlässigkeiten. Das Aufklärungsprotokoll musste zu diesem Zeitpunkt bereits in vollem Gange sein. Würden sie bis zum Eintreffen des Sondierungsteams keine Möglichkeit gefunden haben den Eingang zu dem Nexus zu entsperren oder einen alternativen Ausweg gefunden haben, dann würde es nahezu unmöglich werden, dass irgendwer in das Innere vordringen würde. Dann würde auch niemand die gesetzten Signalgeber entdecken und vermutlich nach einiger Zeit die Mission für gescheitert erklären. Eine planetare Säuberung durch Sub-Raum-Beschuss war ebenfalls realistisch, berücksichtigte man die Historie dieses Planeten und das, was sie hier unten vorgefunden hatten. Maru betrachtete einige hochgeheime Militärdokumente, die ihm von hoher Instanz zugeschoben worden waren, bevor sich die Mission auf den Weg nach Trinitron 7 gemacht hatte. Der ehemalige Abbau-Planet, für seltene metallische Rohstoffe, war scheinbar einer von drei Planeten, auf denen irgendeine geheime Militäroperation von statten ging. Natürlich hatte man auch ihm nur die essentiellsten Informationen gegeben. Er war jedoch intelligent genug gewesen kurz vor seinem Aufbruch den richtigen Leuten, die richtigen Fragen zu stellen. Darüber hinaus hatte er ein paar Credits investiert, um die »Wissenslücken« durch erfahrene Hacker ergänzen zu lassen. Das Bild, das sich ergab, war nicht vollständig, aber dennoch eindeutig genug, um seine eigenen Schlüsse davon ableiten zu können. Irgendwer musste hier vor Jahren auf Aliens gestoßen sein. Womöglich hatten die damaligen Einsatztruppen sogar fremde Technologien gefunden. Er hatte die militärischen Einträge nach

Missionen überprüft, war hier jedoch schnell an Grenzen gestoßen, die jemand offenbar fein säuberlich aufgebaut hatte. Schnell musste das Militär beschlossen haben das Ganze zu verheimlichen. Vermutlich ging man dann dazu über, sich auf Basis des Nexus eine Kommandozentrale einzurichten und hatte auf mehreren Ebenen Labore eingerichtet. Es lag nahe, dass man die Rohstoffe des Planeten selbst dazu verwendet hatte. Ebenso mussten, zumindest initial, einige Gerätschaften über geheime Raumtransporte auf den Planeten geschafft worden sein. Die gesamten Ausmaße des Nexus waren ihm nicht bekannt, auch die Herkunft konnte scheinbar nicht ermittelt werden, doch es musste sich um ein höhlenartiges Konstrukt handeln, das sich nahezu durch den gesamten Planeten zog. Die Räume und Labore mussten innerhalb dieser Formationen errichtet worden sein. Dennoch war es ihm unergründlich, wie man diese riesigen Ausmaße hatte erschaffen können. Der Fakt, dass der Planet darüber hinaus reich an Rohstoffen war, lies sich problemlos als argumentative Grundlage nutzen, um den Planeten zu besiedeln. Die wahren Gründe dafür lagen jedoch innerhalb des hier entdeckten Systems, schlussfolgerte Maru für sich selbst, als er sich zum wiederholten Male die beigesteuerten Daten ansah. Es war offensichtlich, dass nicht irgendwelche Aliens diese Labore gebaut haben konnten, dafür ähnelten sie trotz ihres technischen Fortschritts zu sehr menschlicher Machart. Das, was sie auf ihrer Route durch den Nexus entdeckt hatten, legte zusätzlich nahe, dass es sich hierbei nicht nur um eine technologische, sondern auch um eine genetische Forschungseinrichtung handeln musste... oder gehandelt hatte. Was letztlich dazu geführt hatte, dass es zum aktuell chaotischen und ausgestorbenen Zustand des Nexus gekommen war, konnte er sich noch nicht zusammenreimen. Es schienen jedoch Versuche mit menschlichen Lebewesen durchgeführt worden zu sein. Einige der Wesen in den Tanks, denen sie begegnet waren, hatten außerdem den Schluss nahegelegt, dass man versucht hatte, Menschen mit Aliens zu kreuzen. Und da sage noch einer, die Menschheit hätte ihre krankhaft zerstörerischen Neigungen des 21. Jahrhunderts abgelegt. Maru musste unweigerlich Lachen. Die Probleme waren die gleichen geblieben, lediglich die Schlachtfelder hatten sich verändert und die endlose Weite des Weltalls hatte allen genügend Raum gegeben, um jeder noch so abartigen Freizeitbeschäftigung nachzugehen. Doch irgendjemand hatte auf Trinitron 7 ziemlichen Mist gebaut. Maru war mittlerweile zu dem Ergebnis gelangt, dass die 1.2 Millionen Opfer vor einigen Jahren nur als Ergebnis eines gescheiterten biologischen Experiments zu werten sein mussten. Die Alternative war, dass man auf Dinge im Inneren des Nexus getroffen war, die nicht mehr unter Kontrolle gebracht werden konnten. Die Grausamkeit der Vorfälle ergab danach das perfekte Alibi, um weiterhin geheime Experimente innerhalb des Nexus weiterzuführen. Keiner würde sich zu einem Familienurlaub auf einem Planeten einfinden, der unter militärischer Sperre lag und der ein Massengrab für 1,2

Millionen Zivilisten bot. Da es keine Überlebenden mehr gab, gab es auch keine Zeugen bei weiteren Zwischenfällen und entsprechend auch kein enormes Risiko, dass die lokalen Aktivitäten jemals publik werden würden. Den einen oder anderen Raumtransporter mit geheimen Lieferungen hierher zu lotsen war für die Kreise, um die es hier gehen musste ein Leichtes, ebenso die dafür notwendigen Mittel aufzubringen. Entsprechend hatte es Maru auch nicht gewundert, dass diese Einrichtung auf keiner der bekannten Regierungsarchive verzeichnet war. Wer auch immer das hier aufgebaut hatte und am Leben erhielt, hatte eindeutige Interessen zu vertreten und zu verbergen. Auf Grund dieser Feststellungen war es ihm nicht schwergefallen, sich auf das Wesentliche seiner Mission zu konzentrieren, während sich die anderen Mitglieder des Teams damit aufhielten, Sinn in das Unsinnige zu bringen. Sie würden niemals auf die großen Zusammenhänge schließen können, dessen war er sich sicher. Auf seiner Anzeige erschienen blaue Punkte, die sich quer durch den Nexus zogen. Er hatte alle Datenquellen markiert, die er bergen konnte. Es fehlte noch mindestens ein Labor, dessen Daten er bergen musste. Aus Sicherheitsgründen hatte man wohl die Labore der höchsten Stufe in die tieferen Ebenen des Konstrukts verlegt. Da sollte noch jemand sagen, man habe keine Lehren aus 1,2 Millionen Leichensäcken gezogen und doch schienen die Vorkehrungen nicht ausgereicht zu haben. Der Nexus war faktisch ausgestorben und die Aliens, sowie die Verwachsungen sprachen Bände darüber, wer hier bei wem zu Gast war. Schreie rissen Maru aus seinen Überlegungen.

»Ich mach diese Scheiße hier nich mehr mit. Fuck! Fuck! Fuck!!«, brüllte ein Soldat am Ende des Ganges umher und schnell sammelten sich einige Weitere von ihnen um den Herd des Schauspiels. Maru stieß sich locker mit einem Fuß von der Wand ab, wiegte seine Nackenmuskulatur von der einen auf die andere Seite und marschierte dann zielgerichtet zu dem Unruhepunkt. Als er näher kam, sah er einen der Soldaten mit einem Blaster rumfuchteln. Ein Blick auf die Vitalwerte zeigten klare Ausreißer. Womöglich war der Mann auf Grund der übermäßigen Belastung und der durchlebten Vorkommnisse am Durchdrehen. »Meds!« wies Maru umgehend die künstliche Intelligenz dazu an, ein paar beruhigende Medikamente in die Blutbahnen des Mannes zu pumpen. Die leichte Besserung der Vitalparameter war jedoch nur von kurzer Zeit. »Diese ganze Alienkacke hier geht mir aufn Sack! Das ist doch alles irgendeine beschissene Regierungsverschwörung!«, schrie der Mann offenherzig weiter. Es war geradezu ironisch, wie nahe an der Realität dieser Mann mit seinen Äußerungen lag, dachte Maru und drückte sich durch die Traube an Personen, bis er vor dem Soldaten stand. »Ohoooo, der große Maruuu!« er machte eine knicksende Bewegung. »Sollen wir den nächsten 10 Kilometer langen Sprint ansetzen, nur um durch noch tiefere Alienscheiße zu waten ohne zu wissen wofür, hmm?« mokierte er sich schnippisch vor den Anderen und traf bei dem Einen oder Anderen den richtigen Nerv.

Gemurmel setzte innerhalb des Trupps ein. Jessica kniete einige Meter entfernt auf dem Boden des Ganges und blickte aus gesenktem Kopf in Richtung des Tumults. Jevgeny saß ihr gegenüber, seine Hand tastete bereits in Richtung des Blasters. Auch sie hatte bereits eines ihrer Messer griffbereit. »Soldat! Beruhige dich umgehend! Das ist ein Befehl!« sprach Maru mit eindringlichem Wortlaut. Der Soldat zog seinen Blaster und fuchtelte damit vor Marus Kopf herum. Seine Augen waren von Irrsinn geprägt. »Hey Mann, lass den Scheiß« ertönte es aus der Menge. »Halt die Fresse!« spie der Mann gewaltbereit aus. »Dieser Wichser hält uns doch zum Narren. Ich geh doch hier nicht als Alienfraß drauf, für eine handvoll Credits«, plärrte der Soldat weiter. Die Vitalwerte gingen durch die Decke. Maru konnte durch den Visor erkennen, wie die Pupillen des Mannes deutlich geweitet waren. Er musste den Verstand verloren haben. Dann urplötzlich setzte der Mann den Blaster direkt auf Marus Visors auf Höhe zwischen seinen Augen. »Du... elender BASTARD!«, seine Stimme überschlug sich schrill. »Ich... ich mach dich fertig!«, dann schlug er unerwartet mit dem Blaster auf Marus Kopfpartie ein, der dadurch zu Boden ging. »Wuuuuuhuuuuuuuuuuuuu!«, schrie der Soldat aufgedreht durch den Intercom und machte einen Luftsprung, nur um sich danach potenziell als Held feiern zu lassen. Keiner der Anwesenden schien von dem dargebotenen Schauspiel merklich beeindruckt zu sein. Maru erhob sich und sah den Mann an. Seine Augen flackerten unmerklich auf. Dann begann der Soldat zu wimmern. »Das... das ... nein... ich will nicht...«, jammerte er vor sich hin und drückte die Hände gegen seinen Kopf. »Er muss verwirrt sein«, murmelten einige von ihnen und etliche nickten zustimmend zu. Maru erhöhte den geistigen Druck auf den Mann. »Nein... Nein!« jaulte der Mann weiter und zwei Blasterschüsse lösten sich in Richtung Decke. Maru richtete das Wort klar und direkt an ihn: »Beruhige dich, Soldat! Komm zu dir!«. Der Mann ging auf die Knie und kicherte wirr. Die rechte Hand, am Blaster zitterte und setzte an, sich zu erheben. Dann entblätterte sich die Kopfpartie seines Anzugs und er drückte den noch glühenden Blaster auf die nackte Haut seines Kinns. Ein kurzes Zischen war zu hören. Doch der Mann kicherte nur wirr vor sich hin. »Meds! Sofort!« wies Maru an und griff halbherzig nach dem Mann: »Mach doch keinen Scheiß. Wir kommen hier raus!« sprach Maru unter vorgehaltener Maske und stieß gleichzeitig weitere geistige Wellen in Richtung des Mannes aus. Zwei Schüsse lösten sich und der Mann sackte abrupt zusammen. Der Geruch von verschmortem Fleisch stieg auf. Ein Schwall Blut sowie Überreste von Kopf und Hirn waren über Marus Rüstung verteilt worden. Die Knie des Mannes gaben nach und die hohle Kopfschale schlug auf dem Boden auf. Rasch bildete sich eine blutige Lache rund um den Helm und verteilte sich zwischen den dunklen Auswüchsen im Gang. Marus Blick hellte sich wieder auf. Der Glanz in seinen Augen war wieder verschwunden, keiner der umstehenden Personen würde bemerkt haben, was hier geschah. Er zog die ausgestreckte Hand wieder zurück. »Ausrüstung bergen...

Zeit zu gehen«, sagte Maru kurzatmig. Heftiges Gemurmel ging durch den Trupp. »Gibt es noch Fragen?«, warf Maru energisch ein, um für Ruhe zu Sorgen. Sofort erstarben die Stimmen. »Um ehrlich zu sein, yep. Die gibts!« hörte man Jessicas Stimme über Intercom. Maru drehte sich um und blickte in Richtung des Ganges, wo die Rothaarige am Boden hockte. »Der Kerl war vielleicht nich ganz dicht, aber das, was er gesagt hat, war nich ganz so matschig wie sein Hirn. Diese Scheiße hier«, sie deutete mit dem Messer in der Hand auf Wände und Boden. »Was soll das alles? Wieso is hier in diesem Scheiß menschliche Technologie und wieso zur Hölle laufen wir hier tiefer und tiefer in den Nexus?«, führte sie weiter aus. Jevgeny festigte seinen Griff um den Blaster und beäugte die Situation sichtlich nervös. Maru drehte sich um 180 Grad und wanderte in ihre Richtung. Vor ihr angekommen blickte er zu ihr herab. »Ich weiß zwar nicht, wo sie ihre Ausbildung genossen haben, Soldat, aber sie lässt zu wünschen übrig! Sehen sie einen sinnvollen Grund, warum ich mit dem potenziellen Wissen über All das hier freiwillig herkommen sollte? Tagelang ohne Licht und ausreichendes Essen durch widerliche Alienscheiße marschieren sollte, in der Hoffnung dabei vielleicht drauf zu gehen? Oder haben sie dafür eine sinnvolle Erklärung? Ich bin gespannt. Erleuchten sie mein Gemüt, Jessica« fuhr Maru fort. Jessi musterte ihn voller Hass, hatte jedoch keine brauchbare Erwiderung auf Lager. Ihre Anschuldigungen und das, was sie und Jevgeny sich zusammengereimt hatten, hatte kaum Substanz. Genauso wenig konnten sie auf intensive Beihilfe der Anderen rechnen, wenn sie jetzt einen Aufstand anzetteln würden. Die übrigen Soldaten betrachteten die Szenerie mit Spannung. »Keine weiteren Entgleisungen? Verwunderlich! Falls es den Anwesenden entgangen sein sollte« Maru drehte sich im Kreis und blickte dabei jeden an »Protokoll Todesuhr wurde aktiviert. Das bedeutet, wenn wir nicht baldmöglichst einen Mechanismus finden, der diesen Nexus wieder entsperrt oder einen anderen Ausgang finden, dann sind wir im Arsch. Denn dann wird das Sondierungsteam feststellen, dass es keinen Zugang gibt und sich in ihren Gleiter setzen, heimfliegen und gemütlich in die nächste Bar verziehen. Ich hoffe, das ist jedem hier unten klar, bevor er sich das nächste Mal darüber aufregt, dass ich wie ein Sklaventreiber den Trupp zusammenhalte und durch den Nexus peitsche. Ansonsten kann hier gerne jemand anders die Leitung übernehmen und wieder langatmig anfangen an jeder Kreuzung eine Münze zu werfen. Ich bin gespannt über die kreativen Vorschläge!«, beendete Maru seine Ansprache klar, deutlich und mit einem Hauch von Sarkasmus, bezogen auf Gils vorangegangen Führungsweise. Die Soldaten sahen sich der Reihe nach an und schwiegen. »Ich hatte so etwas Ähnliches vermutet«, murmelte Maru vor sich hin. »DIANE hat ermittelt, dass dieser Nexus vernetzt ist, und zwar von oben bis unten. Das heißt, was auch immer hier die Abriegelung für den Eingang eingeleitet hat, es muss sich im besten Falle auch wieder abschalten lassen. Entsprechend würde ich vorschlagen weiterzugehen, in der Hoffnung, dass wir eben diesen Mechanismus entdecken. Natürlich nur, sofern es nicht zu viel ausmacht« provozierte Maru weiter. Jessi ballte die Hand zu einer Faust und einige Knochen knackten. Nachdem es keine weiteren Ergänzungen gab, machte sich Maru wieder auf den Weg in Richtung des Ganges. »Es scheint biologische Spitzen vor uns zu geben. Was auch immer dort ist, vielleicht sind dort auch Antworten. Wer mir folgen möchte, folgt mir. Wer bessere Ideen hat, kann diese gern verfolgen« ließ er verlauten und verschwand im Dunkel des Ganges. Das Kratzen und Schrammen von Waffen war zu vernehmen, als sich die Soldaten erhoben und ihm folgten. Jevgeny zog Jessica an der Hand nach oben und versuchte sie aufzumuntern: »Mach dir nichts draus, Jes. War´n Versuch wert«. Sie zog sich nach oben und erwiderte wuterfüllt: »Entweder diese Aliens machen ihm den gar aus... oder ich werde es tun. Viel fehlt nicht mehr. Auch noch über Gil herzuziehen, dieser Bastard«. Dann trotteten auch sie widerwillig den Übrigen hinterher. Einige Windungen später meldete sich DIANE zu Wort.

≻≻ Sir, ich bemerke eine bemerkenswerte Anhäufung von biologischen Fingerabdrücken direkt vor uns. Darüber hinaus gibt es auch DNA Spuren, die mit hoher Wahrscheinlichkeit von einem Menschen abstammen.

Maru blieb umgehend stehen und wirkte zum ersten Mal leicht verwirrt »Einen menschlich erscheinenden Bioprint? Was hatte das zu bedeuten?« »DIANE, spezifiziere den Befund«, befahl er der künstlichen Intelligenz. Wenige

Sekunden später ertönte die Antwort im Inneren des Anzugs.

» Negativ Sir. Zu viele biologische Störeinflüsse in der Umgebung. Nähere Spezifizierung ist ohne konkretes Testmaterial nicht möglich.

Maru hob die Hand und gab damit das Zeichen für sofortigen Stillstand. »Waffen überprüfen und geordnetes Vorgehen«, ordnete er an. Sofort checkten alle zum wiederholten Mal ihr Waffenarsenal. Maru aktivierte seine Lightgun, eine Waffe die Geschosse abfeuern konnte, in der weitere Kleinkaliber enthalten waren. Diese Kleinkaliber hatten wiederum eigene Energiekerne, die es ihnen ermöglichten, alles in ihrer Umgebung mit erheblichen Energiestößen zu versetzen. Außerdem waren sie mit feinen Haken versehen, sodass sie sich mit hoher Wahrscheinlichkeit und Präzision unter die Hautoberfläche ihres Feindes bohrten und dann hochfrequente Entladungen absonderten.

Das Team rückte vor und ein erdrückendes Gefühl nahm Einfluss von Maru: »BIST... DU... BEREIT... MENSCH?« überschlug sich eine geisterhafte Stimme in seinem Kopf, als enorme telepathische Wellen auf ihn einhämmerten. Er verlangsamte seinen Schritt nicht. Dann erreichten sie eine längliche Halle voller Elektronik. Maru erkannte es sofort. Es musste eines der letzten Hochsicherheitslabore sein, aus denen er die Informationen abziehen musste. Dieses Mal würde er die Daten einfach offensichtlich aus dem Computer der Anlage laden.

Außerdem wurde es Zeit, dass die übrig gebliebenen Spezialisten in seinem Team sich daran versuchten den Zugangsmechanismus zu knacken. Die Zeit war knapp, extrem knapp. Der Raum war vor beeindruckender Länge, er schätzte ihn auf mindestens 100 Meter Länge. Der Eingang lag ungefähr auf mittlerer Höhe. Die Wände waren überzogen von biologischer Masse, unter der noch immer die Elektronik menschlicher Erbauer leuchtete. Noch immer gab es keinerlei Feindkontakte. »Aufteilen und Daten sichern. Leitet alle verfügbaren Informationen an DIANE weiter. Jevgeny, versuch hier irgendwas zu finden, dass uns den Zugang zum Nexus öffnet« Dieser nickte wortkarg und machte sich auf den Weg zu den nächstgelegenen Panelen. Auch die übrigen Soldaten machten sich an die Arbeit und versuchten die Apparaturen von der biologischen Substanz zu befreien. Zumindest konnten sie die schleimige Masse ohne große Probleme von den Geräten lösen. Die abgerissenen Fetzen trockneten innerhalb kurzer Zeitspannen aus und lagen danach in einer unappetitlich braunen Färbung auf dem Boden herum. Jevgeny schnappte sich ein paar seiner Kollegen, von denen er wusste, dass sie ebenfalls Ausbildungen auf elektronischer Ebene genossen hatten. Jeder von ihnen kniete an einem der Terminals. Überall lagen Abdeckungen auf dem Boden. Dieser Raum war mit Abstand der größte Raum mit Elektronik, den sie bisher gefunden hatten. Während die Räume zuvor mehr wie kleine Büros oder Labore ausgesehen hatten, schien es sich hierbei eher um eine Art Zentralarchiv oder Kontrolleinheit zu handeln, so mutmaßte Maru, als er sich im Raum umsah.

»DENKST... DU... WIR... WERDEN... DICH... GEHEN... LASSEN...?«, krachte erneut die Stimme in seinem Gehirn und Maru fuchtelte in einem Reflex wild mit der Lightgun um sich. Es war niemand im Raum zu erkennen. Seine Vitalwerte schlugen leicht aus. Kaum jemand hatte seine ungewöhnliche Gefühlsregung wahrgenommen, da die meisten damit beschäftigt waren Elektronik freizulegen, oder Daten zu verarbeiten. Der Rest des Teams setze Signalgeber und sicherte den angrenzenden Perimeter ab.

Jevgeny schrie Befehle durch die Halle und holte damit Maru aus seinen Gedanken zurück: »Nein, nein nicht so. Lass mich mal. Hey du, leg mir einen Bypass auf Ebene C7 und dann parse mir die Ergebnisdaten aus dem Container auf G9 und shifte die Daten rüber, schnell«. »Alles Freaks«, dachte Maru, aber schließlich saß er im gleichen Glashaus, nur hatte das bisher noch keiner von ihnen gemerkt. Gerüchte gab es viele, aber kaum einer hatte Gelegenheiten aus den Missionen mit Maru zu berichten und das hatte auch seinen Grund... Darüber hinaus war er äußerst vorsichtig mit dem Einsatz seiner besonderen Fähigkeiten. Er war gut genug trainiert, um sich zunächst auf seine antrainierten Kampfesbemühungen zu verlassen. Jedoch war er sich sicher, dass er seine wahre Identität hier auf Trinitron 7 nicht mehr länger würde verborgen halten können. Was auch immer ihn hier auf geistiger Ebene bedrängte, es war extrem stark und er würde gegebenenfalls mit allen ihm zu Verfügung stehenden psionischen Kräften dagegen ankämpfen müssen, sollte es notwendig werden.

»Okay okay, das ist gut, das is gut. Sehr gut. Haltet diese Energieschranke offen. Wir haben hier was!«, überschlug sich Jevgenys Stimme. Maru bewegte sich in seine Richtung und wurde dabei aus kritischen Augen betrachtet, die Jessi gehörten. Sie lehnte an einer Wand und betrachtete argwöhnisch jede Bewegung von ihm. Es scherte ihn nicht sonderlich, denn auch sie war nur ein Bauer in einem Schachspiel auf weit höherer Ebene. »Gibt es positive Nachrichten Jevgeny?«, erkundigte sich Maru mit ehrlicher Neugier, wohlwissend das auch er auf Ergebnisse angewiesen war. Jevgeny winkte nur genervt ab und schrie durch das Intercom »Der X4-Delegator ist wieder zusammengebrochen! Muss man denn hier alles alleine machen?« Aufgewühlt stöpselte er weitere Kabel an seinen Anzug und begann auf einem holographischen Würfel irgendwelchen elektronischen Kram zu vernetzen. Für Maru der perfekte Zeitpunkt, um seine eigenen Daten aus diesem Terminal zu ziehen. Die meisten Soldaten würden einem Großteil der Daten keine tiefere Aufmerksamkeit schenken, da ihnen dazu das Interesse fehlte und es darüber hinaus äußerst schwer war, aus dem Datengewirr, die entscheidenden Rückschlüsse zu ziehen, wenn man nicht wusste, was man suchte. Ein klarer Vorteil für Maru. Mit etwas Gewalt riss er eine der Seitenwände von einem Terminal und vernetzte sich. Leichte Funken sprühten durch den Raum, als sich die Kontakte schlossen. Von Zeit zu Zeit flackerte der Raum unheilvoll, als das Team mit Thermolanzen die Auswüchse zurückdrängte. Von der Umgebung und Elektronik reflektiert schillerte der Raum in blau-roten Farben, als die Flammenstöße die biologische Masse zersetzten und sie verschrumpelt zu Boden fiel. Immerhin gab es in den größeren Räumen eine Art von Beleuchtung durch eingelassene Lichtquellen in den Wänden und Decken, die von der metallischen Struktur ihrer Umgebung reflektiert wurde.

»MACH... DICH... BEREIT... STERBLICHER!«, erklang die Stimme erneut, als Maru gerade damit fertig geworden war, die benötigten Daten in seinen sekundären Speicher zu laden. Gleichzeitig fluchte jemand, es musste Jevgeny gewesen sein »Nein.. NEIN! NEIN!!! Ich hatte es gerade stabilisiert was ist hier los!«, schrie er frenetisch umher. Dann begannen die Lichtquellen auszufallen. Von beiden Seiten, der länglichen Halle, begann sich der Raum Stück um Stück zu verdunkeln. Das Surren elektronischer Regelungen war zu vernehmen, als in Etappen Lichtquellen und Computerrelais deaktiviert wurden. Der linke Teil fiel ein tiefes Dunkel. Sekunden vergingen. Der rechte Teil der Halle fiel ebenfalls in totale Finsternis. Zuletzt flackerte der mittlere Part der Halle, durch den sie das Gewölbe betreten hatten, und erstarb in Dunkelheit. Das Sonar erzitterte in nervösen Feedbacks. Dann hörten sie kratzende Geräusche aus allen Richtungen auf sie zu wandern. Die Geräusche kamen aus Schächten an der Decke. Doch auch hinter ihnen schienen Laute auf sie zu zukommen. Ein Blick auf das

Sonar verdeutlichte ihre Situation, sie waren umzingelt und es gab hier definitiv keinen weiteren Ausweg. Ein gutturales Kreischen hallte durch die metallischen Gänge und überschlug sich schauderhaft in den Lautsprechern der Anzüge, die sich sofort herunterregelten. Die schleifenden Geräusche von Metall auf Metall wurden immer unerträglicher und dann gingen sie in die Knie, als eine dämonische Stimme von ihren Geistern besitz ergriff.

»FLÜCHTET... KÄMPFT... STERBT... DENN IHR... SEID HIER NICHT... WILLKOMMEN«

Überleben des Stärkeren

Das Sonar meldete sich noch immer in aufgeregten Ausschlägen. Es war unmöglich die unzähligen Feindkontakte sinnvoll zuzuordnen. Das Sonar zeigte eine Flut aus unbändigen Aliens an, die erpicht darauf waren das Team in handliche Stücke zu zerreißen. Weder der noch unbekannte Raum vor ihnen, noch die Räume hinter ihnen waren sicher. Wo auch immer diese Biester herkamen, es gab kein Entrinnen. Viele der Männer lagen noch immer gekrümmt am Boden, als Reaktion auf die infernalische Macht, die ihren Geist ergriffen hatte. Die mentale Kraft, die auf sie einschlug, war unsichtbar, erbarmungslos und grausam. Andere feuerten wie im Blutrausch aus allen Rohren. Einer von ihnen rannte kopflos in die nächste

Horde der Aliens und hielt mit seiner Thermolanze in den schleimigen Teppich voller Krallen. Wenige Momente später wurde er von allen Seiten von einer Vielzahl an Gegnern angesprungen. Er schlug wild um sich und feuerte dabei weiter. Mehr und mehr der kleinen wendigen Aliens kamen ihm entgegen gesprungen. Die messerscharfen Krallen schlitzten sich durch den Anzug, als die Schilde zum Erliegen kamen. Der Anzug wurde unter den Angriffen immer weiter zerstört und der Soldat blutete bereits am gesamten Körper. Letztlich hatte er nichts mehr entgegenzusetzen. Er taumelte rückwärts. Die letzten Kräfte verließen ihn, als er zu Boden gerissen wurde und kurze Zeit später unter einer Decke von Aliens verschwand. Die letzten schmerzgetränkten Schreie zogen durch den Intercom. Schließlich war das grausame Schauspiel beendet und von dem Soldaten nichts mehr übrig geblieben.

In einer anderen Ecke, der ausgedehnten Halle, flogen Thermogranaten in Richtung des unergründeten Areals vor ihnen, aus dem ein endloser Schwall an gestachelten Aliens zu kommen schien. »Blitz!« erklang die Stimme im Intercom. Jeweils kurz hintereinander durchzuckten drei Lichtblitze den dunklen Todeskampf. Nach dem Blitz kam kurze Zeit später der Donner, als sich die Granaten in all ihrer Wucht entluden und Druckwellen die blechernen Gänge entlangschleuderten. Die anrennenden Gegnermassen wurden von der freigesetzten Energie förmlich zerrissen. Die unglückseligen Wesen in unmittelbarer Nähe des Explosionskerns verpufften innerhalb von Augenblicken, danach wurden die weiter entfernten Gruppen zerfetzt. Schließlich erfasste die Hitzewelle auch die letzten Biester. Ihre Haut schlug Blasen und zerplatze, danach schmolz das metallische Skelett zusammen und fiel in Klumpen zu Boden.

»Vorwärts Leute! Wir rücken vor! Wir müssen das Gehirn des Hives finden und zerstören, ansonsten wird uns die Munition ausgehen!« kommandierte Maru laut und deutlich durch den Intercom. Er wusste, dass nicht nur seine Mission auf dem Spiel stand, sondern auch sein Leben und zumindest das hatte einigen Wert. Er steuerte die Sensorik des Anzugs und lies die Ziele vor ihm automatisch fokussieren, während sich die Servos in Bewegung setzten und gellende Schüsse aus seinem Blaster wummerten. »Sie mussten ihrem... nein, seinem Ziel nahe sein. Er konnte die psionische Energie des Hive-Masterminds spüren und es musste in unmittelbarer Nähe sein. Wie hatte er diese starke Präsenz zuvor nicht spüren können?«, fragte sich Maru und sprintete den Gegnerhorden entgegen. Die Thermogranaten hatten für kurzweilige Entspannung gesorgt. Dennoch war von Erholung nichts zu spüren, als ihnen bereits neue Aliens entgegen gewuchtet kamen. Unter ihnen auch eine weitere Spezies, die sie bisher noch nicht gesehen hatten. Es waren langsame und schwerfällige Biester mit langen hornartigen Auswüchsen an ihrem Äußern. Es erinnerte Maru ein wenig an Bilder, die er aus der alten Welt gesehen hatte, man nannte diese Tiere wohl »Igel«. Bloß das diese Wesen mehrere Hundert Kilogramm wogen und ihre Hörner messerscharfe Klingen waren.

Die Laser-Peitsche schoss an Marus linker Flanke vorbei und zerschnitt einige der schwerfälligen Wesen in der Hälfte. Sie fielen mit schmatzenden Lauten in sich zusammen und blieben auf dem Boden des Ganges liegen. Der Trupp marschierte weiter vor. Die Vitalwerte sprengten jegliche Skalen, doch sie setzten die Medics nur behutsam ein. Organisiert wie eine Kastanie, kämpften sie sich, durch den Gang, in die Dunkelheit voran. Vereinzelt flogen die spärlichen Reste der vorhandenen Thermogranaten in den Gang hinter ihnen. Falscher Geiz war hier nicht mehr angebracht. Es ging darum zu überleben, und viele Optionen hatten sie gegen diesen Feind nicht. Eine weitere geistige Druckwelle durchstieß die Gehirne.

»S...S...S C...E E E AAA AAAAA BBBC!!«

Für einen der Soldaten kam jede Hilfe zu spät. Seine Vitalwerte waren bereits schlecht, als die dämonische Macht von ihnen Besitz zu ergreifen versuchte. Der Mann wurde ohnmächtig und wurde Sekunden später von den Hörnern eines der igelförmigen Biester aufgespießt. Wie Fleisch auf einem Grillspieß hing der Soldat zwischen den zahlreichen Hörnern. Aus den Wunden sprudelten die letzten Reste seines Blutes und färbten den Boden rötlich.

Auf einmal erblickten sie ein grünliches Leuchten am Ende des Ganges. Der Stärkere würde dieses gnadenlose Gemetzel überleben, hielt sich Maru vor Augen und konzentrierte sich auf gezieltes Dauerfeuer vor ihm. Seine Trefferquote war unmenschlich hoch und konnte von keinem anderen aus ihrem Team auch nur ansatzweise erreicht werden. Betrachtete man das Stressniveau, auf dem er sich befand, war es schier unglaublich, dass er in der Lage war eine solch hohe Trefferquote aufrechtzuerhalten. Das toxische Strahlen der Halle vor ihnen wurde heller und heller. Dann betraten sie endlich die Halle und mussten der Faszination widerstehen einfach stehen zu bleiben. Was sie zu Gesicht bekamen, konnte kein menschliches Lebewesen jemals vor ihnen erblickt haben. Sie hatten das Mastermind gefunden.

MASTERMIND

Sie hatten die Halle gerademal wenige Meter betreten und waren wieder einmal verblüfft von den immensen Ausmaßen, die die Gebilde in dieser Tiefe hatten. Die Halle hatte mehr die Ausmaße einer riesigen Hölle oder eines Stadions. Auf einmal hielten die Alienhorden inne. Der Trupp stand still. Sie waren noch immer umringt von einigen der Kreaturen, obgleich der Schwall an Gegnermassen deutlich nachgelassen hatte, verglichen zu dem erbarmungslosen Angriffsstakkato, das sie hinter sich hatten.

Überall waren die Wände überwuchert von pulsierender Biomasse. Die Auswüchse schlängelten sich entlang der Decke, des Bodens und führten zielstrebig in den hinteren Teil der Halle und sammelten sich dort in... »das

Mastermind«, murmelte Maru vor sich. Dann betrachtete er die Szenerie genauer. Die Biomasse hatte sich durch eine Unzahl an Computerterminals gefressen. Einige von ihnen blinkten noch, andere waren zersplittert, überall lagen Teile auf dem Boden herum. Zumindest konnte er es an einigen wenigen Stellen ausmachen.

»MENSCHEN!! IHR HABT EUCH WIDERSETZT!!« erklang die dämonische Stimme in ihren Köpfen.

»DOCH WARUM WOLLT IHR KÄMPFEN UND STERBEN?« sprach das Mastermind und ein vibrierendes Geräusch durchzog die Halle, als die Auswüchse wie in einem Herzschlag aufleuchteten und wieder erstarben.

»KOMMT ZU UNS... BEENDET DEN SCHMERZ. UND WERDET ZU EINEM TEIL VON UNS!!« rumorte die tieftönige Stimme, in langsamen, aber schweren Worten.

»SEHT. DIE EURIGEN!!!« erschallte es abermals und die Auswüchse entlang der Wände begannen sich zu bewegen. Sofort rückte der Trupp zusammen und beäugte die Szene misstrauisch. Die Aliens schienen sich nicht mehr für sie zu interessieren. Einige hatten sich zurückgezogen. Andere liefen planlos umher.

Aus dem hinteren Teil der Halle, wo sie nur schemenhaft die konzentrierten Verwachsungen des Masterminds erkennen konnten, kam ein tentakelartiger Auswuchs aus

Biomasse auf sie zu. An dessen Ende schien eine Art Blase zu sein. Sie leuchtete in einem unwirklichen Neongrün und machte den Eindruck, als würde sich etwas in ihrem Inneren bewegen.

Jevgeny betrachtete den Kokon mit einem unguten Gefühl und sprach in seinem typischen Akzent: »Was zur verdammten Hölle...?« Jessica stand neben ihm; ein ungutes Gefühl durchfuhr sie. Unter dem Anzug verborgen überzog sie eine Gänsehaut, die sich ihren zarten, aber durchtrainierten Rücken entlang zog. Sie schüttelte sich, wie in einem Mantra, um wieder klar zu werden. Jevgeny schaute zu ihr rüber: »Jes? Alles klar?«

»Irgendwas... verdammt Beschissenes kommt da auf uns zu« sprach die gestandene Soldatin grimmig und knirschte dabei mit ihren Zähnen.

Der Kokon blieb einige Meter vor ihnen stehen und schwebte über dem Boden, gehalten von den zahlreichen Verwachsungen, um ihn herum. Das Ganze musste irgendwie von dem Mastermind kontrolliert werden, so nahmen sie zumindest an. Plötzlich konnten sie Atemschläge wahrnehmen, gefolgt von einer Stimme... einer nur allzu bekannten Stimme: »Waffenbrüder! Legt die Waffen nieder. Es ist aussichtslos und unnötig, dass ihr euer Potenzial vergeudet für *die Liste* und das raffgierige Wohl einiger Weniger die davon profitieren.«

»Das... das ist nicht wahr«, keuchte es aus Jes heraus und ihre Pupillen tanzten wild umher, als die Stimme erneut in ruhiger Tonlage ansetze: »Kameraden, die ihr mir gefolgt seid. Beendet den Schmerz. Kommt auf unsere Seite. Die Seite des Hives. Auf meine Seite!«

Gemurmel setzte unter den Soldaten ein. Selbst Maru schien überrascht von der Wendung, die diese Reise aktuell nahm. Er hatte bereits analysiert, wen, oder besser was, die Gruppe vor sich hatte. Der Audioabgleich war zweifelsfrei zugeordnet worden. Die Kreatur im inneren des Kokons war: Gil.

Dann sprach die unheimlich verzerrte Stimme zu ihm: »Maru. Schnell und begabt wie üblich. Diese Kreaturen hier sind faszinierend. Du könntest unfassbar viel von ihnen lernen. Sie könnten dich... verbessern.«

»Kein Bedarf« erwiderte Maru. »Mein Bedürfnis in einem metallischen Grab tief unterhalb des Planeten zu verrotten ist seltsamerweise extrem gering« entgegnete er in sarkastischem Unterton.

»Es... es ist schade, dass du so denkst. Bruder«, die Stimme wirkte emotional enttäuscht und gequält zugleich. »Ich werde dir eine Demonstration dessen geben, was du hättest sein können.« Maru kniff die Augen zusammen und kräftigte seine geistigen Barrieren.

Eine unheimliche Macht schien sich in dem Kokon zu sammeln. Die Schreie einiger Aliens durchschnitten den Raum, als sie in umliegende Gänge flüchteten. Entweder hatte das Mastermind sie zurückgerufen, oder selbst sie hatte Angst vor dem, was in diesem Moment ankündigte. Man konnte dem Trupp ansehen, dass er sich deutlich unwohl fühlte. Einige der abgebrochenen Metallteile auf dem Boden fingen an zu schweben, während die Auswüchse an den Wänden in einem schnelleren Tempo pulsierten. Unfassbare Kräfte schienen sich auf den Kokon zu fokussieren. Eine Art stummer Schrei drang aus dem Kokon hervor und brachte diesen zum Zerbersten. Die fleischigen Verwachsungen prallten zu Boden. Zu erkennen war Gil, oder zumindest das, was von ihm übrig war. »Großer Gott...«, murmelte Jevgeny und bekreuzigte sich. »Gil! Heilige Scheiße!! Was ist nur passiert!?«, schrie Jes.

»Fürchtet... euch nicht. Der Hive wird für euch sorgen...« durchfloss eine seidige Stimme ihre Köpfe, gefolgt von einem weiteren dämonischen Gelächter, das von dem Mastermind auszugehen schien. Es folgte ein Lichtblitz, der sein Epizentrum bei Gil hatte und eine Druckwelle jagte ihm hinterher. Einige der Soldaten in den vorderen Reihen starben auf grausame Art und Weise in Sekundenbruchteilen. Einigen wurden einfach die Gliedmaße abgerissen, während der restliche Körper noch in seiner ursprünglichen Position verharrte. Die enorme Wucht kam so unmittelbar, dass ihre Körper selbst scheinbar noch nicht begriffen hatten, was geschehen war. Blutige Sümpfe aus Armen, Beinen und Köpfen lagen meterweise verteilt in der Halle. Ein Soldat war in der Hälfte zertrennt worden, als die blutigen Hälften aneinander vorbeiklappten und in einem platschenden

Geräusch zu Boden fielen. Die Szenerie erinnerte an ein Massaker.

Gil stand auf dem Boden und näherte sich dem Trupp. Die Soldaten schienen sich uneins, was sie tun sollten. Die Heftigkeit dieses Angriffs zerbrach jegliche Konditionierung innerhalb der Soldaten. Einige fokussierten den Ausgang. Weitere richteten die Waffe auf Gil, ein großer Fehler, wie sich herausstellen sollte. Einer von ihnen wurde von einer unsichtbaren Macht getroffen. Der Anzug wurde an mehreren Stellen eingebeult von melonengroßen Einschlägen. Blutiges Gurgeln durchstieß das Intercom, als dem Soldaten mit weiteren Treffern zugesetzt wurde. Die Rüstung glich mittlerweile einer Autokarosserie, die einen Crash von mehreren Seiten über sich ergehen lassen musste. Der Visor des Soldaten färbte sich rot, dann kippte er mit dem Gesicht zu Boden, schlug unsanft auf und blieb leblos liegen.

Ein weiterer Soldat ergriff die Flucht. Gils Augen begannen zu leuchten, als er seine Hand in Richtung des flüchtenden Soldaten ausstreckte. Seine Lippen bewegten sich, ohne hörbare Worte zu formen. Die rechte Hand machte eine greifende Bewegung und zog dann schnell in eine Richtung. Parallel dazu verdrehte sich der Kopf des Mannes auf unwirkliche Art und Weise. Ein widerliches Knirschen durchströmte die Kommunikationslaufbahnen, als der Mann in sich zusammensackte. Der Kopf stand in einem abnormen Winkel zu seinem Hals ab. Wäre der Visor nicht blutverschmiert gewesen, so hätte man die verzerrte

Fratze und die verdrehten Augen des Mannes erblicken können. Die letzte Reaktion, zu der sein Körper noch im Stande war.

»DUMME MENSCHEN!! WIDERSTAND... IST... ZWECKLOS! DER HIVE IST ALLMÄCHTIG« dröhnte die Stimme des Masterminds durch ihre Gehirne.

Dann brach ein Durcheinander aus, als die ersten Gewehrsalven die Luft durchzogen. Eine Thermogranate flog und man hörte auch bereits die knisternde Entladung der Laser-Peitsche durch die Luft gleiten. Wie in Zeitlupe zerstreute sich der Trupp. Die Männer feuerten und reagierten aus reinem Affekt. Keiner von ihnen war mehr in der Lage klar zu denken. Jevgeny riss Jes mit sich und begann zu rennen. Während sie flüchteten, verteilte er mit einer Hand weitere Gewehrsalven, in der Hoffnung sich damit Zeit zu erkaufen.

Währenddessen stand Maru einfach nur da, öffnete seine Augen und entblößte seinerseits die schillernd leuchtenden Augen, als er erste psionische Angriffe in Richtung Gil abfeuerte.

Schallendes Gelächter drang durch den Äther, ob der scheinbar sinnlosen Gegenwehr. Was darauf folgte, war vollständige Anarchie. Jegliches antrainierte Militärbewusstsein war ausradiert worden, als diese übernatürliche Bedrohung über die Mannschaft hereinbrach. Während sich Gil und Maru eine Schlacht auf übernatürlicher Ebene lieferten, deren keiner der übrigen Soldaten folgen konnte, wurde auch das Mastermind aktiv. Die Verwachsungen an Decke und Wänden schienen ein Eigenleben entwickelt zu haben und griffen die Soldaten in ihrer Nähe an. Von blankem Entsetzen gepackt feuerten die Soldaten aus allen Rohren und zogen die letzten Register, die sie aufbieten konnten. Während Jes noch immer von Jevgeny in den nächstbesten Gang gezerrt wurde, beobachtete sie, wie einer der Soldaten auf grausame Art und Weise von einem der Auswüchse aufgespießt wurde. Die Extremitäten zuckten wild umher, als die Gedärme des Soldaten mit einem pflatschenden Geräusch zu Boden sackten. Schnell zog sich der spitzförmige Auswuchs wieder zurück und sondierte sein nächstes Opfer.

Einige der Soldaten feuerten auf Gil, ohne erkennbaren Erfolg. Viele der Schüsse gingen ins Leere, einige wurden durch eine unsichtbare Macht abgelenkt und die restlichen versenkten sich im mutierten Fleisch. Gil seinerseits beantwortete die feindseligen Aktionen mit gnadenloser Brutalität. Obgleich er eine Vielzahl der Soldaten im Laufe dieser Mission zu schätzen gelernt hatte, wurde sein Geist durch einen Teil des Masterminds manipuliert und dieser verfolgte die reine Zerstörung als Ziel. Energiewellen flogen durch den Raum und weitere Soldaten wurden von ihr getroffen und enthauptet. Während dieser Schlagabtausche gelang es Maru, sich in einen abgelegenen Teil der Halle, zurückzuziehen, wo er eine funktionierende Einheit des Computersystems ausgemacht hatte. Er lief Gefahr jederzeit zu sterben, doch er war genau dafür hier hergekommen und er hatte nicht vor ohne diese Daten wieder zu gehen. Während er den Datenuplink seines Anzugs mit den Datenströmen vernetzte und begann die notwendigen Daten zu extrahieren, versuchte er sich ruhig zu verhalten. Er musste diese Daten sichern, danach würde er sich darum kümmern Gil oder das Mastermind, zu vernichten und einen Weg aus diesem verdammten Komplex zu finden. So interessant Trinitron 7 für ihn gewesen war, er hatte genug davon, und am allerwenigsten hatte er Lust bei dieser lausigen Mission zu sterben. Dafür war er schlichtweg zu gut. Ein verlassener Alienplanet, in einem metallenen Komplex unter Einwirkung eines... eines was auch immer Wesens, das ihn angriff? Lächerlich! Maru betrachtete den Upload des Datenstroms. Er kalibrierte DIANEs Datenströme, sodass sie ihre gesamten Ressourcen darauf verwendete die übrig gebliebenen Daten aus dem System zu saugen. Gleichzeitig überschrieb er die lokalen Datenbestände mit Schrott. Keiner sollte jemals erfahren was hier passierte und vor allem nicht... wer Initiator des Ganzen war. Glaubten diese Narren denn tatsächlich, dass all das hier Zufall war? Maru bemitleidete seine »Kameraden«. Sie waren trainierte Tiere ohne Hirn. Man hatte ihnen gezielt jegliche Ader von Eigengedanken und Hinterfragung abtrainiert und sie in willenlose Marionetten des Militärs verwandelt. Das Gefühl eines Nutzens gab man ihnen durch *die Liste* und den Schleier von Missionen, die für das Überleben der Menschheit ach so wichtig waren. Er musste unwillkürlich grinsen, als ihm diese Gedanken durch den Kopf gingen und er war froh, dass sein strategisches Kalkül ihn bisher vor dieser Blindheit bewahrt hatte. Er war ihnen überlegen und er würde diesen Tag überleben, das war sicher. ≻≻»Sir. Ich konnte die Sicherheitsprotokolle des Nexus auffinden«, meldete sich DIANE über Intercom in seinem Kanal. »Daten visualisieren. Auf was sind wir gestoßen?« hinterfragte der Psioniker die Ansage. »Sir. Meinen Daten zufolge handelt es sich um die sichernden strukturellen Interfaces. Es müsste die Türen zu allen Zugängen dieses Komplexes steuern.« Maru zwinkerte kurz mit den Augen. »DIANE beinhaltet dies auch den Haupteingang zu diesem Komplex? Ist es möglich, mit den gewonnenen Daten, die Sicherheitsvorkehrungen abzuschalten?« Einige Zeit verging, bis die computergenerierte Stimme sich meldete.

≻≻»Positiv. Möchten Sie, dass ich den Vorgang in Kraft setze?«, schallte die Stimme durch den Sprachkanal.

»Ja! Ja verdammt!« entglitt es Maru, dem die Anspannung dieser vollständig außer Kontrolle geratenen Mission anzumerken war.

≻≻»Sir. Ich möchte außerdem anmerken, dass es eine Art Selbstzerstörungsmechanismus gibt. Eine Entriegelung scheint möglich zu sein. Die Auswirkungen sind nicht abschätzbar.«

Während die Prozentzahlen des Datenuploads auf seiner integrierten Anzeige hochzählten, versuchte Marus Gehirn die Informationen zu verarbeiten: Selbstzerstörungsmechanismus... von was reden wir hier...

diesem Raum? Dem Komplex?... dem Planeten? »Verdammt!«, fluchte Maru vor sich hin. Ein piepsendes Geräusch riss ihn aus seinen Gedanken. Der Upload war abgeschlossen, es gab auf diesem verdammten Planeten nichts mehr, was ihn hier hielt. DIANE versuchte noch immer, die Eingangstüren zu entriegeln. Plötzlich schlugen gewaltige Mächte neben ihm ein. Mit einem herzhaften Sprung konnte er sich in letzter Sekunde retten und rollte sich zur Seite ab.

»Es... es gibt kein Entrinnen für dich... Maru«, erklang Gils Stimme. Maru schüttelte den Kopf und betrachtete die Halle auf dessen Boden er sich befand. Die letzten Minuten schienen an ihm vorbeigezogen zu sein und die Umgebung glich einem Schlachthof. Einige der Soldaten waren in grauenhaften Entstellungen, an der seitlichen Wand, aufgespießt worden. An anderen Stellen lagen Körperteile herum, oder es waren blutige Spuren entlang des Bodens zu erkennen. Das alles, es war unwirklich, dachte Maru, doch schließlich war er selbst ebenfalls übernatürlich veranlagt. Wie konnte man nur denken, dass all das Bekannte die Grenzen dessen darstellte, was es gab? Es war töricht dies zu glauben! Er richtete sich auf und formte ein Schild aus geistiger Energie um sich herum. Weitere Angriffe wurden ihm entgegen geschleudert und versenkten die Biomasse, mit einem dampfenden Zischen, an den Auftrittsstellen. Schnell feuerte der Psioniker eine Vielzahl von geistigen Geschossen zur Ablenkung ab und begann sich auf schnellstem Weg von seiner Position zu entfernen. Bei all seiner Erfahrung war er sich nicht sicher, ob er diesen Kampf gewinnen würde. Ein Kampf gegen ein übernatürliches Wesen? Es war geradezu grotesk! Wo hätte er jemals gegen ein solches Wesen trainieren und sich ausbilden können? Er musste schnell adaptieren und vor allem raus aus dieser Hölle. »DIANE. Zerstörung aktivieren, sobald du die Haupttüren des Nexus entriegelt hast. Berechne die Laufzeit zum Eingang bei maximalen Servos und setze einen hörbaren Timer bei Aktivierung!« wies Maru die künstliche Intelligenz an.

≻≻»Zu Befehl, Sir. Tür-Bypass zu 50 Prozent abgeschlossen. Berechne optimalen Fluchtweg. Dreidimensionales Hologramm wird vorbereitet.« gab die Stimme Rückmeldung, während seine Konzentration längst auf die nächsten Angriffe fokussiert war, die ihm entgegen flogen. Der metallische Boden war übersäht mit Einschlagskratern. Die Leichtigkeit, mit der Gil seine Kräfte entsandte, lag in keiner Relation zu seinem Zerstörungspotenzial. Würde er hier sein Grab finden, hinterfragte er sich schnaufend. Noch immer dröhnten die Schreie von Soldaten durch den Intercom, einige davon spiegelten den bizarren Todeskampf wider, den sie führten. Viele der Männer konnten nicht mehr übrig sein. »Denk... nach! Denk nach!«, murmelte er, als eine weitere Salve neben ihm erbarmungslos einschlug. Plötzlich erklang DIANEs Stimme in seinem Intercom:

≻≻»Sir, ich habe Daten entdeckt, die auf das Sicherheitssystem des Nexus zurückzuführen sind. Sie sind synchron mit den Daten aus der Kommandozentrale des Eintrittsbereiches.«

Protokoll Todesuhr musste weit fortgeschritten sein und er musste noch immer den Rückweg bis zum Eingang zurücklegen. Selbst dann würde er lediglich vor einer verschlossenen Türe stehen, wenn DIANE nicht endlich einen Weg finden würde den Bypass zu beschleunigen. Den Rückweg selbst zu entwirren war kein Problem. Die künstliche Intelligenz würde den direkten Pfad in Echtzeit berechnen und für ihn bereitstellen. Es würde eine Weile dauern, doch er ging davon aus, dass das sein geringstes Problem darstellte. Nachdem die Daten in seinen internen Speicher übertragen sein würden, musste er zunächst einen Weg finden, um dieser gottlosen Kreatur zu entfliehen, die noch immer die Soldaten seines Teams niedermetzelte und irgendwie die Haupttüre öffnen. Dann fielen ihm die zahlreichen Abwehrmechanismen ein, auf die sie gestoßen waren. Wie sollte er innerhalb der benötigten Zeit an ihnen vorbeikommen? »DIANE. Beschleunige den Daten-Bypass. Zapfe dafür alle verfügbaren Ressourcen innerhalb des Teams an. Versuche zusätzlich auch die Sicherheitssysteme auf dem Weg nach draußen abzuschalten.«

≻≻ Verknüpfe Dateninterfaces. Benutze verbleibende Datenkapazitäten der intakten Anzüge zur Berechnung. Daten-Bypass ist bei über 70 Prozent angelangt.

≻≻»Sir. Wie mir scheint, wird es möglich sein, alle Sicherheitsmechanismen lahmzulegen und die Eingangstüre zu entsperren. Allerdings scheinen diese

Algorithmen sehr komplex zu sein. Ohne manuelle Einwirkung kann ich die Bereiche nur Schritt für Schritt entsperren. Wie ist ihre Priorität?«

Maru dachte nach. Die Eingangstüre zu öffnen war sein Primärziel, doch er würde in Rekordzeit durch alle Räume und Hallen hindurch müssen. Selbst mit maximalen Servos und Meds am Anschlag war dies eine gewagte Reise. Er musste zunächst dafür sorgen, dass sein Rückweg so zielgerichtet wie möglich ablaufen konnte. Danach konnte er sich noch immer Gedanken über die Pforte machen. »DIANE. Erstelle Daten-Duplikate von dir selbst im System des Nexus. Beginne die Sicherheitssysteme in der Reihenfolge zu entschlüsseln und abzuschalten, in der sie bei einer Flucht aus dem Nexus passiert werden würden. Berechne über eine zweite Routine mit geringerer Priorität die notwendigen Schritte zur Freigabe der Pforte. Gib mir Feedback über jede Stufe.« befahl er der künstlichen Intelligenz, als ein weiteres Projektil neben ihm einschlug und sich mit einem Zischen in die Wand fraß.

≻≻ Datenübertragung abgeschlossen. Fahre mit den Entschlüsselungsroutinen fort.

Die Nachricht klingelte in Marus Ohren. Jetzt konnte er diesen gottlosen Planeten endlich wieder verlassen und alles, was sich auf und in ihm befand. Er prüfte seine Waffensysteme und ließ Energie in seine Frontschilde umleiten. Danach schloss er kurzzeitig die Augen, um seinen Geist für mögliche Psi-Angriffe zu stärken. Mit einer ausholenden Armbewegung riss er die Datenkabel von den verbundenen Rechnern und blickte entschlossen in den Raum.

Jessi stand keuchend in einem der Seitengänge zu der Halle, in der die Hölle losgebrochen war. Jevgeny hatte es bei der Flucht erwischt. Als er sie aus der Halle rauszog, trafen ihn Auswüchse der Kreatur und rissen seine Rüstung seitwärts auf. Er lag schwer atmend auf dem Boden und presste seine Hände auf die Wunde. Es sah nicht gut für den jungen Profihacker aus. Er musste viel Blut verloren haben und einiges von dem, was an seinen Händen vorbei quellte, war vermutlich besser im Inneren seines Körpers aufgehoben. Der Anzug versorgte ihn mit Blutgerinnungsmitteln und pumpte ihn mit Drogen voll, doch ewig würde er diesen Kampf nicht mehr aufrechterhalten können. Es schien ausweglos. »Ihr Bastarde!!«, schrie Jessi abermals und feuerte aus der Deckung in die Halle. Die Schüsse des Blasters trafen zischend auf Auswüchse, die sofort verkohlten und zu Boden fielen. Dann, etwas zu spät, erblickte sie Gil. Er hatte ihren Ausbruch wahrgenommen und sich ihr genähert. Bevor sie reagieren konnte, wurde sie von einer Welle von Energie getroffen und gegen die Wand geschleudert. Die heftige Wucht des Aufpralls drückte ihr die Luft aus den Lungen und japsend sank sie zu Boden. Sie war kurz davor sich aufzugeben. Bevor sie sich wieder erholt hatte, sah sie, wie Jevgeny vor ihr stand. Sie hatte keine Ahnung, wie er es geschafft hatte sich mit seinen Wunden aufzurichten. Erst jetzt sah sie das Ausmaß seiner Wunden. Es hatte ihm ein riesiges Loch in die Seite seines Anzugs gefetzt und das darunter liegende Hautmaterial mitgerissen. Dass er überhaupt noch atmete schien einem Wunder zu gleichen. Aus trüben Augen schien er sie anzusehen. »Du... musst hier raus Mädchen. Diese… Mission war ne scheiß Idee« murmelte Jevgeny. Bevor sie etwas darauf entgegen konnte, sah sie, wie Jevgeny die Sicherungen einiger Thermogranaten entfernt hatte. Direkt danach ließ er ziellos Medikamente in seinen Organismus pumpen und die Energie in die Bein-Servos lenken. »Machs gut, Kleine.« keuchte er vor sich hin und rannte, in Richtung Gil, aus der Deckung. Sofort kamen Auswüchse auf ihn zugeschossen. Einigen wich er mit einiger Mühe aus. Andere zerfetzten weitere Teile seiner Rüstung und dunkelrotes Blut spritzte über den Boden der Halle. Wenige Meter vor Gil piepsten die Granaten zu ihrem letzten Intermezzo, dann ging er in einem hellen Lichtblitz auf. Jessi hielt die Hand vor das Gesicht und kroch tiefer in der Gang, als die Druckwelle ihr hinterherflog. In der Halle selbst wurde ein Großteil der Gerätschaften von der Wucht zerberstet. Eine Vielzahl von Auswüchsen löste sich in ihre atomaren Bestandteile auf, als die brachiale Hitze durch den Raum jagte. Die Leichen zahlreicher Soldaten schlugen Blasen und zerplatzten. Stille. Dann lichtete sich die Szene. Gil stand inmitten der weitläufigen Halle die Hände nach vorne gerichtet. Scheinbar hatte er sich abermals mit einem Schild geschützt, doch er war von schweren Blessuren gezeichnet. Im gleichen Augenblick kam Maru aus seiner Deckung gehechtet und feuerte mit seiner Spezialwaffe auf Gil, während er frontal auf ihn zu lief. Von der Wendung der

Dinge überrascht, wurde Gil von dem ersten Treffer weggerissen, bevor er zu Boden stürzte und sich dann endlich gegen weitere Einschläge schützen konnte. Doch Maru war bereits vor ihm angelangt und versuchte ihm den Handschuh auf das Gesicht zu drücken. Die Kräfte, die er in sich trug waren stärker je näher er bei seinem Opfer war. Er dachte an den unglückseligen Soldaten, der ihn beim Transfer der Daten überrascht hatte. Die Zeit schien stehen geblieben zu sein. Sein Körper war in voller Bewegung während Gil versuchte, in eine brauchbare Verteidigungshaltung zu gelangen. Als sein Widersacher einen halben Meter vor seinem Gesicht angelangt war, bekam er die Kontrolle über die Lage zurück. Maru stand zitternd in der Vorwärtsbewegung dar, unfähig sich oder seine Hand, weiterzubewegen. Derweil stützte sich Gil mit einer Hand auf dem Boden ab, während er mit der anderen Hand seinerseits Kraft auf Maru ausübte. Plötzlich kam einer der Auswüchse seitlich angeflogen und taxierte Marus Kopf. Mit einer gequälten Handbewegung blockte er den Schlag ab und fokussierte Gil weiter. »So einfach ist das nicht, mein Freund« giftete Maru und kniff die Augen hinter seinem Visier zusammen. Der Druck auf seinem Gegenüber erhöhte sich und wieder begannen kleine Metallteile sowie abgestorbene Überreste sich vom Boden zu erheben. Die Energie, die die Beiden aufeinander ausübten, schien grenzenlos. Maru schien kurzzeitig die Oberhand zu gewinnen, doch dann rührte sich Gil und erhob sich vom Boden. Gils Augen leuchteten auf, als eine weitere Welle auf Maru einschlug und ihn in die Knie drückte. »Mein Freund, du kannst nicht gegen die Macht des Kollektivs ankommen. Wir sind eins und wir sind viele.« erklang Gils Stimme in psychotisch sanfter Stimme. Maru presste die Zähne knirschend aufeinander und versuchte verzweifelt dem Druck standzuhalten. Dann sah er etwas aus seinem Augenwinkel hinter Gil aufblitzen. Es waren die beiden Energieklingen von Jessi. Sie kam von oben angeflogen und holte in einer weit ausufernden Bewegung aus. Sie hatte die beiden Schneiden zu einer großen verschmolzen und hielt sie mit beiden Händen fest. Die Statik der Klingen knisterte, als Gil die Bedrohung wahrnahm und sich ihr entgegendrehte. Ein entsetztes Gesicht war das Letzte, das er zu Stande brachte. Er wurde quer zerschnitten, als sein Fleisch in einem zischenden Geräusch verbrannte. Parallel dazu wurde Jessica von einer letzten boshaften Welle aus Energie getroffen, die Gil ausgesandt hatte. Die gesamte Wucht traf frontal auf sie ein und schleuderte sie zu Boden. Mit einem schrill schrammenden Geräusch flog sie etliche Meter durch die Halle und blieb liegen. Schnell zog Maru seine Waffe und feuerte einige Salven mit voller Energie auf die letzten Überreste von Gil ab. Da er nicht einschätzen konnte, inwieweit er mit dem Kollektiv und dem Mastermind verbunden war, wollte er kein Risiko eingehen. Für eine weitere Konfrontation hatte er keine Kraft mehr. In blaugrüner Energie entlud sich der Blaster mehrere Male und die Luft flimmerte unter den Einschlägen auf Gils Körper. Die Hitze brannte sich durch seinen mutierten Körper. Während die abgetrennte untere Hälfte seines

Körpers auf dem Boden liegend ausblutete, verpuffte die obere Hälfte unter den Einschlägen der Salven, bis nichts mehr als eine blutige Pfütze zu erkennen war. Keuchend stand Maru da und hielt den Abzug noch immer gedrückt. Die Waffe war mittlerweile hoffnungslos überhitzt und näherte sich ihrem Exitus. Blinkend kündigte sich die Kernüberhitzung an. Maru erlangte langsam wieder die Kontrolle über seine Sinne und schleuderte die Waffe in eine andere Ecke, kurz bevor sich der Kern in einer gewaltigen Explosion entlud. Er konnte nur hoffen, dass DIANE mittlerweile das gesamte Netz infiltriert hatte, denn spätestens jetzt war auch die letzte Elektronik ausgelöscht worden. Maru wusste nicht, ob Gil der Mastermind war, oder ob der Mastermind Gil geschaffen hatte. Er verstand nicht mehr viel von all dem, was hier passierte. Seine Hände zitterten und er ballte sie mit Gewalt zu einer Faust, um wieder Herr seiner Sinne zu werden. Alles schien so einfach zu werden. Er hatte den Auftrag von präsidialer Herrschaftsebene erhalten. Oberste Diskretion hatte man von ihm verlangt und ihm alles versprochen. Natürlich hatte er sich, wie immer, nicht auf das Geschwätz seiner Auftraggeber verlassen, sondern über zahlreiche Quellen Informationen eingeholt. Schnell wurde ihm das Ausmaß dessen bewusst, was hier auf dem Planeten passiert sein musste. Es war ruhig geworden in der Halle. Die meisten der Soldaten waren bereits in den heftigen Gefechten gestorben. Er stapfte auf Jessi zu und zog seinen zweiten Blaster. Sie lag bewusstlos auf dem Boden. »Ach scheiß drauf!«, knurrte Maru und senkte den Blaster.

»DIANE gib mir ein holografisches Abbild von diesem Loch, ich will hier raus... sofort!«, bellte er. Die künstliche Intelligenz antworte prompt und projizierte den optimierten Weg aus dem Konstrukt. Selbst mit maximalen Servos würde er eine verdammt lang Zeit unterwegs sein. Immerhin hatte DIANE bereits einen Großteil der Sicherheitsroutinen abschalten können. Während der Gefechtsaktivitäten hatte sie sich wie ein Virus in der gesamten Einrichtung eingenistet und die dortigen Ressourcen angezapft, um die Tür zu entriegeln und die Sicherheitssysteme abzuschalten. Mit apathischer Miene machte sich Maru auf den Weg. Gil war tot, genauso wie der Rest seines Teams. Nachdem keiner mehr die Kontrolle über die Aliens hatte, waren sie handzahm geworden. DIANE hatte die Fallen fast gänzlich entschärft. Er musste nur noch einen letzten, verdammt langen, Spaziergang hinter sich bringen und konnte dann endlich runter von diesem verseuchten Planeten.

WISSEN

Alexandre betrachtete die holographischen Dokumente, die vor ihm im Raum schwebten. Langsam begriff er die Tragweite dessen, was sich auf Trinitron 7 abgespielt haben musste. Als die Besiedlung vor Jahren auf den Planeten ausgeweitet wurde, fand man bei den Grabungsarbeiten scheinbar mehr als nur Mineralien, Aliens. Unter dem Deckmantel eines unerklärlichen Massakers verschleierte das Militär damals seine Aktivitäten. Bereitwillig opferte man mehr als eine Million Zivilisten, um sich das Wissen anzueignen, dass man auf diesem Planeten entdeckt hatte. Auf Trinitron 7, wie auf zwei weiteren Planeten, hatte man mit Hochdruck eine strenggeheime wissenschaftliche Basis errichtet und die Wesen studiert, die man gefunden hatte.

Um die Aktivitäten abschirmen zu können und gleichzeitig genügend Material für die umfangreichen Bauten zu erwirtschaften, nutzte man die Gegebenheiten des Planeten und erschuf eine riesige unterirdische Anlage, über die man vermutlich über die Jahre hinweg komplett den Überblick verlor. Durch das enorme Budget und die Erkenntnisse der hier entdeckten Lebensformen gelang es, einzigartige Verbindungen von Materialien und Lebewesen zu erschaffen und zu kontrollieren. Doch irgendwas war schiefgelaufen. Scheinbar war man irgendwann auf etwas gestoßen, dass man nicht mehr in Griff bekam. Die letzten Protokolleinträge zeigten blankes Chaos und Entsetzen auf dem Planeten. Die Aliens schienen Amok zu laufen und wie in einem kontrollierten Schwarm zu agieren. Ebene um Ebene verlor man an die Wesen. Die einzelnen Ausläufer dienten hierbei zu, sehr speziellen, militärischen Experimenten. Wesen wurden repliziert, mit einer Vielzahl von Tests behandelt und man teste die Möglichkeit von Sicherheitsmechanismen anhand von biologischen Fingerabdrücken. Jede der zahlreichen Abteilungen hatte, voneinander getrennte Ziele, auf die sie sich konzentrierten. Nach dem Aufbau der Anlage wurden keinerlei orbitale Transporte zu Trinitron 7 mehr durchgeführt. Alles, was man initial aufgebaut hatte, diente dazu eine autarke, lebensfähige Infrastruktur zu erschaffen. Da der Planet offiziell als verbannt galt, konnte man es sich nicht leisten, dass irgendjemand mitbekam, was hier in Wirklichkeit passierte. Die anfänglichen Zuarbeiter und Lieferanten wurden entweder innerhalb der Anlage beschäftigt oder umgebracht. Die produzierten Arbeitsergebnisse wurden in regelmäßigen Intervallen über ein gesichertes Protokoll zu einigen wenigen Personen innerhalb des präsidialen Rats übertragen, wie es schien. Das genaue Ziel konnte Alexandre nicht ausmachen. Was er hier fand, war brisant und er war bereits mit einem Fuß in seinem eigenen Sarg gelandet. Er musste aufpassen, wie tief er in diesen Sumpf aus militärischer Verschwörung treten wollte. Er vermutete, dass Xaver bereits auf dem Planeten eingetroffen war, und konnte nur darauf hoffen, dass sein Schützling die Begegnung mit Maru überleben würde. Doch Xaver war ein blutrünstiges Monster ohne Skrupel. Alexandre war davon überzeugt, dass nur jemand von seinem Kaliber überhaupt dazu in der Lage war, Maru niederzustrecken. Er hatte die tiefsten, teuersten und loyalsten Quellen angezapft, die ihm zu Verfügung standen. Außerdem versuchte er noch mehr über die Schwesternanlagen auf Asylum II und Elysium V herauszufinden. Da diese Planeten scheinbar mit ähnlichen militärischen Mitteln ausgestattet wurden lag es nahe, dass es auch hierzu irgendwo Informationen geben musste. Er wollte in Erfahrung bringen, was auf diesen Planeten vor sich ging. Wurden dort noch ganz andere Operationen durchgeführt? Existierten diese Einrichtungen überhaupt noch? Und wenn ja, was wurde dort noch alles versteckt? Mit allen zu Verfügung stehenden Mitteln würde er diesen Gedanken nachgehen und dann würde er alles dafür tun, um die Initiatoren zur Rechenschaft zu ziehen oder anderweitig zu beseitigen.

RIVALEN

Xaver stieg aus dem Raumgleiter und betrat die tristen Dünen von Trinitron 7. Sein Mantel flatterte durch den strengen Wind, der über den Planeten jagte. Über die Langstrecken-Sensoren hatte er bereits die Vorhut geortet. Das Erkundungsteam musste kurze Zeit vor ihm auf dem Planeten eingetroffen sein. Er war sich sicher, dass sie von seiner Ankunft nichts mitbekommen hatten. Für seine Landung hatte er extra einen anderen Anflugwinkel gewählt, um keinen Verdacht zu erregen. Bei einem Sperr-Planeten, auf dem eine militärische Mission vermisst war, konnte ein außerplanmäßiges Raumschiff kaum positive Resonanz erzeugen.

Er hatte die Daten zu dem Komplex in sein Zielsuchsystem eingegeben und folgte nun den Anzeigen, die ihm den Weg markierten. Die karge Landschaft war hier noch deprimierender als auf anderen Planeten, stellte er für sich fest. Laut Alexandres Daten würde Maru dort sein und vermutlich auch das, was er dort zu finden gedachte. Das Erkundungsteam schien den Eingang bereits erreicht zu haben. Die zurückgelieferten Sonar-Daten deckten sich exakt mit seinen Zielmarkierungen. Irgendwas schien jedoch schief zu laufen, denn das Team hatte sich bereits seit einiger Zeit nicht mehr vom Fleck bewegt. Jegliche Aktivitäten des Trupps fanden innerhalb eines sehr kleinen Perimeters statt. In Xavers Kopf liefen bereits zahlreiche Szenarien ab. Wie ein Schachspieler der jeden möglichen Zug einer Partie vorausberechnete. Aktuell beschäftigte ihn die Begegnung mit dem Erkundungsteam. Alexandre hatte erwähnt, dass es sich lediglich um zweitklassige Soldaten handelt. Sie würden keine Gefahr darstellen, nicht einmal in einem offenen Schlagabtausch. Xavers Anweisungen waren eindeutig. Die Rettungsmission musste ausgelöscht, Maru konfrontiert und die geheimen Militärdaten geborgen werden. Durch die Vernichtung der Sondierungsmission würde ebenfalls der interplanetare Beschuss ausgelöst werden. Eine Verankerung innerhalb des Todesuhr-Protokolls, das für die Integrität und Sicherheit der Menschheit sorgen sollte. Würde alles nach Plan laufen, dann würde dieser Planet in weniger als 24 Stunden noch lebloser sein, als er eh schon war. Er würde in seinem Raumgleiter sitzen, den Kryoschlaf hinter sich bringen und wenige Zeit später bei Alexandre eintreffen. Das Einzige, was zwischen diesem Plan und seiner Vollendung stand, war Maru. Er war eine unkalkulierbare Konstante. Niemals zuvor war er ihm begegnet und die Daten über ihn waren spärlich gesät. Man konnte nur mutmaßen, dass es sich bei ihm um einen höchst begabten Psioniker handelte und deshalb große Vorsicht bei einer Konfrontation gegeben sein musste. Als Xaver eine weitere Klippe überwunden hatte, blieb er stehen. Er konnte nur über die Sensoren den Eingangsbereich des Nexus sehen. Die Entfernung betrug keine zwei Kilometer mehr. Er hatte bereits seine sensorischen Störer aktiviert, um nicht vorher durch mögliche Scanaktivitäten des Landungsteams entdeckt zu werden. Es waren lediglich fünf Personen, die scheinbar versuchten, in den Komplex einzudringen und bereits damit überfordert waren. Dies würde einfach werden... sehr einfach. Ein Lächeln umspielte Xavers Lippen, als er sich der Gruppe näherte. Die Pforte zu dem Komplex war imposant, das musste er zugeben. Auch die Bauart schien ihm nicht wirklich bekannt zu sein, auch wenn er hier und da einige Einflüsse zu erkennen vermochte. Zwei Personen aus dem Trupp standen auf einer Anhöhe und philosophierten über etwas. Parallel dazu gestikulierten sie in Richtung in der Pforte. Vermutlich waren dies die ranghöchsten Soldaten, mutmaßte Xaver. Er schlich sich von hinten, an die beiden heran. Zwei weitere Männer waren damit beschäftigt, den Eingang mit irgendwelchen Geräten zu bearbeiten, nur der Letzte fehlte in seinem Sichtfeld. Dann vernahm er ein

Summen. »Identifizieren sie sich, sofort!«, erklang eine Stimme dumpf hinter ihm. Xaver grummelte miesmutig vor sich hin. Er war schlampig gewesen. Das durfte er sich bei Maru nicht leisten. Er griff in eine der Innentaschen seines Anzugs, stand dann mit erhobenen Händen auf und drehte sich blitzschnell um. Bevor der Soldat reagieren konnte, durchschlug ein Spezialmesser seine Kehle. Mit einem beherzten Sprung ging Xaver den Soldaten an und drückte ihn zu Boden. Den Blaster auf die Brust des Mannes richtend drückte er einmal ab und die Zuckungen des Mannes erstarben vollends. Schnell hatte Xaver die Lage sondiert. Scheinbar war der Soldat nicht dazu gekommen den Intercom zu aktivieren. Zu seinem Glück. Selbst vier Soldaten auf einmal würden gegen ihn keine Chance haben. Selbst das Elite-kommando würde hier vor Problemen stehen. Dennoch wollte er kein Risiko eingehen. Er schnappte sich den Blaster des Soldaten und kroch langsam die felsigen Dünen hinab. Er war jetzt auf einer Anhöhe oberhalb der beiden potenziellen Führungskräfte angekommen. Xaver schmunzelte. Die beiden kamen sich sicherlich mächtig wichtig vor und würden in weniger als einer Minute nicht mehr leben. Mit einem Satz sprang er von der Anhöhe auf einen der Soldaten. Vor dem Absprung hatte er bereits ein Messer in Richtung des Anderen geworfen. Das Messer schlug durch das Visier des Mannes. Ein Gurgeln war deutlich zu vernehmen, während blutige Spritzer zu Boden gingen. Seine Messer waren Spezialanfertigungen und konnten sogar Anzüge mühelos durchdringen. Mit den richtigen Verbindungen und dem nötigen Kleingeld war, in dieser Zeit, einiges möglich. Das zerbrochene Visier des Mannes füllte sich blutrot und der Mann kippte vornüber. Sein Kollege reagierte überrascht, doch viel zu behäbig. Xaver war bereits auf ihm gelandet und rammte eine Energieklinge in seinen Nacken. Mit einem Zischen fräste sich die Klinge durch die Rüstung und durchschlug die Nervenbahnen zum Gehirn. Wie ein nasser Sack fiel der Mann auf seine Knie und kippte dann seitlich auf seinen toten Kameraden. Nur noch zwei waren übrig. Dies würde ein Kinderspiel werden, dachte Xaver und markierte die übrigen Soldaten auf seiner Karte.

Zur gleichen Zeit befand sich Maru auf seinem Rückweg. Die kilometerlangen Gänge und waghalsigen Hallen der einzelnen Laborebenen waren zumindest dadurch entschärft worden, dass DIANE nach und nach die Sicherheitsmechanismen entschlüsselt und abgeschaltet hatte. Er hatte hier und da einige Lebensformen angetroffen und getötet, jedoch schienen die Wesen noch immer vollkommen desorientiert und ungeordnet zu agieren. Irgendwas wurde durch seine Konfrontation mit Gil verändert, obgleich er die volle Tragweite nicht verstand. Er wollte runter von diesem verdammten Planeten und seine verdiente Belohnung einstreichen. Danach würde er sich für einige Zeit aus dem Geschäft ausklinken und die Früchte seines Erfolges auskosten. Zumindest waren dass die Gedanken, die zur Zeit in seinem Kopf umher kreisten. Die Geschehnisse seit seiner Ankunft auf Trinitron 7 waren folgeschwer und definitiv nicht vorhersehbar gewesen. Er war überzeugt von seinen Fähigkeiten, doch dass er noch immer lebendig war, grenzte an mehr als nur schieres Glück. Er war sich nicht sicher, ob er dem Duell mit Gil hätte standhalten können, wär da nicht Jessica gewesen, die die Gunst der Stunde ausgenutzt hatte und die beiden Klingen dazu nutzte Gil den Oberkörper von seinem Rumpf zu schlagen. Der Rest war Geschichte. Die kleine Soldatin war vermutlich bereits gestorben, doch auch das kümmerte Maru nicht sonderlich. Sie war lediglich ein Bauer in einem Schachspiel voller Opfer und es war ihm nur mehr als Recht, wenn er das Spielfeld in Frieden verlassen konnte. DIANE hatte noch immer Probleme damit, die letzten Fragmente der Türsicherung zu entschlüsseln, doch es musste jeden Moment soweit sein. Nachdem er die zahlreichen Höhen und Breitenkilometer zurückgelegt hatte, fühlte er sich erschöpft. Er würde schon bald die Eingangsebene erreichen und dann hoffentlich einen Weg finden von diesem Planeten zu verschwinden. Es war ihm dabei egal, ob über das Erkundungsteam oder direkten Kontakt zu seinen Auftraggebern. Die Mission war deutlich länger und anstrengender als vermutet gewesen, wenn man hier überhaupt noch in Anstrengung rechnen konnte. Das, was er hier erlebt hatte, sprengte das Limit dessen, was er in all seinen Missionen zuvor durchgemacht hatte. Er fühlte sich ausgelaugt und träge. Die massive Unterernährung und das fehlende Tageslicht zollten ihren Tribut.

≻≻»Sir. Ich konnte die Sequenz für die Pforte erfolgreich entschlüsseln. Der Öffnungsprozess wurde eingeleitet.« meldete sich die künstliche Intelligenz urplötzlich zu Wort und riss Maru aus seinen dahinsiechenden Gedanken, während er die letzten Kilometer abspulte. »Verbindung zum imperialen Hauptquartier herstellen. Ich brauche eine Mitfahrgelegenheit.«

≻≻»Sehr wohl, Sir«

Das Hologramm des Nexus wurde in Echtzeit aktualisiert. In wenigen Minuten würde er den Ausgang erreicht haben. Nach qualvollen Stunden des Rückwegs, durch diese erbarmungslose Einsamkeit. Seine Gesichtszüge verzogen sich zu einem Schmunzeln. Er hatte es wieder einmal geschafft und würde fürstlich dafür entlohnt werden. Kurze Zeit später stand er am Eingang des Nexus. Erinnerungen durchzogen seinen Geist. Die Kommandozentrale, die erste Begegnung, Glyphen, Fallen, sterbende Kameraden, die ersten Forschungsebenen, die Aliens, das Mastermind, der Verrat und finalerweise sein Sieg über diesen verfluchten Planeten. Unsanft wurde er aus seinen Gedanken gerissen, als ihn vollkommen unerwartet ein Psi-Schlag traf und gegen die Wand donnern lies.

»Herzlich willkommen, es ist mir eine Freude dich kennen zu lernen«, sprach Xaver genussvoll und fokussierte Maru mit weit aufgerissen Augen. Seine Pupillen tanzten in freudiger Erwartung.

Mit einem leichten Stöhnen regte sich Jessi auf dem kalten metallischen Boden. Noch immer fühlte sie sich benommen, als hätte sie etwas überrollt. Mit einer Hand hielt sie sich den pochenden Schädel, mit der anderen drückte sie sich vom Boden ab. Beherzt schüttelte sie den Kopf und atmete durch. Was war passiert? Sie richtete den Blick auf die Halle. Es war totenstill geworden. Überall lagen zerfetzte Körper herum. Einige davon waren menschlichen Ursprungs, einige davon gehörten zu diversen Alientypen. Einiges war schlicht nur noch biologische Masse, aus der man nicht mehr schließen konnte, zu was sie sich einmal zusammengefügt hatte. Bilder durchzuckten sie, gefolgt von massiven Kopfschmerzen. »Meds!«, wies sie die künstliche Intelligenz an, doch es folgte keine Rückmeldung. Entweder war der Anzug hin, oder etwas war hier in eine sehr falsche Richtung gelaufen. Sie justierte ihre Servos manuell und dosierte sich einen medizinischen Cocktail über die entsprechenden Schaltflächen. Um in Notfällen nicht gänzlich abhängig von der künstlichen Intelligenz zu sein, gab es in jeder Rüstung noch immer mechanische Knöpfe, um mit rein motorischen Mitteln die Eigenschaften der Anzüge nutzen zu können. Sofort wurde ein Gemisch in ihre Blutbahn injiziert und sie fühlte sich im Ansatz besser. Dann erblickte sie ihre Klinge und die Bilder vom voran gegangenen Kampf holten sie wieder ein. Sie zerteilte Gil mit ihren Klingen, als sie von einer gewaltigen Macht erfasst wurde. An alles, was danach kam, fehlte ihr jegliche Erinnerung. Sie ging zu ihrer Klinge und versuchte sie zu entkoppeln. Erfolglos. Die Synchronisierungs-Chips mussten durchgebrannt sein. Von hier an konnte sie die massive Waffe nur noch als riesiges Schwert nutzen. »Fuck«, fluchte sie vor sich hin und verklemmte die Waffe in einer Rückenhalterung, wo zuvor einmal der Rückentank verankert war. Sie war unsicher, was sie tun sollte. All ihre Kameraden waren gefallen oder verschollen. Genau wusste sie das nicht. Es gab scheinbar keinerlei Alienaktivitäten mehr und das Todesuhr-Protokoll würde bereits weit fortgeschritten sein. Sie musste hier irgendwie rauskommen. Entsprechend konnte sie nur darauf hoffen, dass der Eingang sich nach dem Scharmützel geöffnet hatte oder das Sondierungsteam einen Weg nach innen finden würde. Jessica seufzte auf. Ohne Hilfe der künstlichen Intelligenz konnte sie keinerlei Wege-Optimierung nutzen. Nur noch die Überreste der Bewegungsprotokolle waren abrufbar. Der Rückweg würde verdammt lang werden.

Messer flogen durch die Luft, als Xaver seine Angriffe fortsetzte. Er hatte keinerlei Interesse daran Zeit zu vergeuden. Dieser Planet war trostlos, verlassen und uninteressant für ihn. Abgesehen von den mutmaßlichen Vorkommnissen, zu denen er keine Details in Erfahrung bringen konnte, wollte er hier einfach nur wieder weg. Maru hatte sich schnell von seiner ersten Überraschung erholt. Er hakte es als notwendiges Glück ab, dass er von diesem ersten Angriff nicht direkt getötet wurde. Sein Kontrahent würde diesen schwerwiegenden Fehler bereuen. Maru sah die Messer auf ihn zufliegen, die vitalen Körperstellen im Ziel. Seine Augen flackerten in einem unheiligen Glanz auf und die Messer trafen auf eine unsichtbare Barriere, blieben in der Luft stehen und vibrierten auf der Stelle. Xaver klatschte in die Hände. »Das ist also die Macht des sagenumwobenen Maru-Kin. Ich hoffe, du hast mehr auf Lager als Taschenspielertricks!«, forderte er Maru mit klaren Worten heraus. Doch sein Grinsen verzog sich umgehend, als sich die Messer drehten und in seine Richtung geflogen kamen. Mit geschickten Ausweichmanövern tanzte er nach hinten und ließ die Messer vorbei fliegen. Scheppernd glitten die Messer am Boden entlang und gewannen damit kurz Xavers Aufmerksamkeit, der die seltsame Aufmachung des Nexus zum ersten Mal zu Gesicht bekam. »Metall? Hm...«, murmelte Xaver vor sich hin. Den kleinen Moment der Ablenkung machte sich Maru zu Nutze und feuerte einige Salven aus seinem Blaster. Gefolgt von einer mentalen Druckwelle, die er in Xavers Richtung schleuderte. Die Blasterkugeln schlugen mit voller Wucht ein und verpufften in kleinen Rauchwolken, die Xaver einhüllten. Mit einem süffisanten Grinsen erhob sich Maru, doch der Triumph war ihm nicht lange vergönnt. Xaver schüttelte den Zeigefinger in neckender Art und Weise. Er hatte keinen einzigen Treffer abbekommen. Natürlich war auch sein Spezialanzug in der Lage Schilde aufzubauen. Durch die leichtere Bauart war er jedoch deutlich wendiger, im Vergleich zu den herkömmlichen Militäranzügen. Allerdings waren die produzierten Schilde nicht so machtvoll, wie die herkömmlichen Anzüge von Elite-Soldaten. Darüber hinaus hatte er präventiv eine Psi-

Blockade um sich herum aufgebaut. Er war nicht so töricht sich auf einen hochdekorierten Spezialsoldaten mit übersinnlichen Fähigkeiten einzulassen, ohne die nötigen Sicherheitsvorkehrungen zu treffen. Maru kniff die Augen zusammen und betrachtete ihn. Er schickte kleine Wellen minimaler Psi-Energie in Richtung seines Gegners. Keine davon erreichte jedoch ihr Ziel. Maru biss sich auf die Zähne. »Du bist Psioniker? Für wen arbeitest du? Du legst dich mit Feinden in höchsten Kreisen an!«, spie Maru, für seine Verhältnisse höchst unkontrolliert, aus. »Dann haben wir ja etwas gemeinsam, Bruder«, witzelte Xaver. »Doch ich befürchte, dass dich deine Kreise verraten haben. Denn aus den gleichen Kreisen stammt auch mein Auftraggeber. Die Mission dürfte dir klar sein!« Mit einer kleinen List versuchte Xaver das Nervenkostüm von Maru aus dem Gleichgewicht zu bringen. Natürlich entstammten sie nicht den gleichen Auftraggebern, obgleich sich die Machtkreise tatsächlich ähnelten. Genau genommen wusste Xaver nicht viel über die Hintergründe, nur das sich politische Einflüsse in präsidialen Rängen hinter dieser Mission befanden.

Hatte man ihn verraten? Maru war für einen kurzen Augenblick verunsichert. Konnte es sein, dass er den Bogen überspannt und seine Auftraggeber verärgert hatte? Nein! Er war konsequent und er war einer unter Tausenden mit den Fähigkeiten, die für solche Art von Einsätzen gebraucht wurden. Man würde die aufgebauten Ränke und Beziehungen und all das Geld, das man in ihn investiert hatte, nicht einfach wegwerfen. Dafür war das Risiko viel zu hoch. Seine Auftraggeber waren auf höchste Diskretion bedacht. Sie würden ohne Zweifel keine Träne vergießen, wenn er bei einem Einsatz sterben würde, auch wenn er eine wertvolle Investition darstellte. Doch mit genügend Zeit und finanziellen Mitteln konnte auch er irgendwann wieder ersetzt werden. Dennoch, das Risiko ihn ermorden zu lassen und dabei zu scheitern, hätte Konsequenzen ungeheuren Ausmaßes. Die Mittel, die ihm zu Verfügung standen und die Geheimnisse, die er im Verlauf der Jahre angehäuft hatte, würden den Fall einiger der ranghöchsten Politiker und Machthaber zur Folge haben. Sie würden dieses Risiko nur im äußersten Notfall eingehen wollen und dazu gab es keinerlei Gründe. »Schweig still, Schwätzer!«, entgegnete Maru. »Deine Wahnvorstellungen amüsieren mich, aber beeinflussen wirst du mich damit nicht!«, setzte er nach. Xaver streckte die Arme in einer seufzenden Geste zur Seite. »Nun. Dann bringen wir das hinter uns!«, giftete Xaver und sprang entschlossen frontal auf ihn zu. Seine Augen glühten, ebenfalls wie die Marus. Beide hatten Geistesschilde errichtet. Hinter all den offensichtlich ausgeteilten Schlägen und Schüssen, die zwischen den beiden ausgetauscht wurden, fand noch ein weiterer Kampf statt: ein psionischer. Die Luft vibrierte, als sich die Kontrahenten wieder und wieder taxierten. Waffen entluden sich, Messer wurden geworfen. Dann verlagerte sich das Geschehen in den Nahkampf. Die leichte Rüstung und die Spezialausbildung machten es Xaver leicht, hier die Oberhand zu gewinnen. Xaver zielte mit seinen Angriffen auf vitale Körperstellen. Maru geriet kurzzeitig ins Wanken und Xavers Hand fokussierte das Visier. Aus seinem Anzug glitt eine weitere Spezialklinge. Maru sah den elektrifizierten Dolch auf sich zukommen. Dann durchschlug der Dolch sein Frontvisier und Splitter flogen durch die Gegend. Er konnte in Xavers leuchtende Augen blicken und bildete sich ein, ein Lächeln auf seinen Gesichtszügen zu erkennen. Doch dann verzog sich das Lächeln zu einer Fratze. Millimeter vor seinem Kopf schlug Marus Hand von unten zu. Er hatte die Servos komplett umgeleitet und umklammerte Xavers Hals. Statisches Knistern war zu hören, als die beiden Schilde direkt aufeinander lagen. Dann erstarb ein Schild und Xavers Rüstung verbeulte sich bedrohlich. Blut spritzte gegen die Innenwand des Visiers. Umgehend ließ er sein Visier öffnen. Niemals zuvor waren sich die beiden Soldaten begegnet, doch eine seltsame Verbundenheit begleitete ihr Aufeinandertreffen. Maru leitete noch immer alle Energie in den Handschuh. Xavers Augen begannen zu leuchten und färbten sich dann unheilvoll schwarz. Marus Griff lockerte sich kurzzeitig und parallel dazu näherte sich Xavers Dolch bedrohlich seiner Kopfpartie. Dann konzentrierte auch Maru all seine Kraft auf die geistigen Ressourcen, die er noch zu Verfügung hatte. Ein helles Leuchten umspielte seine Augen. Beide Soldaten blickten sich aus starren Augen an. Mal verstärkte sich der Griff um Xavers Hals, dann rückte der Dolch bedrohlich nahe auf Marus Stirn vor. Die Warnsignale der beiden Anzüge überschlugen sich in schrillen Pfeiftönen, als die Vitalwerte durchdrehten. Dann konnte man ein widerliches Knacken vernehmen und Blut spritzte über den Boden. Der psionische Druck verschwand umgehend und der Kampf war entschieden.

FREIHEIT

Jessi erreichte den Eingang des Nexus. Wie erhofft war der Zugang mittlerweile wieder geöffnet. Sie fühlte sich tot. Ihre Kräfte waren lange aufgezehrt und lediglich die Unmengen an chemischen und biologischen Medikamenten, die durch ihre Blutbahnen zirkulierten, sorgten noch dafür, dass sie sich überhaupt voran bewegte. Als sie die letzte Kurve nahm und endlich wieder das Licht von Trinitron 7 im Eingangsbereich erblickte erschienen die letzten Tage wie ein schlechter Alptraum. Kraftlos stapfte sie auf den Eingang zu und blieb dann kampfbereit stehen. Ein Körper lag direkt vor der Pforte. Der Boden und die Wände schienen unwirklich verzerrt und verbeult zu sein. Eine langgezogene Blutlache erstreckte sie quer über dem

Boden. Überall lagen Fetzen von zerschnittenen Anzugteilen herum, auch sie waren blutgetränkt. Was war hier passiert?

Jessi trat näher und betrachtete den leblosen Körper, dann wurde ihr schlagartig bewusst, um wen es sich handelte. Die Rüstung war eindeutig zu identifizieren und gehörte einem Code-S Elite-Soldaten. Das Visier war zersplittert und mit Blut verschmiert. Ein Spezialdolch steckte zwischen den beiden leblosen Augenhöhlen. Sie trat näher und entfernte den Dolch, mit einem schmatzenden Geräusch, aus Marus Stirn. Diese Waffe war von überragender Machart und wer auch immer Zugriff auf solche Ausrüstung hatte, musste Verbindungen in sehr hohe militärische Kreise haben. Angewidert spuckte sie auf Marus Leiche und steckte den Dolch beiseite. Als sie die Pforte durchschritt, wurde sie geblendet von der Lichtintensität. Tagelang waren sie in diesem Höllen-Konstrukt eingesperrt gewesen, abgeschnitten von der Außenwelt und ohne Tageslicht. Sie hob eine Hand vor ihr Visier, als sich ihre Pupillen anpassten. Erbarmungslos drückte der Wind gegen ihren Körper. Dann erkannte sie weitere Leichen um sich herum. Das mussten Soldaten der Sondierungsmission gewesen sein, doch warum waren auch sie tot? Den Anzügen und Waffen nach handelte es sich lediglich um Mittelklasse-Soldaten. Auch das machte keinen Sinn. Niemand würde Soldaten niederen Ranges entsenden, um bei einer Code-S-Mission aufzuräumen. Das alles ergab keinen Sinn. In einiger Entfernung konnte sie den imperialen Gleiter entdecken. Erschöpft trat sie in den

Gleiter und versuchte mit letzter Kraft die Zielkoordinaten einzugeben. Das Sondierungsteam war bereits eingetroffen und scheinbar nicht in der Lage gewesen Rückmeldung zu geben. Der interplanetare Beschuss würde in weniger als einem halben Tag den Planeten erreichen und alles auf seiner Oberfläche pulverisieren. Langsam erhob sich der Gleiter und glitt in den Orbit des Planeten. Zumindest eine Seele hatte Trinitron 7 an diesem Tage verschont, dachte sie sich, als sie aus weiter Ferne einen letzten Blick auf den Planeten warf.

EPILOG

Ein unsichtbarer Spezialgleiter flog in die Umlaufbahn von Isuna II. Kein Radar würde den Ankömmling bemerken. Die bläulich vibrierenden Triebwerke setzten auf der Landerampe auf und eine Person stieg aus der Luke. Der zerfetzte Mantel flatterte im Wind, als sich Xaver zu Alexandre begab. Einige Zeit später war er in der Kommandozentrale von Isuna II eingetroffen. Es folgte eine Anhörung in einem Spezialbereich der Basis, abgeschirmt von äußeren Einflüssen und Möglichkeiten abgehört zu werden. Die Daten aus Marus Anzug wurden eingespeist und ein Teil dessen, was zu jener Zeit auf Trinitron 7 passiert sein musste, flimmerte über die verschiedenen Anzeigen. Grauenhafte Wesen waren zu sehen, tapfere

Soldaten starben und eine Geschichte von Verrat wurde erzählt. Einige Stunden später erloschen die Bildschirme. Stille folgte, als sich Alexandre erhob. Mit einem Schnippen seiner Finger erschienen zwei Dossiers in der Luft. Xaver konnte nur erkennen, dass die Aufschrift »Höchste Geheimhaltung« auf der Front aufgebracht war, als die digitalen Dokumente auf ihn zu schwebten.

Dann konnte Xaver erkennen, was darunter stand: Asylum II und Elysium V.

»Es gibt noch viel zu tun für uns beide, mein Freund«, sprach Alexandre und verließ den Raum. Die Dossiers entriegelten sich und Xaver begriff die Tragweite seines neuen Auftrags.

—ENDE—

Erfahre mehr über den Autor Jonathan James Rogers und seine kommenden Projekte. Besuche die Social Media Kanäle. Sei informiert und trete mit ihm persönlich in Kontakt, um dein Feedback zu geben:

tumblr.

http://jonathan-james-rogers.tumblr.com/

Find us on facebook

https://www.facebook.com/author.jonathan.james.rogers

twitter

https://twitter.com/author_jjrogers